KB121380

로크미디어가
유혹하는
재미있는 세상
ROK
MEDIA
로크미디어

황태자는 은퇴가 하고 싶습니다

황태자는 은퇴가 하고 싶습니다 8 완결

2023년 1월 13일 초판 1쇄 인쇄
2023년 1월 18일 초판 1쇄 발행

지은이 로튼애플
발행인 강준규

기획 이기헌 왕소현 박경무 강민구 조익현
책임편집 금선정
마케팅지원 이원선

발행처 (주)로크미디어
출판등록 2003년 3월 24일
주소 서울시 마포구 마포대로 45 일진빌딩 6층
Tel (02)3273-5135 **Fax** (02)3273-5134
홈페이지 rokmedia.com **E-mail** rokmedia@empas.com

값 9,000원

ISBN 979-11-354-8014-0 (8권)
ISBN 979-11-354-8005-8 04810 (세트)

황태자는 은퇴가 하고 싶습니다

트애플 퓨전 판타지 장편소설

완결

Contents

종전!

마왕이 쓰러지고, 신화 속에서나 나오는 격렬한 전투는 끝났다.

신들이 사라지고 신이 되려는 자도 막았으니 인류의 승리라 볼 수 있으리라.

하지만 전쟁은 완전히 끝나지 않았다.

숨이 끊어진 마왕의 시신을 데리고 마계로 돌아가려는 마족들과 그런 그들을 섬멸하기 위한 인류의 싸움이 이어졌기 때문이다.

시작은 특수 전력의 전투였다.

"폐하를 모셔라!"

"글렌 경과 시카리오 사령관도 모셔!"

그림자들이 몰려드는 흑마법사들과 마왕군의 친위대를 막아 내면서 혼절한 세 명의 영웅을 뒤로 후송했다.

그러는 동안 이그니트의 특수 전력이 속속 모습을 드러냈다.

"마왕을 완전히 죽여야 한다!"

이미 죽은 것으로 보이지만 확실하게 죽여야 했다.

그렇기에 사방에서 마왕을 죽이기 위해 달려들었다.

하지만 명색이 마왕의 친위대라는 이름을 달고 있는 자들답게 인간들의 파상공세를 뚫고 기어코 마왕군 진형에 도착했다.

-마왕님을 데리고 가야 합니다.

여우 마족의 말에 마군단장들이 말없이 눈을 감고 있는 마왕의 시신을 바라보았다.

목숨 걸고 마왕을 데려왔으나 그는 이미 죽어 있었다.

-아직 돌아가신 거 아닙니다.

-숨소리가 안 느껴지는데?

여우 마족의 말에 황소 머리의 마군단장의 고개를 갸웃거리며 말했다.

그러자 다른 마군단장 역시 고개를 끄덕였다.

극한까지 달련된 그들의 신체는 마왕의 심장이 멈춘 것을 느끼고 있었다.

자신들을 이끌고 신에 도전했던 자가 겨우 인간 따위에 당한 것이다.

마신의 부활 대신 그 마신을 밟고 신의 반열에 오르겠다는 야망을 가졌던 마왕.

그런 마왕이 빛나 보여서, 그 빛나는 자의 옆에 서서 신화에 이름 한 줄 남겨 보겠다고 나선 자들이 마군단장들이었다.

그런데 그들을 이끌 자가 사라져 버렸다.

허탈감에 멍한 표정을 짓는 마군단장들을 보면서 여우 마족이 말했다.

—다시 한번 말하지만 마왕님께선 아직 돌아가시지 않았습니다.

그렇게 말한 여우 마족이 마왕의 가슴 부근에 있는 문양을 가리켰다.

—마왕님께선 아직 지옥에 가지 않으셨습니다.

생자의 몸으로 지옥에 가면서 얻은 흔적.

죽은 이후, 지옥에서 그 죄를 받으라며 만든 흔적이 아직 육체에서 사라지지 않았다.

그렇기에 아직 영혼이 육체에 남아 있다는 뜻이었다.

—그렇다면…….

—아직은 희망이 있다는 뜻입니다.

그렇게 말한 여우 마족이 마군단장들을 향해 말했다.

—부족한 마기만 전부 회복한다면 깨어나실 가능성도 있습니

다. 그러니…… 목숨 걸고 우리들의 '신'을 고향으로 데려갑시다.

그녀의 말에 모든 마군단장들이 가만히 마왕을 바라보다 고개를 숙였다.

그런 그들을 대표해서 황소 머리 마군단장이 입을 열었다.

-지금부터 마계로 돌아갈 때까지 그대의 명령을 따르겠습니다. 어떤 명이라도 좋으니 반드시 마왕님을 마계로 데려가 주십시오.

그의 말에 여우 마족 역시 고개를 끄덕였다.

그녀 역시 마왕한테 빚이 많았다.

다른 마군단장들처럼 부족한 혈통과 마기로 인해 도태될 위기에 처했다가 마왕이 거두면서 이 자리까지 섰다.

수많은 전쟁터에서 마왕의 도움으로 살아남아 진화를 거듭할 수 있었다.

그렇기에 이번에야말로 마왕에게 받았던 은혜를 갚을 절호의 기회였다.

-우리의 작전은 하나입니다. 저들의 포위망을 뚫는 것.

그렇게 말한 여우 마족은 지도를 펼치고 거인의 산맥에서 게이트까지 일직선으로 선을 그었다.

-다른 작전은 필요 없습니다. 적들이 완전히 준비를 갖추기 전에 이곳을 뚫으세요.

그녀의 명령과 함께 마족들이 일제히 움직이기 시작했다.

※

"적들이 움직입니다!"

정찰조의 보고에 황제를 후방으로 이송하는 데 집중하던 로칸이 빠르게 에쉬타르에게 연락했다.

"이대로 마족들을 보낼 수는 없소."

"동의하오."

두 명장이 의견을 교감하는 순간, 인류의 군대 역시 움직였다.

마왕군과 중간중간 나타나는 과거의 잔재들 때문에 엄청난 피해를 입은 상황이지만 그래도 움직여야 했다.

"미래를 위해 이곳에서 마왕군을 섬멸해야 한다!"

로칸의 명령에 지친 병사들이 이를 악문 채 다시금 자리에서 일어났다.

상처 입고 피로가 쌓여 죽을 것 같았지만 그 이상으로 분노가 머리를 지배했다.

그렇게 살아남으려는 자와, 악에 받친 자의 서로를 죽이려는 싸움이 시작되었다.

산을 무너뜨리고 지형을 뒤바꿀 정도의 압도적인 힘에 비하면 병사들과 마족들의 싸움은 경이롭기는커녕 더럽고 잔혹했다.

진창에서 싸우는 듯한 느낌이었지만 인류는 그 어느 때보다 격렬하게 전투를 이어 나갔다.

"한 놈이라도 더 죽여라!"

"길목을 막아! 저들이 게이트로 가는 것을 차단해야 한다!"

대륙 최고의 명장이라 불리는 로칸과 에쉬타르가 하나의 마족이라도 더 죽이기 위해 애를 썼다.

이대로 마왕군을 그대로 보낸다면 언제 다시 쳐들어올지 알 수 없었기 때문이다.

전면전을 할 때보다도 치열한 전투가 시작되는 동안 카리엘을 비롯한 인류의 영웅들은 조용히 이그니트로 이송되었다.

수십 기의 비공선들의 호위를 받으면서 이송된 카리엘은 온갖 신성 마법이 부여된 관에 포션을 가득 채운 곳에 누워서 황궁 기사들과 함께 이송되었다.

황제 전용 비공선에서 황궁 기사들과 함께 내려진 카리엘.

그 모습을 곳곳에서 몰려든 사람들이 걱정 어린 시선으로 바라보았다.

쿵! 쿵! 쿵!

갑주를 걸친 황궁 기사들이 조심히 카리엘이 든 관을 들고 황제의 궁으로 이동했다.

그렇게 황제의 궁에 도착하자마자 모든 사제들과 치료사들이 황궁으로 몰려들었다.

"내상이 너무 심하시옵니다."

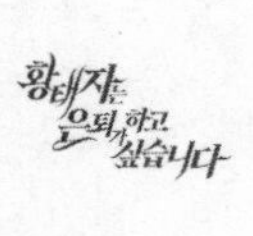

"심박 수가 너무 미약합니다."

"일단 생명 유지를 위해서……."

신관과 치료사들이 합심해서 카리엘을 치료하기 위해 애를 썼다.

분명 마왕과의 싸움에서 이긴 건 카리엘이었다.

하지만 마지막이 문제였다. 마왕을 마무리하기 위해 바닥까지 힘을 긁어모아 사용했기에 온몸이 망가져 버린 것이다.

반면에 글렌과 시카리오 후작 역시 사경을 헤매고는 있지만 카리엘보다는 상황이 나았다.

"많이 심각한 것인가?"

"……예."

루피엘의 물음에 치료사가 고개를 숙이며 답했다.

"위기를 넘긴 것은 맞사오나…… 언제 깨어나실지는……."

포션과 치유 마법을 사용한 덕분에 목숨에 지장은 없지만 의식의 회복은 다른 문제였다.

한계 이상으로 정신력을 소모했기에 카리엘이 언제까지 잠들어 있을지 알 수가 없는 것이다.

"후…… 다른 이들은?"

"그분들 역시 마찬가지입니다. 마기 때문에 육체 회복이 더디기에……."

인류를 지킬 세 명의 영웅이 전부 사경을 헤매고 있다.

그렇다 보니 이 사실을 제국민에게 발표해야 할 루피엘의 표정은 한없이 어두웠다.

"최선을 다해 주게."

"……예, 전하."

루피엘의 명령에 모든 신관들과 치료사들이 고개를 숙이고는 다시금 카리엘에게 집중했다.

그 모습을 다시 한번 힐끔 보던 루피엘이 한숨을 쉬며 품속에 고이 품고 있던 사직서와 함께 자신이 있어야 할 자리로 향했다.

-오랜만이야?

새하얀 공간.

그곳에서 어린아이가 카리엘을 향해 미소를 지으며 반갑게 인사했다.

그러나 카리엘은 말없이 그를 쳐다보기만 했다.

"……."

당장이라도 죽빵을 맞을 각오를 하고 있던 어린 소년은 의아한 표정을 지었다.

-만나자마자 달려들 줄 알았더니 의외네?

소년의 말에 카리엘이 한참을 침묵하더니 입을 열었다.

"나를 회귀시킨 것. 언제부터 계획했던 거지?"

카리엘의 물음에 어린 소년은 대답하는 대신 입을 다물었다.

"지구의 신과 내기를 한 것, 그리고 나를 데려온 것. 모두 계획된 건가?"

이번 물음에도 대답을 하는 대신 미소를 짓는 소년.

언제, 어디서부터 계획되었는지 모르겠지만 한 가지 확실한 건 그의 계획은 성공했다는 것이었다.

"개고생을 시켰으면 뭐라도 말해 주는 게 예의 아닌가?"

카리엘의 물음에 한참을 입을 다물고 있던 어린 소년은 장난기 섞인 미소를 지우고 진지한 표정으로 카리엘을 바라보았다.

그러고는 작은 목소리로 설명을 시작했다.

신화시대의 멸망 이후 또 한 번의 멸망이 예정된 세계.

이곳을 지키기 위해서 신은 자신의 모든 것을 희생했다.

자신의 힘의 상당 부분을 희생해 멸망을 뒤로 미뤄 냈는데, 그때가 바로 이그니트의 초대 황제가 있던 시기였다.

그 후로도 알게 모르게 멸망을 미뤄 내기 위해 힘을 써 왔고 결국 강대했던 그의 힘은 초라하기 그지없게 변해 버렸다.

누구보다 밝게 빛나야 할 그가 작은 소년의 모습을 하고 있는 게 그 증거였다.

그럼에도 불구하고 멸망은 막을 수 없었다.

그렇기에 멸망이 예정된 세계를 두고 내기를 했다.

다른 차원의 신들의 관심을 끌기 위해 온갖 방법을 사용했다.

그 덕분에 수많은 도전자가 자신의 정체를 숨기고 대륙 곳곳에서 일을 벌였다. 그중에는 지구의 사람들도 있었다.

조건은 간단했다.

-일정 수준 이상의 조건을 클리어할 것.

자신이 사랑하는 세계가 다른 신들의 장난감이 되는 것을 감수하고서라도 멸망을 막고자 했다.

소설에 적힌 용사처럼 강대한 힘과 재능을 주는 것은 재미가 없었다.

최악의 조건 속에서 클리어하는 것.

하지만 그 누구도 최악의 조건 속에서 일정 수준 이상의 목표를 달성한 이는 없었다.

좀 더 쉬운 조건에서 멸망을 막을 수 있던 수많은 기회가 사라지고 결국 마지막으로 카리엘에게까지 이어진 것이다.

-넌 최악의 상황 속에서도 기어코 제국을 지켜 냈지. 결국 지구 신의 힘을 빌려 너를 회귀시키는 데 성공했고, 나 역시 아껴놨던 내 마지막 힘을 모조리 사용할 상대를 찾아낼 수 있었지.

그렇게 말하면서 빙그레 웃는 소년.

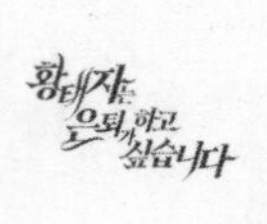

아니, 소년이었던 신의 얼굴은 어느새 자글자글한 주름으로 가득해져 갔다.

-나 원래 잘생겼었어.

주름이 자글자글한 손을 보며 장난스레 말하는 신에게 카리엘이 무거운 표정으로 물었다.

"……이름이 뭐지?"

자신을 환생시키며 온갖 고생을 시킨 신.

하지만 끝내 알 수 없었던 그 신의 이름을 묻자 노인으로 변한 신이 웃으며 말했다.

-발드르.

그렇게 말한 노인이 말없이 아래를 내려다보았다. 그러자 어느새 바닥에는 대륙의 전경이 보이고 있었다.

그가 그렇게 지키고자 했던 대륙은 아직도 치열한 전쟁 중이었지만 인류는 여전히 살아남아 있었다.

"어째서 나지?"

카리엘이 궁금하다는 발드르를 보며 물었다.

"신이 되고자 희망했던 마왕도 있고, 부활하려던 헬도 있었다. 그런데 어째서 나지?"

그런 그의 물음에 발드르가 빙그레 웃으며 말했다.

-지옥이 대륙을 집어삼키는 순간, 다른 차원이 이곳을 집어삼켜 버릴테니까.

뒤틀린 차원을 통해 다른 차원이 연결되는 순간 이곳은 멸망할 것이다.

어쩌면 식민지 형태로 살아남을 수도 있을 것이다.

하지만 그게 무슨 의미가 있을까.

그가 그토록 사랑하는 생명체들이 영원토록 노예처럼 살아갈 바에 스스로 세계를 멸망시키는 게 나으리라.

"마왕은? 그라면……."

카리엘의 물음에 이번에도 발드르는 고개를 저었다.

힘에 미친 마왕이 신이 된 순간, 또 다른 전쟁을 찾기 위해 움직일 것이고, 그 즉시 다른 차원과 세계를 건 전쟁이 시작될 것이다.

어떤 결과가 되었든 발드르의 세계는 멸망할 것이다.

-뭐…… 지금은 다를지도 모르겠네.

그렇게 말한 발드르가 패배해 생각에 잠겨 있는 마왕의 영혼을 바라보았다.

어쩌면 단 한 번의 패배로 인해 마왕은 발드르가 보았던 미래와는 다른 존재가 될지도 모를 일이다.

지옥 역시 혼돈 대신 안정화되면서 대륙과 좋은 방향으로 연결될지도 모를 일.

한 가지 확실한 건 이 모든 게 눈앞에 있는 카리엘 덕분이라는 점이다.

-고맙다.

그렇게 말하는 발드르의 몸은 조금씩 빛으로 변해 갔다.

"너……."

－아까 말했잖아, 모든 힘을 쏟아부었다고.

그렇게 말한 발드르가 빙그레 웃었다.

－멸망을 막는 대가치고는 싼 편이지.

"……네가 없으면 이 세계는 어떻게 되는 거지?"

－글쎄. 한동안 괜찮을지도? 새로운 신이 태어나 이 자리를 물려받을지도 모르지.

그렇게 말한 발드르가 어깨를 으쓱해 보였다.

멸망을 막은 시점에서 그가 할 수 있는 일은 끝났다. 미래의 일은 후손들이 알아서 할 일.

자신의 할 일은 끝났다는 듯 후련한 표정으로 말하는 발드르.

이제 그 역시 먼저 떠난 형제들이 있는 곳으로 마음 편히 갈 수 있다.

－그동안 고생했다. 그리고…… 이곳을 지켜 주어서 고맙다.

마지막까지 장난스레 웃은 발드라가 빛으로 변해서 사라졌다.

동시에 그의 힘으로 유지되던 공간 역시 조금씩 무너져 내리기 시작했다.

그렇게 모든 공간이 무너져 내리는 순간 카리엘의 눈이 번쩍하고 떠졌다.

“여긴…….”

익숙한 공간.

그리고 그토록 오기 싫었던 고풍스러운 장신구로 가득한 방이 눈에 보였다.

“황궁인가?”

발드르와 만난 것은 지극히 짧은 시간에 불과했다.

하지만 왠지 굉장히 오랜만에 일어난 것 같은 느낌이 들었다.

우드득!

“윽!”

오랜만에 깨어난 것이 확실한지, 일어나려고 하는 순간 이곳저곳에서 ‘우드득!’ 하고 소리가 났다.

그나마 다행이라면 쓰러질 때 생각했던 최악의 상황은 일어나지 않았다는 점이다.

“으음…….”

오랜만에 일어나서 그런지 뻐근한 어깨를 돌리면서 주변을 둘러보았다.

방 전체가 마법진으로 뒤덮여 있는 것은 물론이고, 온갖 약병들로 가득 채워져 있었다.

어떤 상황에서라도 대응하겠다는 치료사들의 의지가 가득했다.

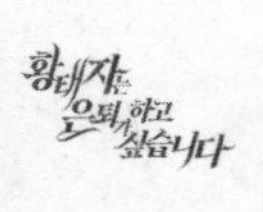

무엇보다 포션으로 찰랑거리는 관을 보면서 자신을 살리기 위해 얼마나 노력했는지 단번에 알 수 있었다.

"수르트."

카리엘이 허공에 대고 수르트를 부르는 순간, 몸 안에 있던 화기가 자연스레 밖으로 분출되었다.

-오래도 자네.

혹시라도 카리엘의 몸에 부담이 갈까 최대한 작게 나타난 수르트가 혀를 차며 말했다.

"얼마나 지난 거야?"

-반년.

"뭐?"

반년이나 지났다는 수르트의 말에 카리엘의 눈이 동그랗게 떠졌다.

목소리가 컸던 것일까?

갑자기 문 밖에서 요란한 소리가 들리더니 벌컥, 문이 열리면서 시종장이 들어왔다.

"폐하!"

늙은 시종장이 눈을 동그랗게 뜨면서 말하는 순간, 근방에 있던 자들이 모두 놀란 표정으로 문 밖에서 카리엘을 확인했다.

그리고 얼마 후, 순식간에 소문이 퍼져 나갔는지 대신들부터 동생들까지 전부 카리엘이 있는 방으로 몰려왔다.

이럴 줄 알고 있던 카리엘이 황급히 몸을 씻고 옷을 갈아입은 후, 편한 얼굴로 그들을 맞이했다.

"흐어어어엉! 형님!"

"끅! 끅! 형…… 형님이 깨어……나실 줄 알았어요!"

오열하는 두 동생들의 뒤로 대신들 역시 눈가가 촉촉해지면서 카리엘을 바라보았다.

그것이 과연 카리엘 때문인지, 아니면 서류 지옥에서 벗어날 수 있게 되었기 때문인지 의심스러웠지만 어찌 되었든 많은 이들이 카리엘이 깨어난 것을 축하해 주었다.

그렇게 카리엘이 오열하는 동생들과 눈물을 흘리는 대신들을 다독여 줄 때였다.

"미……리엘?"

어느새 훌쩍 커 버린 미리엘이 눈물을 애써 참아 내면서 천천히 걸어오고 있었다.

하지만 아직 어려서 그런 것일까?

결국 카리엘의 품에 안기는 순간 애써 참아 왔던 울음이 터져 나왔다.

"흐아아앙!"

자신의 품속에서 우는 미리엘을 다독이면서 카리엘이 시종장에게 물었다.

"내가 정확히 얼마 만에 깨어난 거지?"

"6개월하고 보름이 지났습니다."

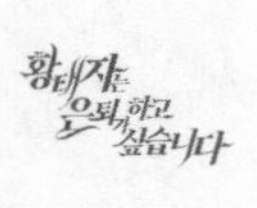

"……오래도 걸렸군."

그렇게 말한 카리엘은 울고 있는 동생들을 한참 더 다독여 주다가 자리에서 일어났다.

비틀거리면서 일어나는 카리엘을 보면서 모두들 안절부절못하며 도와주려 했지만 그는 단호하게 손을 내저었다.

"일단 그동안 상황이 어떻게 되었는지 좀 듣고 싶은데……."

"형님, 좀 쉬시는 것이……."

루피엘이 걱정 어린 표정으로 말했지만 카리엘은 쓴웃음을 지으며 고개를 저었다.

일단 결과가 어떻게 되었는지 빠르게 듣고 싶었다.

마왕이 어떻게 되었는지, 마왕군은 어찌 되었는지를 듣지 않고선 계속 찜찜할 것 같았기 때문이다.

그러자 루피엘을 비롯한 동생들과 대신들이 물러나고 뒤늦게 달려온 타리온과 시종장, 재상이 카리엘이 쓰러지고 난 후의 상황을 설명해 주었다.

"마왕은 죽은 게 확실하다?"

"예."

카리엘이 최후의 일격을 날리며 쓰러질 때, 그림자들과 함께 온 타리온이 직접 확인했다.

심장은 확실히 멈췄다.

문제는 죽은 마왕의 시신을 왜 그토록 애지중지하면서 데려갔느냐였다.

"마왕이 부활할 가능성도 배제할 수는 없겠어."

그렇게 말한 카리엘은 더 말해 보라는 듯 타리온을 재촉했다.

카리엘이 후방으로 옮겨진 후, 마왕군에 대한 대대적인 공격을 가한 인류 연맹.

그럼에도 불구하고 다수의 상위 마족들과 몇 명의 마군단장들이 죽는 희생을 감수하면서 기어코 포위망을 뚫었다.

그 과정에서 인류 역시 큰 피해를 입었다.

교국의 하나뿐인 태양검이 이 전쟁에서 목숨을 잃었고, 아이론의 마스터 살바토르는 혼수상태에 빠졌다.

또한 로만의 마도사도 목숨을 잃었다.

압도적인 우위의 상황 속에서도 기어코 인류의 군대에 극심한 피해를 입힌 마왕군.

"황소 머리의 마군단장이 생각보다 너무 강했습니다."

예상 이상의 무력을 보여 준 황소 머리 마군단장.

그리고 그보다 더 강력한 힘을 보인 호랑이족의 마군단장.

로칸과 에쉬타르에 의해 마왕군을 한계까지 몰아세웠을 때 이 둘로 인해 극심한 피해를 입은 것이다.

이 전투로 인해 결국 마왕군의 주력이 마왕을 데리고 마계 게이트를 넘는 것을 막지 못했다.

"결국 마왕을 완전히 확인 사살하지 못했다는 거군."

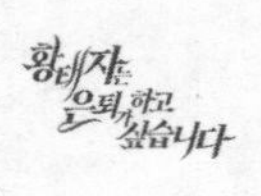

"송구합니다."

카리엘의 말에 고개를 숙이는 타리온.

"후…… 지나간 일은 들춰서 뭐 하겠어. 그보다는 제국의 상황을 듣고 싶은데……."

카리엘의 말에 이번엔 재상이 나섰다.

"아직도 은퇴를 못 했나?"

"……폐하께서 깨어나셨으니 이젠 정말 은퇴할 생각입니다."

아직까지도 은퇴하지 못하고 있는 윈스턴을 보면서 웃은 카리엘이 그의 보고를 들었다.

마왕군의 주력군이 마계 게이트를 넘은 이후, 대륙의 상황은 혼돈 그 자체였다.

골란의 왕이 동대륙의 북부를 집어삼키기 시작했고, 로만과 산드리아는 합쳐져 사막의 제국으로 부활했다.

그러자 다급해진 왕국의 연합들도 기사왕을 중심으로 뭉쳤다.

그렇게 크게 3개의 나라로 뭉친 동대륙.

이들이 이렇게 움직일 수 있었던 이유는 이그니트가 잠잠했기 때문이다.

"거인의 산맥과 로만의 서쪽 영토를 집어삼키는 데서 멈추고 제국을 안정화하는 데 주력했다라……."

자신들의 판단이 틀렸을까?

생각에 잠긴 카리엘을 보면서 침을 꿀꺽 삼키는 재상과 타리온.

"잘했어."

"예?"

"잘했다고. 괜히 동대륙까지 먹겠다고 나서 봐야 탈만 나지."

아무리 이그니트가 강대국이라고는 하지만, 연이은 전쟁으로 제국 역시 한계까지 몰린 상황이다.

그런 상황에서 괜히 영토를 늘린다?

관리할 것만 늘어나고 짜증만 더 나게 된다.

만약의 상황을 대비해 거인의 산맥 부근만 전부 점령한 상태에서 멈춘 것은 백번 잘한 일이다.

"그나저나 아직도 종전을 안 했다고?"

"예. 제국민과 동대륙 측 국가들 전원이 폐하께서 깨어나셔서 직접 하시기를 희망했사옵니다."

재상의 말에 카리엘이 피식 웃었다.

제국이야 자신 때문이라고 치더라도 동대륙은 숨은 의도가 있었다.

아직 종전이 되질 않았으니 그사이 박살 난 동대륙의 영토들을 흡수해 새로운 국가를 세워 보려는 것이다.

그 중심은 당연히 골란이겠고, 기사왕 역시 그김에 박살 난 국가들을 흡수해 동대륙 남부를 통일해 보려고 했을 것이다.

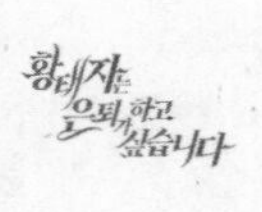

동대륙의 일에 별로 관심 없는 카리엘은 옛 로만의 서부영토만 요새들을 중심으로 집어삼킨 지금에서 딱히 뭘 더 할 생각이 없었다.

"나 없는 동안 꽤나 발전했네."

"루터를 비롯한 신진 세력들의 도움이 컸습니다."

이제는 정말 은퇴하고 싶다고 강력히 어필하는 재상.

그의 말처럼 카리엘이 없는 동안 제국은 엄청난 발전을 이루었다.

제국의 암흑기 시절에 이어져 오던 기술들을 바닥까지 긁어모아 기술 발전을 시킨 게 주효했다.

전쟁이라는 특수성이 국민들에게 희생을 강요했고, 그 돈들이 모조리 기술 발전을 위해 쏟아부어지다 보니 발전을 안 할 수가 없었다.

고대의 학자가 말했던 '전쟁은 인류를 발전시킨다!'라는 미친 소리가 정말로 딱 들어맞은 것이다.

그러나 이제 그것도 끝났다.

확실히 전쟁도 끝났고, 안정화 및 발전에 몰두해야 하는 시기가 온 만큼 윈스턴이 은퇴해도 상관없으리라.

'덤으로 나도 은퇴 각을 잡아 봐야겠지.'

지금 당장은 힘들더라도 가까운 시일 내에 각을 잡아 볼 수 있으리라.

루피엘이 아직 황태자 자리에 남아 있으니 녀석에게 일을 떠맡기고 슬그머니 상황으로 빠지다가 완전히 은퇴할 생각이다.

"흠흠! 발전 속도는 나쁘지 않아. 급하게 개혁한다고 여기저기 문제가 일어나긴 했지만 이 정도면 그럭저럭 괜찮은 수준이야."

그렇게 말한 카리엘이 타리온을 보면서 물었다.

"이게 끝이야?"

"그것이……."

대답을 망설이는 타리온.

그 모습에 카리엘이 미간을 찌푸렸다.

"뭐야?"

카리엘의 날카로운 물음에 타리온이 하는 수 없다는 듯 대답했다.

"후…… 흑마법사의 수장이 잡혔습니다."

"……흑마법사?"

"예."

카리엘의 말에 타리온이 고개를 끄덕였다.

"걔네들은 마계로 안 간 거야?"

"대부분은 넘어갔습니다. 잡힌 건 흑마법사의 수장 혼자입니다."

타리온의 말을 듣는 순간, 카리엘의 미간이 찌푸려졌다.

"혼자 남았다?"

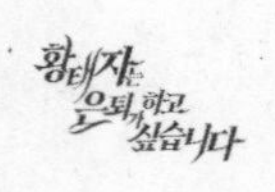

"폐하의 마법을 막아 낸 이후…… 반쯤 폐인이 된 상태였습니다. 그 상태로 생명력까지 끌어다 써서 시간을 벌었습니다."

자신을 희생해서 흑마법사들과 마족들이 도망칠 시간을 번 것.

"아직 살아 있어?"

"예. 살려 두었습니다."

타리온의 말에 카리엘이 고개를 갸웃거렸다.

"굳이?"

"폐하께서 직접 처단하시길 원할 것 같았습니다."

타리온의 말에 잠시 입을 다물고 생각에 잠겼다.

전생부터 현생까지 흑마법사 때문에 고생한 걸 생각하면 이가 갈렸다.

그렇기에 한 번쯤은 그 빌어먹을 흑마법사들의 수장을 직접 보고 얘기를 나눠 보고 싶었다.

"어딨어?"

"폐하, 그 몸으로는 감옥에 가시기가……."

"어딨어?"

다시 한번 묻자 타리온이 한숨을 쉬면서 카리엘을 부축했다.

그럼에도 비틀거리자 결국 마법사까지 대동해서 공중에 떠서 감옥의 최하층까지 이동했다.

"……황제인가?"

백발의 모습으로 폐인이 되어 자신을 올려다보는 흑마법사의 수장.

"물러가 있어."

"……예."

타리온을 비롯한 모든 이들이 멀리 물러나자 카리엘이 흑마법사의 수장에게 다가갔다.

"한 가지 묻고 싶은 게 있어서 찾아왔다."

"……."

카리엘의 물음에 대답조차 하지 않고 가만히 바라만 보는 흑마법사의 수장.

그런 그에게 카리엘이 조용히 물었다.

"대체 뭐가 불만이어서 이 지랄을 떤 거냐?"

흑마법사로 인해 제국과 인류가 입은 피해는 상상조차 할 수 없었다.

마왕과 지옥의 일은 예정된 일이었다 하더라도 흑마법사들로 인해 제국이 입은 피해는 예정된 게 아니었다.

이들만 아니었어도 제국은 더 적은 피해로 멸망을 대비했을 것이다.

무엇보다 전생과 현생 모두 흑마법사로 인해 개같이 굴러야 했던 것만 생각하면 아직도 이가 갈렸다.

"말해 봐. 대체 뭐가 불만이지?"

카리엘의 물음에 흑마법사의 수장이 피식 웃었다.

"공정함이 어긋나는 것."

"신분제에서 그딴 걸 찾나?"

"그래도 정도가 있는 법. 제국은 그 정도를 벗어난 지 오래였다."

그렇게 말문을 연 흑마법사의 수장.

흑마법사들이 뭉친 이유는 간단했다. 능력이 있음에도, 오직 신분제라는 틀에 갇혀서 더 뻗어 나가지 못하는 사람들.

보살핌을 받아야 할 아이들조차 잔인하게 밖으로 내던지는 불안정한 사회.

최소한의 인권조차 팔아먹은 쓰레기 같은 상인들.

이 모든 것들이 흑마법사라는 단체를 유지하게 할 수 있었던 먹잇감이 되었다.

제국의 암흑기 동안 더 극심해진 사회의 불합리함.

그것을 제대로 겪은 것이 바로 흑마법사의 수장이었다. 마탑의 생체 실험 대상이 된 것부터 나중에는 귀족들의 놀잇감으로 전락했다.

가족들은 이미 노예와 같은 삶을 살다가 죽은 지 오래였다.

문제는 흑마법사의 수장뿐만이 아니라 흑마법사들 대부분이 이런 삶을 살아왔던 것이 문제였다.

"차라리…… 마족들이 나았다. 그들이 추구하는 힘의 논리는 잔혹하지만…… 힘 있는 자들이라도 자유를 누릴 수 있을 테니.”

그렇게 말하는 흑마법사의 수장을 보면서 카리엘이 작게 말했다.

“지금은 어떻지?”

“…….”

“그대가 말한 것처럼 아직도 불합리한가?”

카리엘의 물음에 흑마법사의 수장이 입을 다물었다.

혁명 세력이 그러했던 것처럼 그가 그토록 꿈꿔 왔던 세상이 열리고 있었다.

아직도 불합리한 점은 꽤나 있었지만 제법 그럴듯한 세상이 만들어지고 있었고, 그 중심엔 그토록 증오하던 황가의 중심인 현 황제가 있었다.

“그대의 잘못을 알려 줄까?”

눈동자가 떨리는 흑마법사를 보면서 카리엘이 나직이 말했다.

“그대가 말한 모든 불합리함, 확실히 문제였지. 그러나 제국은 개선되고 있었고, 더 나은 곳으로 발전하려 하고 있었다. 그대의 잘못은 바로 그 날개를 꺾으려 한 것이야.”

그렇게 말한 카리엘은 듣고 싶은 걸 전부 들었는지 등을 돌렸다.

“자네의 수하들이 마계로 돌아간들 과연 행복할까?”

"……."

"차라리 항복하고 죄를 뉘우쳤다면 이곳에서 더 행복한 삶을 살았을 거다. 다행히 혁명 세력은 그대처럼 멍청한 선택을 하지 않았지."

그 말에 흑마법사 수장의 멍한 눈동자에서 한 줄기 눈물이 떨어졌다.

카리엘의 말처럼 혁명 세력은 제국에 반기를 드는 대신 카리엘이 주는 손을 꽉 붙잡고 놓지 않았다.

그렇기에 지금 그들은 제국의 핵심 인재들로 성장할 수 있었다.

반면에 흑마법사는?

"……그대와 같은 황제가 좀 더 일찍 나타났다면……."

후회하는 백발의 남자를 뒤로하고 감옥에서 나온 카리엘.

이제 이 세상에 흑마법사는 사라졌다.

마족들 역시 사라졌다.

훗날 그들이 게이트를 열고 다시금 침공할지 몰랐지만 그건 미래 세대가 감당해야 할 일.

현재의 이그니트 제국을 위협할 존재는 전부 사라졌다.

그렇기에 감옥을 나온 카리엘은 타리온에게 망설임 없이 명령을 내렸다.

"종전 선언을 할 거야. 준비해."

"예! 폐하."

카리엘이 깨어났다는 소식이 제국에 이제 막 퍼지기 시작할 무렵, 공영 신문에 대문짝만 한 제목이 적혔다.

-종전선언!

-현 시간부로 제국의 모든 위협이 사라졌음을 선언한다.

-카리엘 프레드리히 폰 블레이저

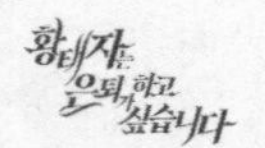

에필로그

이그니트의 '신'으로 추앙받는 황제가 깨어났다.

동시에 그토록 미루던 '종전 선언'까지 한꺼번에 이루어졌다. 큼지막한 전쟁은 끝났지만 종전이 아니기에 계속되었던 높은 세금, 징병들이 끝날 수 있게 된 것이다.

그러자 사람들이 환호했다.

특히 이그니트 제국민들이 가장 기뻐했던 건 바로 제국의 위상이 제자리를 찾은 것이었다.

-그랜드 마스터 글렌 혼수상태.

-그랜드 마스터 시카리오 후작 혼수상태.

-마스터 살바토르 중상(회복 기간 알 수 없음).

-마도사 월크서 공작 내상(회복 기간 4년).

-마스터 아겔리오 오른팔 치명상(회복 기간 3년).

마스터급 이상의 전력이 대부분 부상을 입고 요양을 해야 하는 상황에 이르렀으며, 남은 마스터들 역시 정상적인 상태는 아니었다.

그림자의 수장인 타리온을 제외하면 죄다 내상을 입어 쉬어야 되는 상황.

압도적인 전력이었던 이그니트의 주요 전력이 죄다 부상으로 전력 이탈을 하면서 서대륙 통일 국가라는 그들의 위상이 약해져 버렸다.

거기다 신으로 추앙받는 카리엘까지 의식을 잃고 쓰러져 있으니 동대륙이 기회라 여긴 것도 당연하리라.

그런 상황에서 카리엘이 돌아왔다.

"와아아아아!"

미리 공영 신문을 통해 공지한 대로 종전 선언을 한 카리엘이 직접 제국민들을 보기 위해 광장으로 향했다.

수많은 사람의 환호 속에서 웃으며 광장으로 향하는 카리엘.

하지만 속마음은 타들어 갔다.

그런 카리엘의 마음을 눈치챘는지 수르트가 나타나서 귓속말로 속닥거렸다.

—은퇴는 그른 거 같지?

수르트의 놀림에 눈을 부라린 카리엘이 다시금 미소를 지으면서 사람들에게 손을 흔들었다.

하지만 눈가가 떨리는 것까지는 감출 수 없었다.

수르트가 말한 것처럼 카리엘 역시 은퇴가 쉽지 않겠다는 듯한 느낌이 들었다.

'부담스럽네.'

마스터급 이상의 주요 전력이 줄부상에다 이그니트의 병력 역시 부상 병동을 꽉꽉 채우고 있었다.

그런 상황에서 카리엘이 깨어났다는 소식에 기뻐하는 제국민들을 두고 갑자기 은퇴 선언을 한다?

카리엘의 가슴속에 남은 쥐꼬리만 한 양심이 그것을 허락하지 못하고 있었다.

'일단 루피엘을 묶어 두는 것부터 시작해야겠지.'

황태자인 루피엘을 묶어 두고, 여차하면 세리엘까지 잡아 둔 다음 천천히 은퇴 계획을 세울 생각이었다.

그러기 위해서는 우선 낮아진 제국의 위상을 다시 높이는 것부터 해야 했다.

그 첫걸음으로 광장에 선 카리엘이 자신을 바라보는 수많은 제국민들을 바라보았다.

인류의 존망을 건 전쟁은 일선에 선 병사들이 가장 많이 고생했겠지만, 제국민들이라고 희생하지 않은 것은 아니었다.

높은 세금, 군수물자를 만들기 위해 밤낮없이 일하며 본래라면 뛰어놀아야 할 아이들까지 차출되어 일을 시켰다.

모두의 희생 속에서 간신히 이뤄 낸 승리.

그렇기에 거창한 말보다 이 말 한마디가 필요했다.

"모두 고생했다."

제국의 신으로 추앙받는 이의 위로.

그 한마디에 제국민들이 눈물을 흘렸다.

환호성이 나오는 대신 모두가 울음을 터뜨리면서 그동안의 고생을 위로받았다.

"이제 다 끝났다. 오늘을 계기로 제국은 더 높은 곳으로 비상할 것이다. 인류 역사를 새로 쓸 것이며, 앞으로 그 어떤 존재도 쉬이 넘보지 못할 강한 나라가 될 것이다."

찬란한 미래를 약속하는 황제.

그를 보면서 모든 제국민들이 울음을 멈추고 환호성을 내질렀다.

지옥 같은 암흑기를 끝낸 것만으로 성군으로 남았을 업적이건만, 기어코 인류까지 지켜 내며 초대 황제의 위상을 넘어선 황제.

모두가 믿는 그 황제는 말만 번드르르하게 하고 허울뿐인 약속만 하지 않았다.

대신들을 시켜 만든 법안.

종전을 기점으로 세금을 확 낮췄으며, 그동안 늦춰진 복지 역시 점진적으로 높여 갈 것임을 약속했다.

무엇보다 전쟁으로 희생당한 이들을 위한 혜택 역시 국력이 회복되는 상황에 맞춰서 조금씩 높여 갈 것임을 서류를 펼쳐 보이며 약속했다.

"와아아아아!"

말만 하는 약속보다 황제의 직인이 찍힌 실질적인 약속을 보여 주는 황제.

그렇기에 제국민들은 환호했다.

전쟁이 끝났음에도 전후 복구 때문에 당장에 많은 혜택을 약속할 수는 없었다. 그러나 제국민은 크게 불만을 터뜨리지 않았다.

국력이 회복되면서 혜택을 늘려 준다는 약속을 다른 이가 했다면 믿지 못하겠다며 분노했겠지만, 황제가 약속했기에 받아들인 것이다.

-이그니트의 종전 선언! 본격적으로 동대륙에 개입을 시작할 것인가?

황제의 부활과 종전 선언은 제국민에게겐 기쁜 일이겠지만, 동대륙에겐 아니었다.

강력한 국력을 가진 이그니트가 본격적으로 동대륙에 개

입하게 된다면 아직 점령한 영역을 안정화하지 못한 국가들은 혼란에 빠질 수 있었다.

하지만 그들의 그런 걱정과 다르게 이그니트는 동대륙에 관심을 두지 않았다. 오로지 국력을 회복하는 데에만 전력을 다하며 내정에 집중한 것이다.

그렇게 몇 개월이 흘렀다.

"폐하."

"……후, 부럽군."

늙은 노인들을 보면서 부럽다는 표정을 짓는 카리엘.

하나는 은퇴를 미루면서 계속해서 자리를 지켜 주던 재상 윈스턴.

다른 하나는 카리엘을 보필하던 비밀 수호대의 수장인 시종장이었다.

"그대까지 떠나나?"

"이젠 떠나도 될 것 같습니다."

비밀 수호대가 지켜 왔던 비밀은 이제 의미가 없었다.

초대 황제조차 완벽하게 처리하지 못했던 인류 멸망을 완전히 끝냈기 때문이다.

게다가 역대 가장 안정적인 제국을 만든 황제가 있기에 비밀 수호대의 원로들이 전원 은퇴를 선언했다.

시종장은 그런 원로들의 사직서를 대표해서 가지고 온 것이다.

"난 아직 멀었건만……."

부럽다는 듯 바라보는 카리엘의 눈빛을 애써 외면하는 두 노인.

"크흠!"

"흠흠!"

헛기침하는 시종장과 윈스턴을 부럽다는 듯 바라보던 카리엘은 한숨을 쉬면서 사직을 윤허해 주었다.

"자유의 몸이 된 것을 축하하네."

진심으로 축하하는 카리엘을 보면서 윈스턴이 부드러운 미소를 지었다.

마침내 이 지긋지긋한 황궁에서 벗어날 수 있게 된 것이다.

막상 사직서가 윤허되니 시원섭섭한 마음도 들었지만 그건 잠깐에 불과했다.

괜히 머뭇거리다가 잡힐 수도 없으니 인사와 함께 후다닥 떠나는 재상. 그건 시종장을 비롯한 비밀 수호대의 원로들 역시 마찬가지였다.

"재상께서 자유의 몸이 되셨다!"

황궁답게 소문은 순식간에 퍼져 나갔고, 대신들 중에 나이가 있는 이들 역시 희망을 품었다.

물론 그들의 사직서는 빛보다 빠르게 반려되었다.

"그대들은 아직 일해야지."

단호하게 답하는 카리엘.

칼같이 차단했기 때문인지 대신들뿐만 아니라 말단 관료까지 한동안 사직을 청하는 이들은 단 한 명도 없었다.

모두가 카리엘과 같이 서류 지옥에서 코피를 쏟아 가며 죽어 나가는 동안 제국은 무럭무럭 발전했다.

혼자만 고생할 수 없기에 중앙 관료들을 붙잡고 늘어지면서 업무 지옥으로 끌고 간 황제.

분명 카리엘의 복귀를 누구보다 바란 그들이었으나 다시금 생생하게 느껴지는 지옥 같은 업무에 두 명만 모이면 황제를 욕하게 되기 시작했다.

그리고 그건 동생들 역시 마찬가지였다.

"오라버니는 정말 너무해요."

착하기 그지없는 미리엘조차 카리엘을 씹어 대는, 실로 바람직한 상황.

그 덕에 제국민의 삶은 점점 나아지고 있었다.

부족했던 식량은 순식간에 회복되었고, 제국민의 복지 역시 빠르게 범위를 넓혀 갔다.

윗사람이 고생하면 아랫사람들이 편하다는 말처럼 고위 관료들이 개처럼 일하니 제국민들이 편해지는 상황이 조성

된 것이다.

그렇게 관료들을 갈아 넣어 국력의 회복에만 전념하며 다시 2년이 흘렀다.

"폐하!"

새로이 시종장이 된 젊은 남성이 다급한 표정으로 카리엘을 불렀다.

"무슨 일인가!"

몇 년간 제대로 황제 업무를 봐서 그런 것인지 한껏 근엄해진 목소리로 대답하며 바라본 시종장.

"글렌 경이 깨어났습니다!"

시종장의 보고에 카리엘이 빙그레 미소를 지었다.

"오래도 걸렸군."

진즉에 깨어난 시카리오 후작과 달리 마지막까지 잠들어 있던 글렌까지 깨어났다.

오래 걸릴 것 같았던 마스터들까지 급격히 발전한 의료 체계로 복귀가 빨라진 상황에서 제국을 지탱하는 마지막 기둥까지 깨어났다.

이로써 제국의 주요 전력 대부분이 복귀한 상황.

"후…… 드디어 내 계획을 실현할 때가 된 건가?"

그렇게 중얼거린 카리엘이 시종을 보내고 책상의 단추를 눌러 기관을 작동시켰다.

그러자 한쪽에 비치된 서재가 열리면서 카리엘이 비밀리

에 만든 계획들이 좌르륵 나타났다.

드디어 카리엘의 은퇴 계획을 실현시킬 때가 찾아왔다.

—아슬아슬하긴 했어?

“그러게.”

글렌이 깨어나는 게 조금만 더 늦어졌어도 동생들이 은퇴하고 말았을 것이다.

카리엘이 황제인데 그게 어떻게 가능하냐고?

“…….”

오늘도 어김없이 날아든 카리엘의 혼인에 대한 상소문.

대륙 최고의 신랑감답게 신붓감만 수백 명이 넘어갔다. 많이도 필요 없으니 일단 한 명만 만나 보라고 한 것이 하나둘 늘어나더니 수백 명으로 확대된 것이다.

황제치고 너무 적은 것 아니냐고?

신붓감으로 올라온 수백 명이 전부 대륙에서 최고위층 자녀들이었다.

심지어 마스터 샤르도나까지 신붓감으로 올라와 있었다.

이 모든 게 다 동생들의 계략이었다.

카리엘이 혼인하는 순간, 곧바로 은퇴를 결정할 루피엘부터 부담스러운 군권을 카리엘에게 돌려주어야 한다며 틈만 나면 중앙으로 와서 대전 회의에 안건으로 올리는 세리엘.

심지어 미리엘조차 황후가 나타나면 황궁에 대한 관리는 전부 황후에게 넘겨줄 생각을 하고 있었다.

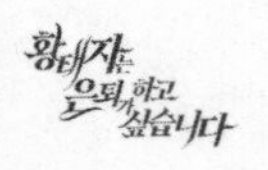

"오라버니를 돕겠다고 나서던 것이 엊그제 같은데……."

－미리엘도 이제 다 알 때가 되었지.

황궁에 남아 있으면 × 된다는 것을 알기 때문일까?

미리엘도 은근히 황궁을 벗어나고 싶어 하는 것 같았다.

"다른 곳은 권력을 잡기 위해 혈안인데 우리 집안은 왜 이럴까?"

카리엘의 물음에 그걸 정말 모르냐는 표정으로 바라보는 수르트.

그런 그의 눈빛을 애써 외면한 카리엘이 작게 한숨을 쉬더니 은퇴 계획을 빠르게 준비했다.

글렌이 깨어나면서 제국의 군사력은 완벽해졌다.

그동안 동대륙의 국가들 역시 빠르게 군사력을 회복했고, 마스터급 후보들 역시 많이 늘었지만 이그니트에 비하면 소국 수준.

두 명의 그랜드 마스터가 깨어났으니 더 이상 불안하지도 않을 터.

그렇기에 카리엘은 빠르게 루피엘을 황제로 만들고 상황으로 물러날 생각을 했다.

명분은 하나.

"이제 슬슬 완벽하게 없애지 못한 마계 게이트를 처리해야겠지?"

그렇게 말한 순간 수르트가 빤히 카리엘을 바라보았다. 그리고 기다렸다는 스콜과 아그니 역시 모습을 드러냈다.

-이제 우리의 소원도 이뤄 줄 때가 된 것 같다.

수르트의 말에 아그니와 스콜이 빤히 카리엘을 바라보았다.

미루고 미루었던 소환체들의 소원.

"……어려운 거 아니지?"

카리엘의 물음에 세 소환체들이 빙그레 웃으면서 고개를 저었다.

어려운 거 아니라고 말은 하고 있는데 왜 이렇게 불안할까?

어찌 되었든 약속은 지켜야 하니 알겠다고는 했는데 그 말을 한순간 소환체들의 미소가 진해졌다.

마치 자신이 과거 재상과 중앙 관료들을 엿 먹일 때 보였던 사악한 미소가 그들의 입가에 맺혀 있었다.

하지만 지금은 그게 중요한 게 아니었다.

일단 은퇴부터 하고 봐야 했기에 차근차근 계획을 진행시켰다.

-신임 황궁 기사단장! 글렌 브리타뉴 디 베네룩스 공작 임명!

-신임 재상 루터 W 비스마르크 임명!

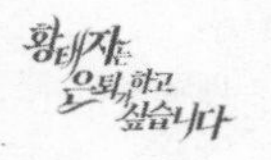

-군부 총사령관 세리엘 서부 사령관 임명!

핵심 인사를 빠르게 임명한 카리엘은 늙은 밤 나이가 지긋한 대신들을 불러 모았다.

그리고 며칠 후…….

"새로운 미래에는 젊은 자들이 이끌어야 하는 법. 짐은 오늘부로 황태자에게 모든 권한을 물려주고 상황으로 물러나고자 한다."

카리엘의 말에 대번에 안 된다고 말하는 관료들.

그러나 그들의 대표인 대신들이 묵묵부답으로 허리를 세운 채 가만히 서 있었다.

그 모습을 보면서 빙그레 미소를 짓는 카리엘.

"참고로 대신들 역시 그리해야 한다고 판단한 바. 자리를 물려줄 합당한 인사가 있다면 대신들의 사직도 윤허할 생각이다."

서로의 눈치만 보는 애매한 상황에서 루피엘이 황급히 무릎을 꿇으며 안 된다고 반항해 보았지만, 이미 상황은 카리엘에게 유리하게 흘러갔다.

이미 대신들은 은퇴라는 미끼를 물었기에 카리엘의 은퇴를 막을 자는 없……어…… 보였다

"아니 되옵니다!"

"폐하! 저희를 이끌어 주십시오!"

황궁 밖에서 카리엘의 은퇴는 절대 안 된다고 결사반대를 외치는 제국민들.

—야, 네 은퇴는 물 건너간 것 같은데?

"……."

수르트의 말에 카리엘이 침묵한 채 가만히 하늘을 바라보았다.

카리엘이 대신들을 꼬시면서 은퇴 계획을 잡는 동안 루피엘은 제국민과 귀족들을 꼬셨다.

—이거 어디서 보던 상황 아니냐?

"뭐?"

—너 황태자 시절. 그때 그 상황 아니야?

수르트의 말에 카리엘이 그때를 떠올렸다.

부패한 관료들이 한데 뭉쳐 그를 방해할 때 제국민과 여론을 움직여 박살 낸 것처럼 이번엔 루피엘이 그것을 똑같이 따라 하고 있었다.

루피엘이 가장 닮고자 했던 카리엘이기에 그가 했던 것과 똑같은 방식으로 은퇴를 막아선 것이다.

—……아무래도 네 은퇴는 좀 오래 걸릴 것 같다?

수르트가 그렇게 말하며 고개를 절레절레 흔들었다.

그리고 그건 다른 소환체들 역시 마찬가지였다.

—아무래도 우린 먼저 가 봐야 할 것 같다.

"……어딜?"

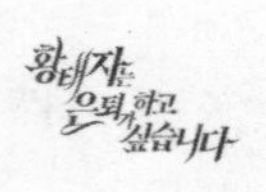

수르트의 말에 고개를 갸웃거리며 묻는 카리엘.

—난 무스펠의 흔적을 좀 찾아볼 생각이야.

"흔적?"

—그래. 아직 과거의 잔재들이 대륙에 남아 있는 것처럼 무스펠의 부하 놈들도 어딘가 있을 것 같거든. 그 녀석들을 잡아야지. 언제까지 고통 받고 있을 수는 없으니까.

수르트가 원하는 건 강제로 깨어난 부하들의 안식.

그건 스콜 역시 마찬가지였다.

그의 형제인 하티의 흔적을 찾는 것.

아그니 역시 자신과 같은 정령왕의 파편이나 고대 고위 정령들의 흔적을 찾아내는 것이었다.

본래라면 카리엘이 같이 다녀야 했으나, 돌아가는 꼴을 보아하니 단기간에 은퇴하는 것이 불가능해 보이자 자기들끼리 떠나려는 것이었다.

이 모든 건 카리엘이 그들에게 자유를 부여해 주어야 가능한 상황.

"야, 너희들만 그렇게 가기 있냐?"

—어차피 계약은 유지되잖아. 필요하면 언제든지 돌아올게.

"아니 나도……."

카리엘이 은퇴하고 같이 가자고 말하려 했으나 수르트와 소환체들은 작게 고개를 저었다.

'네 은퇴는 글렀어!'라고 말하는 듯한 그들을 보면서 카리엘은 이를 갈았다.

"후…… 일단 먼저 가 있어. 금방 따라간다."

카리엘의 말에 웃으면서 고개를 끄덕이는 소환체들.

하지만 그들에게 약속했던 것과 달리 카리엘의 은퇴 계획은 자꾸만 늦어져만 갔다.

카리엘이 무력으로 성장할 때 정치력이 성장했던 루피엘, 그리고 그를 돕는 세리엘로 인해 둘 사이에 은퇴 싸움이 치열하게 벌어진 것이다.

신기한 건 카리엘과 루피엘 간의 은퇴 싸움이 일어나는 와중에도 자기 일은 꼭 다 끝낸다는 점이다.

오늘도 대전에서 긴급한 현안들을 처리한 대신들이 양 파벌로 갈리기 시작했다.

"오늘의 마지막 안건. 황제폐하의 은퇴에 대해 토론을 진행하겠소."

새로이 재상이 된 루터가 질렸다는 듯 고개를 절레절레 흔들면서 대전 회의의 마지막 안건을 말했다.

'오늘은 기필코!'

반드시 은퇴하겠다 다짐하는 카리엘과 대신들.

그리고 그를 막아서는 신진 세력.

이 둘의 싸움이 오늘도 치열하게 이루어졌다.

《황태자는 은퇴가 하고 싶습니다》 마칩니다

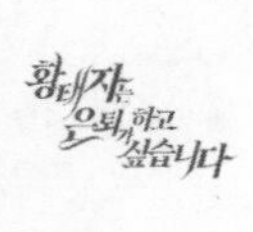

맺음말 (1)

드디어 완결이네요.

중간중간 아쉬운 부분도 많았지만 독자님들의 아낌없는 조언 덕분에 완결까지 무사히 마칠 수 있었습니다.

처음 해 보는 일일 연재라는 것이 저한테 부담이 되었는지 많이 미숙한 모습을 보였습니다.

이 부분에 대해서 같이 따라와 주신 독자님들께 정말 죄송합니다.

다음 작품이 언제일지 모르겠지만 그때는 꼭 더 완숙한 모습으로 찾아뵈겠습니다.

※음…… 추가로 마무리되지 못한 떡밥들도 조금 있는데

이 부분은 외전으로 회수할 생각이긴 합니다.

중간에 지루하셨던 분들이나 '어떻게 끝나는지만 봐야지!' 라고 생각하셨던 분들을 위해 외전으로 진행하는 것이니 외전은 꼭 보시지 않아도 좋습니다.(개인적으로 카리엘의 은퇴는 꼭 써 보고 싶어서 적는 것이라서요.)

이로써 미숙한 부분이 많았던《황태자는 은퇴가 하고 싶습니다》를 정말로 끝내게 되었네요.

다시 한번 마지막까지 따라와 주신 모든 독자님들께 감사의 인사를 드립니다.

언젠가 다시 찾아뵐 날을 고대하며 미숙한 작가는 이만 물러갑니다.

꾸벅!

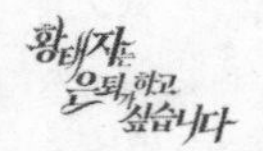

외전 1. 은퇴 싸움의 승자는?

재상과 시종장의 은퇴로 촉발된 은퇴 싸움.

황궁 안에선 치열한 눈치 싸움이 벌어지고 있었다.

문제는 그들 대부분이 젊은 사람들이라는 것이었다.

"허허. 재밌군요."

"그러게 말입니다."

여유로운 (전)재상과 (전)시종장의 티타임.

매일같이 은퇴하면 곧바로 지방으로 떠날 거라는 말을 입에 달고 살았던 재상이었지만 막상 은퇴하자 중앙에 박혀서 여유롭게 내정 싸움을 구경하고 있었다.

그들이 중앙을 떠나지 않아도 될 만큼 격렬하게 싸우고 있었기 때문이다.

이미 은퇴한 자들에 대한 관심은 저 멀리 멀어졌기에 안심하고 중앙에서 매일매일 일어나는 판도를 즐겁게 구경 중이었다.

그리고 그건 제국민들 역시 마찬가지였다.

일반적으로 내무적으로 정쟁을 하면 제국민들은 한숨을 푹푹 쉬기 마련이지만, 이그니트는 달랐다.

-은퇴 싸움 오늘로 432일째 무승부!

-그래도 유리한 건 황태자 측?

-황태자 은퇴가 먼저일까?

이제는 하나의 가십거리가 된 지 오래인 은퇴 싸움.

황궁 내에서야 심각한 일이지만 이미 이그니트를 넘어 다른 국가에서도 이 일을 가십거리로 생각할 만큼 웃기는 일이 되었다.

"생각보다 곤란하게 되었군."

카리엘의 말에 황제 궁에 모인 대신들이 고개를 숙였다.

대중의 지지를 받으며 카리엘을 황좌에 꽉 붙들고 있는 루피엘은 꽤나 까다로웠다.

대신들과 감찰총장까지 포섭한 화려한 카리엘의 라인에 비해 루피엘의 힘은 미약했다. 하지만 그 빈자리를 대중의 힘으로 메꾸고 있었다.

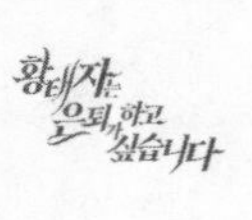

-중년 남자로 구성된 카리엘 라인 vs 젊은이들이 주축이 된 루피엘 라인.

어느새 이렇게 틀이 박혀 버린 것이다.

"하…… 내 나이가 몇인데……."

타리온이 준 보고서를 읽으면서 한숨을 푹푹 쉬었다.

전원 중년들로 구성된 대신들과 달리 카리엘의 나이는 굉장히 젊었기 때문이다.

그러나 평균 나이 40세가 넘는 중년의 팀원들 때문에 카리엘 역시 '늙은이' 취급을 받으면서 신진 세력의 대척점에 선 거두로 보이고 있었다.

"뭐 나이야 그렇다 치고. 앞으로 어떻게 해야 할지 논의나 하지."

그렇게 말한 카리엘이 대신들을 바라보았다.

은퇴하고 싶으면 의견 좀 내 보라는 무언의 압박에 열심히 머리를 굴리던 내무대신이 손을 들었다.

"폐하, 저들이 가진 가장 큰 패는 혼인 아니겠습니까?"

내무대신의 말에 카리엘이 작게 고개를 끄덕였다.

현재 카리엘을 괴롭히는 가장 큰 문제가 바로 혼인이었다.

"폐하! 황위에 오르신 지 오랜 시간이 지났사옵니다. 이젠 정말 후사를 생각하실 때가 아닌지요."

얼마 전에도 찾아와 이런 말을 툭 던지고 간 세리엘을 보면 이가 갈렸다. 더 얄미운 건 루피엘은 한마디도 하지 않고 있다는 점이다.

마치 세리엘은 마음속 깊은 충정에서 나온 말인 양 카리엘의 후사를 걱정하는 말만 툭 던지고 본래 자리로 돌아간다.

그러다 보니 겉으로는 루피엘과 같은 노선이 아닌 충정파 신하처럼 보이는 것이다.

물론 제국민들도 바보는 아니기에 이것이 짜고 치는 것임은 알고 있다. 하지만 정치라는 게 보이는 것도 중요한 법.

오히려 세리엘이 이런 식으로 나오자 자꾸만 명분이 동생들에게 넘어가고 있었다.

"폐하께서도 아시겠지만 이대로 가면 결국 전대 황비들께서도 나서실 것입니다."

아직은 젊었기에, 그리고 제국에 큰 위기가 있었기에 잠자코 있었지만 이제는 아니었다.

마계의 게이트도 남아 있고, 대륙 곳곳에 퍼진 과거의 잔재들과 그로 인해 발생하는 변이된 존재들 때문에 태평성대까지는 아니라곤 하지만 이젠 단순히 생존 그 이상의 내실을 다질 때가 된 것이다.

카리엘의 어미인 선황후가 죽었기에 황태후 자리는 공석이다. 그렇기에 황비들이었던 황태비들이 나설 명분이 생기는 것이다.

"후…… 황태비 마마들이 나서기 시작한다면……."

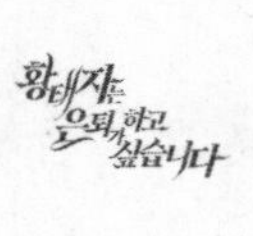

"……더 이상 저희들이 막기는 어려울 것입니다."

내무대신의 말에 카리엘이 한숨을 푹 쉬었다.

카리엘이 폭군처럼 몰아붙인다면 반대는 할 수 있겠지만 정치 싸움으로 가면 결국 패배로 귀결될 수밖에 없었다.

혼인을 한 순간 황궁에 발이 묶을 것이고, 아이라도 낳는 순간 루피엘은 이를 명분으로 황태자 자리를 내려놓으려고 할 것이다.

점점 옥죄어 오는 압박감. 은퇴를 못 할지도 모른다는 초조함은 카리엘만 느끼는 것이 아니었다.

이미 한배를 탄 이상 대신들 역시 카리엘이 은퇴를 하지 못한다면 마지막까지 붙잡혀서 구를 수도 있는 것이다.

본래라면 승진을 위해 목숨을 걸어야 할 관료들은 적당한 선에서 멈추는 것을 선호했다. 돈은 꽤 벌어 미래를 그려 볼 수 있을 정도? 대신 황궁이나 중앙 관료가 아닌 지방의 여유로운 곳을 가려고 하는 것이다.

어떤 이는 중앙에서 최대한 빨리 승진한 후, 적당히 책임질 구실을 만들어 스스로 지방에 좌천되어 내려가는 계획을 세우는 자들도 있었다.

그만큼 현재의 젊은 이들은 여가 생활을 중요하게 생각했다. 그러다 보니 대신들과 고위 관료들은 애가 탔다.

"폐하! 한 가지 물어볼 것이 있사옵니다."

"……말해 보게."

카리엘의 허락에 모두가 외무대신을 바라보았다.

그러자 그가 조심스럽게 물었다.

"폐하께선 혼인을 하기 싫어하시는 것입니까?"

"무슨 말이지?"

"음…… 만약 은퇴할 수 있다면 혼인하는 것에 어떻게 생각하시는지요?"

카리엘의 물음에 생각을 정리한 후 다시 말하는 외무대신.

그런 그의 물음에 대신들이 눈을 동그랗게 떴다가 카리엘을 바라보았다.

"혼인을…… 했는데 은퇴를 할 수 있다?"

"예."

확신에 찬 외무대신의 말에 모두들 고개를 갸웃거렸다.

그게 어떻게 가능하단 말인가? 혼인을 하는 순간, 현 황태자가 은퇴한다고 난리칠 게 뻔했다.

황궁의 내사를 책임지는 선황녀 미리엘도 다 내려놓고 떠나겠다고 선언하는 판국에 카리엘의 은퇴?

"더 말해 봐."

카리엘의 허락이 떨어지자 생각을 정리한 외무대신이 계획을 하나하나 설명해 나갔다.

"일단 혼인한다고 결정을 내리시면 시간을 벌 수 있습니다."

외무대신의 말에 다들 고개를 끄덕였다.

최소한 지금처럼 압박을 받지는 않을 것이다. 그렇다면 한

결 여유있게 황태자의 공세를 받을 수 있으리라.

"그다음은?"

"일단 누구든 간택하셔서 혼인하시는 것입니다."

"그리고?"

여기서가 중요했다.

혼인하는 순간 미리엘과 루피엘이 빠져나가지 못하도록 붙잡아 두는 것. 이게 바로 핵심이다.

"일단 혼인을 하셨으니 신혼여행은 가셔야겠지요?"

"그렇……지?"

"겸사겸사 신부 될 분의 외가도 들르셔야 할테지요."

외무대신의 말에 다들 무슨 말인지 알게 되었다. 그의 계획은 바로 '시간'이었다.

혼인한다면서 시간을 끌고 신혼여행을 통해 한 번 더 시간을 끄는 것이다.

그다음은 뭘까?

"내가 없는 동안 루피엘이 정국을 잘 이끌어 주겠지?"

"그럴 것이옵니다."

카리엘이 없는 동안에도 제국을 안정적으로 이끈다면 굳이 카리엘이 황좌에 계속 앉아 있어야만 할 이유가 사라진다.

그럼 상황으로 빠진다는 이유도 들 수 있을 터.

마침 적절한 이유도 있었다.

카리엘의 몸은 '완전히' 회복된 상태가 아니라는 것.

이걸 핑계로 주요 업무를 루피엘에게 계속 미루면서 상황으로 빠질 각을 보는 것이다.

"하지만 이것만으로는 부족해."

카리엘이 미간을 찌푸리며 말했다.

그럴듯한 계획이었으나 루피엘의 힘이 강해지는 만큼 압박도 더 심하게 들어올 터. 그때까지 신혼여행을 핑계로 버틸 수도 없을뿐더러 은퇴 각을 잡기엔 명분이 부족했다.

"예. 그러니 신혼여행으로 시간을 끌면서 루피엘 저하의 능력을 검증하게끔 한 후, 폐하께선 다음 행보를 준비하셔야 하옵니다."

"그게 뭐지?"

"마침 폐하의 소환체들이 대륙을 위한 중요한 일(?)을 하고 계시지 않습니까?"

"응?"

갑자기 헛소리를 하는 외무대신.

모두가 그를 바라보자 그가 빙그레 웃었다.

"폐하께선 '신'과 소통하는 신의 사자이시지요. 그리고 아직 대륙의 평화를 위협하는 존재들은 사라지지 않았습니다."

"아……."

외무대신이 어떤 그림을 그렸는지 전부 깨달은 카리엘이 함박웃음을 지었다.

"좋군. 나쁘지 않은 계획이야."

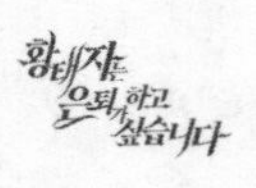

카리엘의 소환체들.

그들 개개인의 소원 때문에 카리엘의 곁을 떠나간 것이지만, 다른 이들이 그걸 알 리가 없다.

현재 제국에서 카리엘은 신의 사자이자 거의 신으로 추앙받는 존재. 그런 그가 아직 대륙에 남은 위협을 막기 위해 움직인다는데 어쩔 것인가?

"덤으로 세리엘도 꼬셔 볼 수 있겠어."

"예?"

외무대신이 고개를 갸웃거리자 카리엘이 피식 웃으며 말했다.

"자네가 말했잖나, 내 명분은 대륙의 평화를 위해 과거의 잔재들과 위협이 될 존재들을 지우는 것이라고."

"그렇사옵니다만……."

"그럼 세리엘도 비슷한 명분으로 총사령관에서 내려오게 만들 수 있지 않을까?"

카리엘의 말에 대신들이 고개를 갸웃거렸으나 군부대신만은 의도를 알겠다는 듯 미소를 지었다.

"세리엘 저하에게 특수군의 지휘를 맡기실 생각이군요."

군부대신의 말에 카리엘이 고개를 끄덕였다.

지금처럼 높은 지휘가 아닌 오직 과거의 잔재들의 처리를 위한 특수군의 지휘관으로 임명할 생각이다.

대전쟁에서처럼 빡빡한 일정이 아닌, 여유롭게 서대륙을

돌면서 위협을 처리할 예정이고, 군대의 규모도 그리 크지 않을 터이니 세리엘도 충분히 만족할 터.

"유람한다 생각하며 천천히 군을 움직이게 만들어 주면 녀석도 혹하겠지."

"루피엘 전하와의 사이를 갈라놓음과 동시에 아군으로 만드는 것이니 천하의 루피엘 전하도 어쩔 수 없겠군요."

"하는 김에 군부도 꼬셔야지. 그쪽도 나이 지긋하신 노장들 많지 않나?"

카리엘의 말에 군부대신이 고개를 끄덕였다.

재상과 시종장도 죽을 때 다 되어서야 은퇴했다는 말이 나오는지라 차마 은퇴 각을 잡지 못하는 노장들이 수두룩했다. 거기다 세리엘이 카리엘과 반대편에 서고 있으니 더 말하기 어려웠을 터.

그들에게 대신들에게 했던 것처럼 은퇴로 살살 꼬시면 무조건 넘어올 수밖에 없을 것이다.

"제법 재밌는 그림이 그려졌군."

그렇게 말한 카리엘이 자리에서 일어나 외무대신의 어깨를 두드려 주었다.

"계획대로만 진행된다면 자네를 가장 먼저 이곳에서 탈출시켜 주지."

"성은이 망극하옵니다! 폐하!"

감격의 눈물을 흘리는 외무대신과 그런 그를 보며 만족스레 웃는 카리엘.

잠시 외무대신들을 부럽다는 듯 바라보는 대신들이었으나, 자신들 역시 곧 은퇴를 할 예정임으로 함박웃음을 지으며 계획을 좀 더 상세하게 만들기 위해 긴 회의를 이어 나갔다.

그리고 야밤을 틈타 긴 회의를 한 지 며칠이 지났을 때, 루피엘 황태자가 마침내 칼을 뽑아 들었다. 바로 선대 황비들이 카리엘의 후사가 걱정된다며 직접 편지를 보낸 것이다.

"마침내 때가 되었군."

그렇게 말한 카리엘이 대전회의를 소집했다.

황태비까지 나선 마당에 더는 물러설 곳이 없는 법.

모든 대신들과 고위 관료들이 모이는 대전.

그곳에서 카리엘이 무거운 입술을 열었다.

"짐이 부족해 태비마마들의 걱정을 끼쳤구나."

그렇게 말한 카리엘이 루피엘을 보며 한숨을 쉬었다.

그런 그의 모습에 자신이 이겼다고 생각한 루피엘은 입술을 말아 올렸다. 카리엘이 핑계를 대며 미루려는 순간, 곧바로 앞으로 나설 생각으로 준비를 하는 루피엘.

"제국민도 태비마마도, 그대들도 모두 짐의 혼인을 원하니 해야겠지. 혼인할 테니 내무대신은 준비하도록!"

"명을 받듭니다!"

카리엘의 말에 루피엘의 눈동자가 떨렸다.

마치 '이렇게 쉽게 허락을 한다고?'라는 생각을 하는 듯한 표정.

그런 그를 보면서 이번엔 카리엘이 입가에 미소를 그렸다.

황태비들이 움직이면서 루피엘의 승리로 점쳐지던 정쟁. 분명 대전 회의가 시작할 때만 하더라도 자신의 승리를 믿어 의심치 않았던 루피엘의 표정에 불안감이 싹트기 시작했다.

그건 다른 이들 역시 마찬가지였다.

욜로 라이프를 즐기기 위한 젊은 관료들의 계획이 자칫 무너질 수 있는 것이다. 그렇기에 모두들 걱정스러운 표정으로 대전을 나오면서 카리엘과 대신들의 계획이 무엇인지 추측하기 위해 삼삼오오 모여 회의에 들어갔다.

그리고 그건 루피엘 역시 마찬가지였다.

"세리엘은?"

"곧 온대요!"

미리엘이 두 팔을 번쩍 들어 올리면서 말하자 그런 그녀를 귀엽다는 듯 머리를 쓰다듬어 주었다.

"차 좀 부탁하지."

"예, 전하."

루피엘의 명령에 방을 빠져나간 시녀들.

항상 중요한 얘기를 할 때는 이렇게 차를 내오라고 시키곤

했기에 모든 시녀들이 방을 빠져나갔다.
그러자 심각한 표정을 짓는 루피엘.
"……형님한테 뭔가가 있어."
"뭐가요?"
미리엘이 고개를 갸웃거리면서 물었다.
예전보다 훌쩍 컸다고는 하지만 아직 어린 미리엘.
황궁의 내사를 관리하고 있다지만 그녀에게 정치는 아직도 어려운 것 중 하나였다.
"아무래도 형님이 뭔가를 준비하고 있는 것 같아."
그렇게 말한 루피엘이 한숨을 쉬었다.
대체 뭘 준비하고 있는지 알 길이 없으니 불안했다.
자신이 카리엘이 없는 동안 정치 짬밥 좀 먹었다지만, 여전히 형의 그늘은 짙었다.
그렇기에 한순간도 방심할 수 없다.
"들었다. 한 방 먹었다며?"
들어오자마자 빙그레 웃으면서 말하는 세리엘.
그런 그를 보면서 루피엘이 한숨을 쉬었다.
"형님이 뭘 준비한 거 같긴 한데 뭔지 알 수가 없다. 일단 대략적인 거라도 알아놔야 대비를 할 텐데……."
"흠……."
걱정하는 루피엘을 보면서 세리엘은 여유로운 표정을 지었다. 황태자는 루피엘이지 자신이 아니었기 때문이다. 최악의 상황으로 흘러가도 자신이 황제가 될 일은 극히 희박했다.

루피엘과 카리엘이 작당하고 자신을 밀지 않는 이상 황제가 될 가능성도 낮았기 때문이다.

"여유롭다?"

루피엘이 눈을 가늘게 뜨면서 세리엘을 바라보았다.

수상하다는 그의 표정을 보면서 세리엘이 어깨를 으쓱이며 말했다.

"뭐 내가 급한 건 아니니까."

"……설마 형님이 너한테 접근한 거냐?"

눈치 빠른 루피엘이 세리엘을 보면서 물었다.

형제답게 세리엘의 특징을 가장 잘 아는 루피엘이 뭔가 이상함을 느꼈다.

특히나 표정 관리 못하기로 소문난 세리엘이 최소한의 표정 관리도 없이 저렇게 대놓고 여유로운 표정을 짓는다?

'수상해!'

대놓고 수상한 티를 팍팍 내는 세리엘을 보면서 루피엘이 위기감을 느꼈다.

'형님이 군부를 접수한 걸까?'

그렇게 생각하며 머리를 굴렸다.

아무리 정치에 큰 관심이 없는 세리엘이라지만 꽤 똑똑한 머리를 갖고 있는 놈이다. 그런 녀석을 꾀어내려면 대체 뭘 던져 주었을지 현재의 루피엘로선 알 수가 없었다.

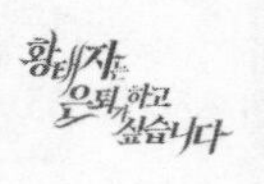

"괜찮아요?"

식은땀을 줄줄 흘리는 루피엘을 보며 걱정스레 물어보는 미리엘. 그녀의 걱정에도 루피엘의 굳어진 표정은 풀리지 않았다. 대신들과 고위 관료를 등에 업은 카리엘이 세력을 확장할 곳은 딱 한 군데밖에 없었다.

이그니트의 자유 파벌의 핵심인 군부!

그렇기에 군부의 정점에 있는 세리엘에게 접근했을 가능성이 있었다. 그 사실을 알고 있는 루피엘은 지속적으로 친목을 다지기 위해 세리엘을 찾아갔다.

형인 카리엘의 은퇴를 힘을 합쳐 막아 내기 위해.

어릴 적부터 만나기만 하면 싸워 댄 세리엘을, 분노를 참아 가며 만나 억지로 함께 밥 먹고 토론해 온 이유는 오직 이것뿐이었다.

그런데.

"눈치 빠르네?"

여유로운 표정을 짓던 세리엘이 루피엘을 보며 입을 여는 순간, 루피엘은 카리엘이 세리엘을 꼬셨음을 확신할 수 있었다.

"너…… 이렇게 배신할 거야?"

"어쩔 수 없잖아, 거부할 수 없는 큼지막한 선물을 주시는데……."

"미리엘마저 배신한다고?"

루피엘이 귀여운 미리엘 옆으로 가서 충격 먹은 표정을 지었다. 그러자 여유로운 표정을 짓는 세리엘이 움찔했다.

그 순간, 대화를 듣고 있던 미리엘이 충격 받은 표정으로 세리엘을 바라보았다.

"오라비…… 우리 배신한 거예요?"

"음……."

미리엘이라는 강력한 무기를 휘두르며 바라보는 루피엘.

하지만 세리엘 역시 그동안 군부를 이끌면서 머리 좀 굴려 본 인물이었다. 정치가 싫어서 안 하는 것뿐, 못하는 게 아니라는 것을 증명하기 위해 입을 열었다.

"미리엘, 잘 생각해 봐. 형님이 결혼하시면 더 이상 이렇게 일할 필요가 없어."

세리엘의 말에 미리엘이 고개를 갸웃거렸다.

"황후가 탄생한 순간, 미리엘 대신 황후 마마가 황궁을 관리하시잖아."

"아……."

미리엘이 감탄사를 내뱉으며 고개를 끄덕이다 떨리는 눈동자로 루피엘을 바라보았다. 어느새 미리엘은 의자와 함께 루피엘의 곁에서 멀어지고 있었다.

"너…… 너……."

자신에서 멀어지는 미리엘의 모습에 충격으로 말을 잇지 못하는 루피엘.

그런 그를 보며 미리엘이 안타까운 표정을 지으며 말했다.
"오라버니, 힘내세요!"
지금의 그녀가 해 줄 수 있는 말은 이것뿐이었다.
황족들 중 가장 착하다고 알려진 천사표 미리엘이었으나, 아직 어린 그녀는 놀고 싶었다.그동안 열심히 일했으니 이제는 좀 쉬고 싶은 마음도 컸다.
루피엘이 안타까웠으나 그런 마음 이상으로 쉬고 싶다는 본능을 이기지 못해 자연스레 멀어지는 미리엘을 보며 세리엘은 웃음을, 루피엘은 눈물을 흘렸다.
"아직 진 거 아니다."
"그럼~."
이글거리는 눈빛으로 바라보는 루피엘을 보며 고개를 끄덕인 세리엘은 조용히 미리엘을 데리고 방에서 나갔다.
방에 홀로 남아 좌절하는 루피엘. 하지만 그것도 잠시 뿐이었다. 곧바로 자리에서 일어나 자신의 세력을 불러 모았다.
세리엘이 그동안 함께했던 정이 있기에 양심상 던져 준 소중한 정보. 그것을 바탕으로 카리엘의 은퇴 계획을 저지해야 했기 때문이다.

그렇게 루피엘이 카리엘을 저지하기 위해 고군분투하고

있을 무렵, 카리엘은 대신들과 모여서 여유롭게 티타임을 즐기고 있었다.

"폐하."

"응?"

"세리엘 저하가 말하도록 내버려 두신 이유가 있습니까?"

타리온이 궁금하다는 듯, 묻자 다른 대신들 역시 카리엘을 보며 고개를 끄덕였다.

"불쌍하잖아."

카리엘의 말에 대신들이 미간을 찌푸렸다.

비록 자신들이 유리하다고는 하지만 아직 승리가 확정된 건 아니다.

그런데 이런 여유라니?

"차기 황제가 되어서 끝없이 고통받을 텐데 할 수 있는 건 전부 하게 해 줘야지. 뭐…… 마지막 배려 정도라고 해 두지."

그런 카리엘의 말에 곰곰이 생각하던 대신들이 고개를 끄덕였다. 생각해 보니 그 말도 일리가 있었다.

현재 카리엘이 이끄는 세력은 대신들만이 아닌 고위 관료들까지 포함된 세력이다. 이들 전부가 한적한 자리나 은퇴를 하게 된다면 남은 자리는 당연히 젊은 관료들이 채워야 할 터.

자신들이야 중년부터 고생했다지만, 이들은 먼 훗날 은퇴하기 전까지 계속해서 고통받을 것이다.

과거의 암흑기 시대처럼 어설프게 업무를 할 수도 없다.

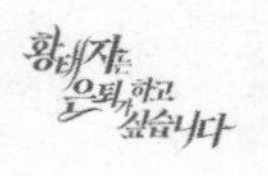

이미 이그니트의 관료 체계는 빡세게 돌아가게끔 관료 문화가 만들어진 상태였고, 카리엘 역시 상황의 자리에 있으면서 한 번씩 관리할 것이기에 이들은 죽기 직전까지 고통받을 수도 있는 것이다.

"그리고 우리가 먹은 정치 짬밥이 얼마인데…… 이 정도가지고 앓는 소리야? 그래도 마지막 은퇴 작품인데 적당한 스릴 정도는 있어야 하지 않겠어?"

"맞습니다."

"하하! 아직 애송들이지요."

"하긴…… 이 정도 선물은 던져 줘야 밸런스가 맞겠지요."

대신들이 자신감을 보이면서 웃기 시작하자 카리엘 역시 진하게 미소를 지었다.

그동안이야 확실한 한 방을 먹일 방법을 못 찾아서 그렇지, 이렇게 한 방을 먹일 방법만 확실하다면야 애송이들에게 질 자신이 없는 카리엘이었다.

'내가 그동안 먹은 정치 짬밥이 20년이야!'

전생과 현생을 합쳐 20년에 가까운 정치질.

그렇기에 고작 몇 년에 불과한 애송이들에게 당하기엔 자존심이 상했다.

스스로 페널티를 줘서 어느 정도 밸런스를 맞춘 카리엘과 대신들은 여유로운 움직임과는 다르게 일은 확실히 처리했다.

가장 먼저 내무대신이 카리엘과 혼약할 처자 후보들을 추리고, 외무대신이 외국에 알리면서 빠르게 진행했다.

본래라면 태황후가 했어야 했지만 그 빈자리를 두 대신들이 완벽히 처리한 것이다.

그리고 다른 대신들 역시 일 처리를 완벽하게 했다.

그동안 힘들다고 은근슬쩍 아래로 미루던 일들을 본인들이 빠르게 처리해 버리면서 산더미처럼 쌓인 일들을 빠르게 줄여 나갔다.

그 모습을 보면서 평소라면 좋아해야 했을 젊은 관료들.

하지만 지금은 아니었다.

대신들이 이렇게 살신성인의 자세로 열심히 일하는 이유가 뭐겠는가?

'은퇴하기 전에 내 일은 마무리하고 가마!'

이런 마음가짐으로 하는 것이다.

마지막으로 후배들을 위해서 일한다?

물론 그런 것도 있을 것이다.

하지만 은퇴 후에 다시 불려 나올 빌미조차 주지 않겠다는 그들의 의지로 인한 것이 컸다.

"……칼을 뽑아 드셨군."

황후 간택식을 진행하면서 밀려 있던 일들을 순식간에 정리해 나가는 대신들과 카리엘을 보는 루피엘의 표정은 어두웠다.

여전히 카리엘이 숨긴 무기가 무엇인지 알지 못한 상황에서 간택식은 빠르게 진행되고 있었다. 이러다간 정말로 아무 것도 모르고 처맞는 걸 기다리는 수밖에 없는 것이다.

"다들 정말로 짐작되는 게 하나도 없나?"

루피엘의 물음에 루터를 포함한 신진 세력은 고개를 떨구었다.

"후…… 결국 얌전히 칼이 날아오기를 기다려야 하나?"

좌절감에 한숨을 쉬는 루피엘.

그런 그를 보면서 침울한 표정을 짓는 신진 세력.

최근 보여 주는 대신들의 행보는 그동안 기고만장했던 이들에게 큰 충격을 안겨다 주었다.

매일같이 카리엘에게 불려 가는 것을 두려워하며 한숨만 쉬는 대신들로 보이던 이들. 그저 능력 있는 자신들을 욕받이로 세워 둔 것이라 생각했던 중년의 대신들이 마치 그동안은 봐줬다는 듯, 본격적으로 움직이기 시작하면서 신진 세력에게 좌절감을 안겨다 주었다.

이들이 뭔가를 해 보려 하면 귀신같이 알아채곤 방해하는 것은 물론이고, 신진 세력이 이렇게 나올 줄 알았다는 듯 간택식을 방해할 모든 루트를 틀어막아 버리고 있었다.

게다가 더 좌절감이 느껴지는 건 그들보다 훨씬 빠른 일 처리를 보여 주고 있다는 점이다.

-황후 간택식! 시작!

-대륙 전역에서 모여드는 미모의 여인들!

-어떤 간택식보다 호화로운 대륙 최고의 간택식이 시작되었다!

마침내 본격적으로 시작된 간택식.

사람들은 미루고 미루던 카리엘이 결혼을 하려 하자 그곳에 정신이 팔려 있었다. 그리고 그런 루피엘을 비롯한 신진 세력 역시 마찬가지였다. 일단 조금이라도 시간을 끌기 위해 간택식에 모든 힘을 쏟아붓고 있었기 때문이다.

그렇게 모든 이들이 간택식에 집중할 때, 군부에선 조용히 모종의 일을 꾸미고 있었다.

-위험한 과거의 잔재들. 이들을 상대할 특수한 전력이 필요하다.

-과거의 잔재들만을 위한 특수병과 창설을 준비해야 한다?

-마스터급 이상이 다수 필요할지도?

간택식에 묻힌 주제들.

하지만 후에 카리엘의 은퇴를 위한 근거가 되어 줄 증거들이 조용히 준비되기 시작했다.

“형님, 준비 끝났습니다.”

“그들은? 동의했나?”

“물론이죠. 그들 역시 은퇴가 간절한데 거절할 리가 있겠습니까?”

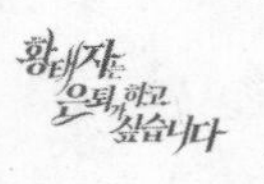

카리엘의 물음에 빙그레 웃은 세리엘.

야밤을 틈타 조용히 만난 세리엘이 자신이 설득한 마스터들을 보여 주었다.

모두 나이가 지긋한 마스터들.

본래라면 죽기 직전까지 굴려야 할 그들을 '은퇴'라는 미끼로 설득한 세리엘이 카리엘에게 자랑스럽게 설득한 증거들을 건넸다. 지장이 찍힌 몇 장의 서류들을 보면서 빙그레 웃은 카리엘이 나직이 말했다.

"그런 루피엘 황제 만들기 프로젝트를 시작해 볼까?"

카리엘이 세리엘과 간단히 술을 마시고 있자, 뒤이어 오늘의 주인공들이 모습을 드러냈다.

"폐하를 뵙습니다."

"같이 오시었군."

야밤을 틈타 모습을 드러낸 중년의 남자들.

"폐하, 약속하신 것이 정말 사실입니까?"

가장 앞에 선 남자의 물음에 카리엘이 작게 고개를 끄덕였다.

"제국에 위기가 찾아오지 않는 한 그대들을 다시 불러들일 생각은 없네."

카리엘의 말에 앞에 선 남자들의 표정이 환해졌다.

무려 황제의 약속.

구두로 한 약속에 불과하지만 약속을 한 자가 카리엘이라면 서류 쪼가리보다 더 믿음이 갔다. 이제까지 카리엘이 약속한 것치고 이뤄지지 않은 것이 없었기 때문이다.

"그래…… 이제 노선을 확실히 정하겠는가?"

카리엘의 물음에 가장 앞에 선 남자가 고개를 숙였다.

"신과 시카리오 후작가는 폐하의 은퇴를 지지하겠습니다."

"신 아켈리오 역시 폐하의 은퇴를 지지하겠습니다. 그동안 고생하셨으니 여생은 푹 쉬십시오."

두 중년 남자의 말에 빙그레 웃으며 고개를 끄덕인 카리엘이 의외라는 표정으로 데이비어 공작을 바라보았다.

"그런데 그대는 괜찮겠는가?"

"무엇을 말이옵니까?"

"그대가 은퇴하면 귀족파의 파벌에 문제가 생길 터."

카리엘의 말에 데이비어 공작이 쓴웃음을 지었다.

"이제는 유명무실한 귀족파가 무슨 문제가 되겠습니까? 이젠 소신도 쉴 때가 되었지요."

신이라 추앙받는 카리엘로 인해 이제는 귀족파 자체가 의미가 없어졌다. 게다가 혁명 세력을 비롯한 수많은 인재들이 중앙 정치를 잡아먹기 시작하면서 귀족들의 특권 역시 이제는 옛말이 되어 버렸다.

몇몇 늙은 귀족들이 아직도 과거를 잊지 못하고 난동을 부리고는 하지만 그래 봤자 감옥에 들어갈 뿐이다.

"그대가 이리 은퇴하면 월크셔 공작이 힘들어지겠군."

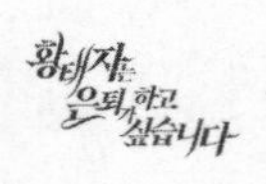

"그 친구는 이제 막 마도사에 올랐는데 고생 좀 해야지요."

오래전에 마스터의 경지에 오른 데이비어 공작이기에 암흑기 시절부터 나름 고생을 해 왔다.

남부를 견제할 때마다 마스터로서 차출되었고, 카리엘과 함께 위험 지역을 갈 때마다 중앙에 남은 월크셔 공작 대신 고생을 많이 했다.

그렇기에 당당할 수 있었다.

'저 고생할 만큼 했습니다. 은퇴시켜 주십시오!'

강렬한 눈빛으로 이렇게 주장하는 데이비어 공작을 보면서 카리엘이 빙그레 웃은 후 고개를 끄덕였다.

"그나저나 이렇게 세 명이 전부 빠져 버리면 군부에서 말이 나올 텐데?"

"아! 그 부분은 걱정 마세요, 형님."

세리엘이 걱정 말라는 듯, 품속에서 보고서를 꺼냈다.

"대공이 마스터의 벽을 두드리고 있다고 합니다. 또한 남부의 알탄 후작과 델론드 후작이 거의 벽을 넘었다고 전해 왔습니다."

"좋군."

새로운 마스터들은 언제나 환영이었다.

자신들이 은퇴해도 그 빈자리를 채울 인재들까지 추천한 마스터들이 빙그레 미소를 지었다.

물론 한 명은 그랜드 마스터였지만 당장에 큰 위협이 없으니 문제 될 건 없으리라.

"그럼 모두 날 지지하는 것으로 알겠네."

그렇게 말한 카리엘이 은퇴 예정인 마스터들과 함께 즐거운 술자리를 가지면서 평화로운 미래를 약속했다.

그리고 얼마 후, 마치 짜기라도 한 것처럼 간택식이 빠르게 진행되었다.

온갖 서류 절차들을 생략하면서 가뜩이나 빨랐던 간택식 진행이 더 빨라졌다.

그러다 보니 세계 곳곳에 있던 미인들도 다급히 이그니트로 몰려들었다.

"많이 몰려드는군."

"그러게 말이야. 근데 무슨 의미가 있겠나?"

"확실히…… 황후마마는 가까운 분들 중 한 분을 뽑겠지?"

이그니트 제국민이라면 대부분 이번 간택식이 이미 어느 정도 내정되어 있다는 것을 알고 있었다.

그동안 카리엘이 보인 모습을 보면 그렇게 생각할 수밖에 없었다.

가장 가까이 지내던 사람, 혹은 많이 봐서 익숙한 여인들이 아니면 거들떠도 보지 않았던 카리엘.

바빠선 그런 것이 컸지만 그동안 카리엘이 보인 모습을 볼 때, 이번 간택식 때문에 다른 여인에게 눈이 돌아갈 확률은

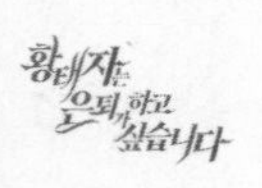

극히 적어 보였다.

"아일라 상단주가 유력하지?"

"그렇긴 하지."

옛 공국이자 현재는 제국 자치령으로 변모한 루미너스 자치령주의 하나뿐인 딸이자 이그니스 10대 상단 중 하나의 상단주.

능력도, 혈통도, 미모도 출중한 그녀.

그런 그녀를 가장 크게 위협하는 건 오랫동안 지기로 지내온 마스터 샤르도나 후작이었다.

카리엘보다 나이는 많지만 마스터라는 점에서 그 점은 크게 문제가 될 게 없다.

앞으로 몇십 년간은 외모가 변하지 않을 것이기 때문이다.

이 둘은 카리엘이 황태자였던 시절부터 황후 후보로 거론되었던 인물들이다. 하지만 황제가 되고 난 후, 새로운 후보들 역시 많이 나오기 시작했다.

"사실 아일라 상단주도 괜찮지만 난 마르니에 폴 상단주도 괜찮은 거 같아."

"그렇긴 하지. 아일라 상단주가 귀염상이라면 마르니에 상단주는 좀 더 요염함이 있달까?"

광장에 모이면 아일라와 마르니에 상단주를 중심으로 서대륙의 수많은 미인들을 들먹이며 카리엘과 어울릴 만한 사람들을 주장하고는 했다.

하지만 이런 이들의 주장은 한 사람이 나오면 조개처럼 입술이 닫혔다.

"뭐 아무리 예뻐 봐야 샤르도나 후작만 하겠어?"

서대륙 최고의 미인이라 불리는 샤르도나 후작.

예전이었다면 그녀의 이름이 나올 때 모두가 입을 다물었겠지만 이제는 달라졌다.

"룬디아 성녀라면 비벼 볼 만하지."

"그럼!"

교황과 태양검의 사후, 한차례 내홍을 겪은 교국은 새로이 성녀가 나타나면서 다시금 자리 잡았다.

아직 마스터급에 오르지 못했지만 차기 마스터급이 될 강력한 후보 중 하나였다.

동시에 그녀의 미모 역시 뛰어났기에 현재는 교국을 넘어 서대륙 전체에서 인기몰이 중이었다.

"어허~ 그래도 샤르도나 후작만 할까!"

어느새 샤르도나 후작과 룬디아 성녀를 중심으로 서로 누가 예쁜지 싸우는 이들.

슬며시 아일라와 마르니에도 끼워 넣으면서 누가 서대륙 최고의 미인인가를 두고 다투었다.

누구 하나 물러서지 않는 이들.

하지만 이것과는 다르게 카리엘을 놓고 내기하는 자들도 존재했다.

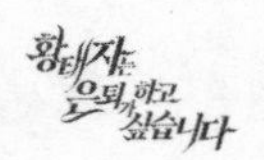

"과연 폐하께서 황후 한 명만 들이실까?"

"그러게. 황비는 두지 않으실지 궁금하긴 하네."

다들 무겁게 고개를 끄덕였다.

그동안이야 제국의 위기, 그리고 대륙의 위기까지 겪으면서 혼인을 할 정도로 여유 있는 상황이 아니었기에 이해는 했다.

문제는 평화로운 지금이다.

전쟁이 끝난 후, 평화로운 상황 속에서도 혼인을 극구 밀어낸 카리엘.

은퇴 싸움 때문에 그렇다는 건 이해하고 있었지만, 너무 오랫동안 혼자 지내다 보니 몇몇 의심병자들이 카리엘의 신체적 문제를 의심했다.

"사실 폐하께서 그곳에 문제가 있는 거 아닐까?"

"뭐?"

"고……."

"어허! 이 사람이?"

"솔직히 그렇잖아. 아니 황후마마야 정치적 문제 때문에 그렇다 치더라도 저렇게 젊은 분께 애인 하나 없다는 게 말이 되나?"

한창 혈기왕성할 카리엘이 애인 하나 없다는 점 때문에 사실 많은 제국민들이 겉으로 내색만 안 할 뿐 속으로는 의심을 하고 있었다.

신이라 추앙받는 카리엘이기에 대놓고 말은 못해도 다들 걱정하는 것이다.

위대한 혈통을 잇지 못할 수도 있다는 걱정.

근거도 여러 가지가 있었다.

전쟁이 끝난 후, 열린 연회에 거의 참석하지 않고 귀족들이 은근히 밀어 넣은 미모의 시녀들을 거들떠도 보지 않는다는 점.

무엇보다 루피엘이 황태자 자리에 앉은 것이 카리엘이 사실은 신체적 결함이 있어 자신 대신 황위를 잇게 만들려는 건 아닌가 하는 의심이 있었다.

이런 의심이 제국 전체로 퍼져 나가자 어떤 신문은 용맹하게 카리엘을 까는 기사도 게재했다.

-사실 폐하께선 신과 거래를 한 게 아닐까?

밑도 끝도 없는 제목뿐인 기사였지만 제국민이라면 보자마자 이게 무엇을 뜻하는지 알 수 있었다.

대륙을 지키기 위해 소중한 무언가를 희생하고 힘을 얻은 게 아니냐는 기사.

이런 기사가 나올 정도로 카리엘은 일에 치여 살았다.

그러다 보니 황후 간택식을 진행한다고 했을 때, 사람들이 쉬이 믿지를 못하고 몇 번이나 확인하기도 했다.

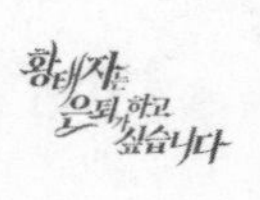

"흠…… 폐하의 성정상 황후마마 한 명만 간택할 확률이 높긴 하지."

"그렇지."

이렇게 생각하는 제국민들.

하지만 다른 대륙의 사람들은 달랐다.

명실상부 세계 최강의 국가로 군림하는 황제이기에 황후는 어렵더라도 황비라도 한자리 차지하면 대박이라는 생각을 한 것이다.

황후 자리야 내정되어 있다고 하더라도 황비 자리도 그럴까?

"황비 자리는 희망이 있다."

"혼인 동맹을 위해서라도 다수의 황비를 들일 가능성이 높다."

이렇게 생각하며 동대륙, 서쪽의 신대륙, 남쪽의 거대 섬 아오니아에서 수많은 여인이 몰려왔다.

대륙 최강이라 불리는 이그니트의 명성답게 추리고 추려도 몇백 명이었다.

문제는 카리엘이 황비를 과연 들이겠느냐는 것이다.

누가 황후가 될지와 비견될 정도로 뜨거운 관심을 갖는 주제. 여러모로 세계의 사람들에게 관심을 받고 있는 간택식이었지만, 정작 황궁은 고요했다.

"루피엘은?"

"일단 간택식에 집중하고 있습니다."
"흠…… 포기한 건가?"
카리엘이 김샜다는 표정으로 말하자 타리온이 쓴웃음을 지었다. 황태자 시절부터 정치력으로 재상까지 꺾고 세력을 만든 인물답게 루피엘을 가지고 놀듯 흔들고 있었다.
자신이 루피엘의 입장이었어도 버티지 못했을 것 같았다.
"그보다 폐하."
"응?"
"한 가지 궁금한 게 있습니다."
"말해 봐."
타리온의 물음에 카리엘이 고개를 갸웃거리면서 말했다.
"황비를 들이실 겁니까?"
"응? 황비?"
"예. 다들 폐하께서 이번에 황비들까지 간택하는 건가 궁금해하고 있습니다."
그의 말에 카리엘이 미간을 찌푸렸다.
"혼인 동맹 때문인가?"
"그것도 있지만 워낙 출중한 미모의 여인들이 많으니……."
타리온의 말에 카리엘이 생각에 잠겼다.
"황비라……."
조용히 중얼거린 카리엘이 고개를 저었다.
지금 시점에서 굳이 황비가 필요할까 싶긴 한 것이다.

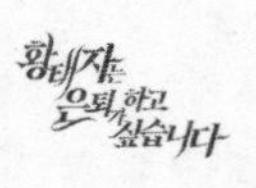

역대 황제들이 황비를 들이는 이유는 크게 세 가지다.

1. 예뻐서.
2. 혼인 동맹으로 결속을 다지기 위해.
3. 세력을 맞추기 위해.

이 세 가지를 봤을 때, 2번과 3번은 해당 사항이 없었다.

카리엘은 굳이 동대륙에 관여하고 싶은 생각이 없었고 세력을 맞추는 것 역시 관심이 없었다.

이미 카리엘의 존재감만으로도 절대적인 권력이 형성되었기 때문이다.

남은 건 예뻐서인데…….

"확실히 다들 예쁘기는 하지."

황후감으로 거론된 여인들을 보면서 카리엘이 고개를 주억거렸다. 남자라면 가슴이 콩닥거릴 정도로 아름다운 샤르도나와 성녀.

그에 비견되는 아일라와 마르니에 상단주.

네 명 다 능력도 좋고 예쁘고 성격도 좋았다.

문제는 카리엘은 전생과 현생 모두 겪어 보면서 황비를 두는 것이 얼마나 멍청한 짓인가를 봐 왔다는 것이다.

전 황제이자 자신의 아비가 세력을 맞춘다고 황비를 들이면서 얼마나 문제가 많았던가?

어느 날에는 어떤 황비를 찾아야 하고, 그럼 또 달래 준다고 또 다른 황비를 찾아가야 했다.

한 명만 총애하면 괜히 세력이 요동칠 수 있으니 적절히 균형을 잡아 줘야 하는데 그게 얼마나 피곤한 일인가?

지금의 카리엘이야 이런 부분에선 다소 자유롭다고는 하지만 여인들의 질투심까지 그러할까?

황후만 총애했다간 황비들의 질투를 받을 것이요, 황비들을 총애했다간 황후의 분노를 감당해야 할 것이다.

여기까지 생각한 카리엘은 한숨을 쉬며 고개를 절레절레 저었다.

"어우, 끔찍하네."

몸을 부르르 떤 카리엘이 타리온에게 말했다.

"황비는 안 들일 거야."

단호하게 말하는 카리엘을 보면서 타리온이 그럴 줄 알았다는 고개를 끄덕였다.

"그런데 아쉽긴 하군요."

"뭐가?"

"황비까지 들였으면 외가를 더 돌아다니면서 시간을 끌어봄직했을 텐데요."

타리온의 말에 카리엘의 머리가 맹렬히 돌아가기 시작했다. 신혼여행과 외가를 방문하는 동안 열심히 일할 루피엘. 하지만 언젠가는 황궁으로 돌아가야 한다.

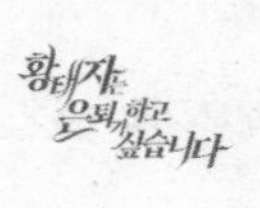

물론 다음 계획도 준비되어 있지만, 일단 황궁으로 돌아가서 간을 봐야 하는 것이다.

한데 만약 황비들을 들이면서 그녀들의 외가까지 돌게 된다면?

'어쩌면 황궁에 돌아오지 않고 계획을 진행시킬 수도…….'

여기까지 생각이 미친 카리엘.

하지만 이내 고개를 저었다.

그러기엔 위험부담이 너무 컸다.

이미 카리엘은 황궁에서 대신들과 관료들이 아내한테 잡혀 사는 걸 수없이 봐 왔다.

매일 야근을 밥 먹듯이 하는 관료들이 자신에게 찾아와 아내 핑계를 대며 하소연하는 것을 수도 없이 들었다.

"그래도 아니야."

한 명도 감당하기 어려운데 황비들까지 감당하기엔 카리엘은 너무 지쳤다.

"그냥 황후만 간택하는 걸로 해."

"……예, 폐하."

⁂

마침내 간택식이 시작되었다.

많은 사람들이 기대했던 만큼 세계 곳곳에서 미녀들이 몰려들었다.

하지만 그녀들이 예쁘기만 하냐면 그건 아니었다.

카리엘의 성정상 업무에 도움이 안 되고 예쁘기만 한다?

퇴짜 맞을 가능성이 높았다.

당장에 서대륙 최고의 미녀들이라 불리는 4인방 역시 업무 능력이 최상위에 있는 사람들이었기 때문이다.

그렇기에 황비를 목표로 한다고 하더라도 업무 능력만큼은 출중해야 했다.

"음…… 다들 대단하군."

"그러게요."

간택식을 신청한 여인들의 스펙을 보면서 혀를 내둘렀다.

대륙이 다시금 안정화되면서 만들어진 이그니트의 자격증들. 특히 황궁 업무에 도움이 될 만한 것들을 따는 것만으로도 모자라 실무 경험까지 갖춘 여인들이 대거 등장했기 때문이다.

대륙적 이벤트인 만큼 단순히 예쁘기만 해서는 황비가 되지 못함을 알기에 고스펙을 쌓아서 온 것이다.

웬만한 관료들 이상으로 스펙을 쌓아 온 여인들이 수도에 즐비했다.

-오늘밤 자정! 간택식을 위한 첫 연회가 열린다!

-누가 황제 폐하의 마음을 사로잡을 것인가?

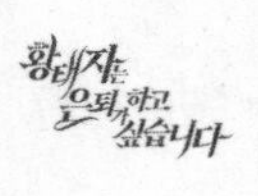

간택식을 위한 첫 연회가 열리면서 모든 사람들의 시선인 황궁으로 시선이 모아졌다.

많은 사람들은 카리엘 혼자 연회에 참여하여 수많은 여인들의 시선을 독차지할 것으로 생각했으나 발표되는 내용은 달랐다.

"짐은 이 연회에 평소 아끼던 관료들을 대거 참여시킬 것이다. 일만 하느라 아직 결혼을 하지 못한 불쌍한 엘리트들에게도 기회를 주고 싶느니라."

간택식을 위한 연회였지만, 카리엘과 마찬가지로 결혼을 하지 못한 솔로들에게도 기회를 주고자 하는 카리엘의 자비로운 마음에 많은 이들이 감동받은 표정을 지었다.

하지만 눈치 빠른 이들은 벌써 눈치챘다.

"벌써 거르는 건가?"

"그러게."

"확실히 이러면 포기하는 이들도 늘어나겠지."

기사에서는 '황제의 배려'라고 표현했지만, 사람들은 이번 발표가 간택식을 위한 첫 번째 시험이라고 말하는 것임을 알고 있었다.

안 될 것 같은 사람은 미리 포기하라는 뜻.

그도 그럴 것이 이번 연회에 참석할 관료들은 전부 이그니트 제국의 엘리트들이다.

아주 작정을 했는지, 젊은 고위 관료들 다수가 참석 예정이었다.

만약 이들뿐이었다면 간택식의 첫 번째 시험이라고 말하지 않았을 것이다.

"허…… 세리엘 각하도 참석한다고?"

"그뿐인가? 재상인 루터 공도 참석하신다고 하네."

이그니트의 핵심이라 볼 수 있는 군부의 수장 세리엘과 행정부의 수장 루터가 참석한다.

이것만으로도 웬만한 이들은 눈 돌아갈 만한 일이었다.

"자네들 소식이 늦구먼."

"또 뭐가 있나?"

"쯧쯧! 이번에 글렌 경도 참석한다 하네."

한 관료의 말에 곁에 있던 사람들의 눈이 경악으로 물들었다.

세계 최강이라 불리는 검사가 참석한다? 애매하게 황비를 노리는 이들은 죄다 이쪽으로 몰려들 가능성이 높았다.

"허…… 괜히 첫 번째 시험이라 불리는 게 아니구먼."

"그러게 말이야."

이그니트에서 잘나가는 이들은 죄다 참석하는 이번 연회 때문일까?

각국에서 사신단으로 참석한 이들은 혼란에 빠졌다.

"이거 어떡하지?"

"그러게. 글렌 경도 참석한다니!"

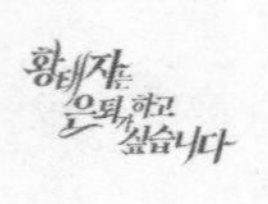

"루터 공은 어떻고?"

"세리엘 저하도 나쁘지 않지."

카리엘만큼은 아니지만, 모두 그다음 순위 정도는 기대해 볼 만한 인재들이었다.

그리고 이들뿐만이 아니었다.

유명한 카리엘의 친위대도 참석했고, 들리는 말로는 정보부 수장인 타리온도 강제로 참석시킨다는 말도 나돌았다.

즉, 이번 연회는 단순히 간택식을 위한 것이 아니라 이그니트의 핵심 인재들과 혼인할 수 있는 기회의 장이나 다름없다는 뜻이었다.

"작전 변경이다!"

"우리도!"

애초에 애매했던 이들은 곧바로 작전을 변경했다.

갑작스럽게 발표되었기 때문일까?

누굴 공략해야 할지 혼란스러운지, 연회장에 초대된 모든 이들이 혼란스러워했다. 그리고 이런 혼란을 야기한 카리엘은 뒤에서 음흉한 웃음을 흘리면서 즐거워했다.

"계획대로군."

보고를 듣고 웃고 있는 카리엘을 보면서 타리온이 한숨을 쉬었다.

"그런데 꼭 저도 포함시키셔야 했습니까?"

"그럼!"

"저곳에 끼기엔 제 나이가……."

"마스턴데 뭐 어때. 얼굴은 젊어 보여!"

실제로 마스터에 오르고 나서 점점 젊어지고 있는 타리온. 이미 육체적 나이는 30대에 불과할 만큼 젊어져 있었다.

"그게 중요한 게……."

"나이 때문에 그래? 그럴 줄 알고 중년의 여성도 초대해 놨으니까 잘해 봐. 타리온도 새 삶을 시작해 봐야지."

카리엘의 말에 타리온이 한숨을 쉬었다.

사람들은 간택식의 첫 번째 시험이라고 알고 있지만, 사실은 그냥 카리엘이 귀찮아서 털어 내기 위한 밑작업에 불과했다. 하지만 이보다 중요한 이유가 있었다. 바로 루피엘에게 혼란을 주기 위함이었다.

실제로 루피엘의 세력 중에는 일에 치여 연애도 못 하고 있는 젊은 관료들이 꽤나 있었는데, 카리엘은 그들을 꾀어낼 방법으로 이 연회를 이용한 것이다.

루터 같은 경우 강제적으로 참석시켜야 했지만, 막상 참석자 명단에 올려놓으니 은근히 기대하는 눈치였다. 즉, 이 한 수로 루피엘이 자랑하는 세력이 반쯤 와해되었다.

"……잔인하십니다."

"강하게 키워야지."

카리엘이 미소를 지으면서 말했다.

자신이 전생에 개고생한 것에 비하면 지금의 어려움은 조족지혈에 불과했다.

루피엘은 젊은 나이치고 정국을 잘 이끌고 있긴 했다. 실제로 역대 황제 중 상위에 랭크될 재능으로 평가받고 있었다.

하지만 하필 현 황제가 카리엘이었다.

"강하게 커야 한다, 동생아!"

주먹을 쥐면서 말하는 카리엘의 모습에 어이없다는 표정을 짓는 타리온.

황위를 물려줄 날이 얼마 남지 않았음을 알기에 마지막으로 루피엘을 강하게 키울 작정으로 압박해 줄 생각이었다.

루피엘이 갖고 있던 세력을 와해시키고, 그가 세워 놓은 계획들을 하나하나 무너뜨려 주면서 절망감을 심어 줄 생각이었다.

그렇게 바닥까지 떨어진 상황에서 강제로 황위에 오르면 한층 더 발전하리라.

"그나저나 황후는 누구로 생각하고 계십니까?"

"글쎄…… 일단 샤르도나 후작은 제외할 생각이야."

"……예?"

카리엘의 말에 타리온이 고개를 갸웃거렸다.

나이가 좀 많긴 하지만 여전히 압도적인 미모를 자랑하는 그녀였다.

철벽이라는 이명답게 마스터 중에서도 상위권에 랭크된 그녀의 강함 역시 그녀의 매력을 더 끌어 올려 주고 있다.

그런 그녀를 제외한다?

"그녀를 좋아하는 자가 있거든."

"샤르도나 후작을 흠모하지 않는 남자를 찾는 게 더 빠르지 않겠습니까?"

타리온의 말에 카리엘이 한숨을 쉬었다.

"정보부 수장 맞아?"

"예?"

"쯧쯧! 남들 다 아는 거 타리온만 눈치 못 채고 있네."

한심하다는 듯 말하는 카리엘을 본 타리온은 어이없다는 표정을 지으며 구시렁거렸다.

'그래도 전 젊었을 적에 연애도 많이 해 봤는데요. 결혼도…….'라고 중얼거리는 타리온.

하지만 현실은 쓸쓸히 늙어 가는 처지였다.

"어쨌든 샤르도나 후작은 제외야."

그렇게 말한 카리엘이 연회장으로 가기 위해 준비를 시작했다.

남들이 다 예상한 것처럼 카리엘 역시 황후는 아는 인물들로 할 생각이었다.

평소 황궁을 자주 찾아왔던 아일라나 마르니에, 그리고 최근 자주 협력해 준 룬디아 성녀 중에 고를 생각이다.

"누가 먼저 찾아오려나?"

그렇게 중얼거린 카리엘이 연회장으로 향했다.

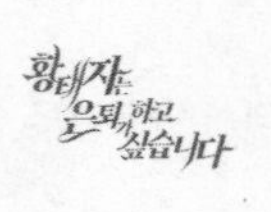

"카리엘 프레드리히 폰 블레이저 폐하 드십니다!"

연회를 주관하는 내관의 우렁찬 목소리와 함께 연주가 멈추고 거대한 문이 열렸다.

그랜드 홀에 모인 선남선녀들이 모두 카리엘을 보면서 고개를 숙였고, 카리엘은 그들의 인사를 받으며 중앙으로 향했다.

그런 그가 향한 곳은 똥 씹은 표정을 짓는 타리온과 반대로 기대에 찬 눈빛을 하고 있는 루터가 있는 곳이었다.

"인상 좀 풀어. 기껏 자리를 마련해 줬더니……."

"폐하, 제 나이가……."

"쯧쯧! 평생 홀로 늙어 죽을 거야? 그러면 쓸쓸하다고 칭얼대지를 말든가. 타리온 넌 무조건 여기서 한 명 붙잡고 데려와. 이건 명령이야."

그렇게 찡찡대는 타리온을 물리고는 루터와 글렌을 바라보았다.

기대감에 찬 루터와 달리 글렌은 심드렁한 표정이었다.

전생에도 그러했지만, 검술 말고는 다른 것엔 큰 관심이 없기에 이번 연회도 별로 관심 없는 표정이었다.

"자네도 짝을 찾게."

"……예?"

"대공이 걱정이 많네."

"아……."

대공이 걱정한다는 말에 살짝 인상을 찌푸리는 글렌.

그런 그를 보면서 귀찮아도 짝을 찾아보라는 말과 함께 주변을 둘러보았다.

모두가 자신을 바라보고 있는 상황에서 카리엘이 태연하게 입을 열었다.

"이번 연회는 모두가 알다시피 짐의 짝을 찾는 연회가 될 것이다. 하지만 기껏 모였는데 짐의 짝만 찾기는 아쉽지 않겠나?"

그렇게 말한 카리엘이 빙그레 웃으며 말했다.

"모두 짐만 바라보지 말고 주변을 둘러보게. 모두 이그니트의 미래를 이끌어 갈 자들이니 결코 부족하지는 않을 거다."

그렇게 말한 카리엘은 눈짓으로 악단에게 신호를 주었다.

그러자 음악이 흘러나오면서 연회장의 분위가 바뀌었다.

세계 각지에서 최고의 신붓감들만 모인 자리답게 이그니트 최고의 신랑감들로 채운 연회장은 금방 서로 눈이 맞아 가며 묘한 분위기를 만들어 냈다.

"남들 다 이어 주면 뭐 합니까?"

타리온이 비웃듯 말하며 다가오자 카리엘의 표정이 구겨졌다.

묘한 분위기 속에서 서로서로 눈이 맞아 구석진 자리로 이동하는 커플들.

그러나 주인공인 카리엘에게는 아직까지 누구 하나 다가오는 이가 없었다.

분면 연회의 주인공은 자신이고 명분도 간택식일 텐데 아무도 없었다.

"……이유가 뭐지?"

"아무래도 황후 후보들 때문 아니겠습니까?"

비웃는 듯한 타리온을 노려보던 카리엘.

그런 상황에서 마침내 용기를 낸 여인이 등장했다.

아무도 카리엘에게 접근하지 않자, 이때다 싶어서 카리엘을 향해 걸어오는 여인.

문제는 막상 앞에 서서는 당황한 나머지 제대로 입을 열지 못한다는 점이다.

결국 울면서 물러나는 여인.

그리고 그건 다른 여인들 역시 마찬가지였다.

"대체 왜……?"

아무리 황후 후보가 내정되어 있다고 하더라도 카리엘이 무조건 그녀들만 선택하려는 건 아니었다.

정말 자신의 마음에 든 여인이 나타난다면 정략결혼이고 나발이고 연애결혼을 할 생각이었다.

그런데 돌아가는 상황을 보니 그건 불가능할 것 같았다.

"위압감 좀 줄이시죠."

타리온의 말에 카리엘이 고개를 갸웃거렸다.

"위압감?"

"후…… 폐하께서 은연중에 풍기는 분위기는 웬만한 여인들로서는 감당하기 어려울 겁니다."

타리온의 말에 근처에 있던 글렌이 고개를 끄덕였다.

대신들과 고위 관료들이야 이미 오랫동안 겪어 왔기에 익숙했고, 동생들 역시 그러했다.

여기에는 카리엘의 주변에 있는 이들이 워낙 엘리트들라 카리엘의 위압감이 제대로 힘을 발휘하지 못하는 것도 있었다.

하지만 다른 이들은 달랐다. 왜 카리엘이 광장에서 연설하면 감동하여 눈물을 흘리거나 고개를 조아리겠는가.

-역대 최고의 황제.

-대륙을 지킨 영웅.

-신의 사자.

카리엘을 상징하는 별명만 해도 웬만한 사람들은 감당하기 어려울 정도의 칭호들인데, 카리엘 본인이 갖고 있는 위압감마저 장난이 아니었다.

황태자 시절부터 대신들을 휘어잡는 카리스마를 보여 주었던 그였고, 전쟁을 치르면서 그 카리스마는 더욱 높아진 상태였다.

"……."

"그냥 '황후 후보'들이 다가오길 기다리시죠."

죄다 울면서 나가는 여인들을 보면서 착잡한 표정을 짓는 카리엘. 결국 연회 분위기에 방해될까 봐 슬쩍 구석으로 이동할 수밖에 없었다.

"너무하네."

자신이 자리를 옮기자 기다렸다는 듯 분위기가 좋아지는 연회장을 보고 씁쓸해진 카리엘.

분명 자신에게 집중되었던 시선을 돌린다는 계획은 성공했다.

그런데 왜 이렇게 씁쓸한 것일까?

"후……."

오늘따라 밝은 빛을 내뿜으며 자신을 비추는 달을 보면서 착잡한 마음을 다잡고 있을 때였다.

"폐하?"

아름답게 차려입은 한 여인이 카리엘을 향해 다가왔다.

"아일라?"

그의 부름에 빙그레 미소를 지으면서 우아하게 고개를 숙인 아일라.

"폐하, 저와 계약을 하시겠습니까?"

다짜고짜 찾아와서 계약을 들이미는 아일라를 보면서 고개를 갸웃거린 카리엘.

그런 그녀를 향해 카리엘이 재밌다는 듯 미소를 지었다.

"어디 한번 들어 볼까?"

당돌한 그녀를, 미소를 지은 카리엘이 팔짱을 낀 채 바라보았다. 공국의 공녀면서도 스스로의 능력으로 제국 10대 상단의 상단주 자리에 오른 그녀. 빠른 속도로 성장한 그녀는 적어도 상계에서만큼은 이름을 알아주는 여인이었다.

이 상태로 성장한다면 몇 년 안에 제국 10대 상단이 아니라 세계 10대 상단에 이름을 올릴 것이다.

그런 그녀가 제안하는 거래란 무엇일까?

"저와 혼인해 주십시오. 그럼 폐하께서 계획하신 일을 적극적으로 밀어드리겠습니다."

"짐이 계획하는 일이라……."

더 말해 보라는 듯 턱을 치켜세우자 아일라가 빙그레 웃으며 말했다.

"이번 간택식 이후 황태자 전하를 황위에 올리시겠지요."

"……그래서?"

자신의 계획을 아는 건 놀랍지만, 이 정도는 정보만을 갖춘 지도자들이 머리 좀 굴린다면 추측할 수 있는 일.

"혼인 이후 한동안 자리를 비우실 생각이겠지요?"

"그렇지."

"그걸 제가 돕겠습니다."

신혼여행과 외가를 방문한다는 핑계로 루피엘에게 일을 떠넘기리란 것쯤은 카리엘을 잘 아는 이들이라면 충분히 유추할 수 있는 일.

물론 아일라 역시 여기까지만 유추할 수 있을 뿐, 그 이상

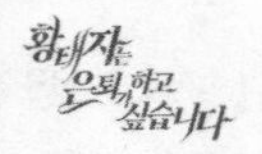

의 계획은 알지 못했다.

그러나 그녀 역시 나름대로 준비해 온 게 있었다.

"……뭐지?"

"마침 제 상단에 중요한 거래가 몇 개 생겼습니다."

아일라의 말을 듣는 순간 카리엘의 눈이 커다랗게 떠졌다.

"신혼여행 때 그곳들을 방문할 셈인가?"

"폐하께서 허락하신다면 그렇게 하고 싶습니다."

아일라의 말에 카리엘의 입꼬리가 찢어질 기세로 올라갔다.

"재밌군."

"그리고 또 한 가지 선물을 준비했습니다."

"선물?"

"그렇습니다. 폐하께선 언제나 제국을 생각하는 분이신 걸 알기에 저희 상단이 자체적으로 뚫은 무역망 일부를 제국과 같이 사용하고자 합니다."

카리엘의 속을 들여다본 것 같은 아일라.

제국에서 가장 오랫동안 카리엘을 지켜본 여인답게 카리엘이 원하는 게 무엇인지 확실하게 알고 있었다.

카리엘이 당면한 문제의 해결책을 가져온 것을 넘어 선물까지 확실히 챙긴 그녀.

"연애보다는 은퇴와 제국을 위하는 것에 더 관심을 가지신 폐하께 이보다 더 좋은 조건이 있을까요?"

당당한 그녀의 말에 카리엘이 고개를 갸웃거렸다.

"짐도 연애 좋아하는데?"

"……네?"

카리엘의 대답에 당당했던 아일라가 당황한 표정을 지었다.

"호…… 혹시 마음에 두신 여인이라도……."

"아! 그건 없어. 다들 도망가기 바쁘더라고."

카리엘이 쓴웃음을 지으면서 말하자 아일라가 그제야 안도의 한숨을 내쉬었다.

그런 그녀를 보면서 빙그레 웃은 카리엘이 조용히 물었다.

"한 가지만 묻지."

"말씀하십시오, 폐하."

고개를 숙이면서 말하는 아일라를 빤히 바라보던 카리엘이 입을 열었다.

"짐의 동생들에겐 관심이 없나?"

카리엘이 공국을 떠나면서 했던 말.

그걸 기억하고 있는 카리엘의 모습에 아일라의 눈동자가 떨렸다.

"아…… 없습니다."

"흠~ 그래?"

"네. 아무래도 폐하만 보다 보니 눈이 너무 높아졌나 봐요."

혀를 내밀면서 말하는 아일라를 보면서 카리엘이 피식 웃

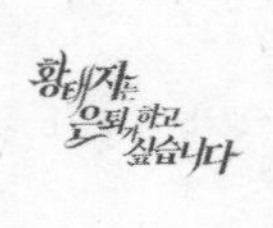

었다.

"일단은…… 긍정적으로 생각해 보지."

"네?"

이 자리에서 자신의 제안을 받아들을 줄 알았는지 놀람과 불안함이 반반 섞인 미묘한 표정을 지었다.

그런 그녀를 보면서 카리엘이 웃으며 말했다.

"다른 이들의 제안도 들어는 봐야 하지 않겠나?"

"아……."

카리엘의 말에 그제야 의도를 알아차린 아일라가 다시 미소를 지으며 말했다.

"마르니에 폴 상단주는 일단 거르십시오."

"호…… 이간질인가?"

"흠흠! 그보다는 그녀는 다른 이에게 호감이 있습니다."

"다른 이라……. 누구?"

"글렌 경입니다."

그녀의 말에 카리엘이 고개를 갸웃거렸다.

"글렌 경과 마르니에 상단주가 접점이 있었던가?"

"아이론 내전에서 우연히 만났다고 합니다."

"호오……."

"그 이후 몇 번 글렌 경과 만났었지만……."

"마음을 고백하지 못했군!"

카리엘이 재밌다는 듯 미소를 지으며 말했다.

검 말고는 관심이 없는 글렌 때문에 지친 마르니에. 그때문인지 상단의 일에 열중했었고, 덕분에 그 천재성이 빠르게 개화하여 지금에 도달할 수 있었다.

검에 미쳐 사는 글렌에게 지쳐 식다 못해 얼어 버린 심장이 그녀를 냉혹한 상단주라는 별명을 갖게끔 만든 것이다.

"흠…… 글렌 경이 무심하긴 하지. 이제라도 알았으니 이건 내가 꼭 이어 주도록 하지."

그렇게 말한 카리엘이 아일라를 보면서 말했다.

"그럼 남은 건 룬디아 성녀인가? 왜, 그녀도 누구를 좋아했나?"

"네."

"재밌군. 이번에도 내가 아는 사람인가?"

"잘 아시는 분입니다. 바로 세리엘 총사령관이니까요."

의외의 인물이 나오자 카리엘이 고개를 갸웃거렸다.

"세리엘? 그럴 리가."

"아마 세리엘 총사령관은 모를 겁니다."

"아……."

아일라의 말에 카리엘이 알겠다는 듯 고개를 끄덕였다.

세리엘도 은근 둔한 구석이 있었다.

똑똑한 척하면서도 은근히 자기 일에는 둔감한 녀석인 만큼 웬만큼 티를 내는 것이 아니고서야 알아먹기는 힘들 가능성이 높았다.

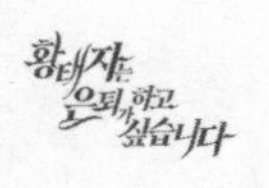

“그런데 세리엘을 좋아한다면서 간택식은…… 왜?”

“세리엘 총사령관이 너무 둔해서 반쯤 포기했다고 해요. 그래서 눈길을 돌린 거죠.”

“나나 루피엘은 다를 거다?”

카리엘의 물음에 아일라가 말없이 미소를 지었다.

어이없다는 표정을 지은 카리엘의 표정을 보자마자 확신한 것이다.

‘경쟁자 제거 완료!’

해냈다는 표정으로 웃음 짓는 아일라를 본 카리엘이 가볍게 고개를 끄덕였다.

“그대가 이겼네.”

카리엘의 확답에 자신도 모르게 환호성을 지르다 황급히 두 손으로 입을 막는 아일라.

그런 그녀를 보면서 미소를 짓다가 궁금한 게 생각났다는 듯 물었다.

“그런데 어떻게 이곳에 가장 먼저 올 수 있었지? 경쟁자가 많았을 터인데.”

“아…… 운이 좋았습니다.”

그렇게 말한 아일라가 연회장에서 있었던 일을 말해 주었다.

빈틈을 노리고 달려들었던 여인들이 죄다 나가떨어진 이후, 카리엘이 물러났음에도 쉬이 따라갈 엄두를 내지 못한 여인들. 그 빈틈을 아일라가 노린 것이다.

강력한 경쟁 후보들이었던 마르니에나 룬디아 성녀 같은 경우 아까 말했던 세리엘이나 글렌을 보다가 한발 늦은 것도 있었다.

"축하하네."

카리엘의 말에 환한 미소를 짓는 아일라.

"한 가지 아쉬운 점은 있네요."

"아쉬운 점?"

"네. 경쟁자가 없어져서 좋긴 하지만 황비는 제가 모르는 인물들도 채워질 가능성이 높으니까요."

10대 상단주답게 안면이 있는 마르니에나, 교국을 대표하는 성녀라 상당히 친했던 그녀들.

본래라면 그녀들 중 하나가 황후가 되고 나머지는 황비가 되었으리라.

이제는 그게 아닌 전혀 모르는 사람들이 황비가 될 가능성이 높았기에 이 점을 아쉬워한 것이다.

"흠…… 황비는 들일 생각이 없는데?"

"네?"

"혼인은 한 명이면 충분하지. 황위에서 물러날 내가 황비를 여럿 두어서 뭐 하겠나?"

"아……."

카리엘의 대답에 의외라는 표정을 지은 아일라.

그동안 보인 카리엘의 이미지대로라면 정략결혼으로 황비를 잔뜩 들일 거라 생각했기 때문이다.

"어쨌든 귀한 정보를 내주어서 고맙군. 난 못난 신하들을 맺어 주러 가 봐야겠네."

"네!"

"나중에 황궁에서 보지."

황궁으로 초대하겠다는 말에 환한 웃음을 짓는 아일라.

그런 그녀와 작별 인사를 한 카리엘은 못난 신하들의 짝을 찾아 주기 위해 움직였다.

첫 타깃은 글렌이었다.

"글렌 경."

"예. 폐하."

"여기 앉게."

카리엘은 강제로 글렌을 테이블 한쪽에 박아 넣은 다음, 마르니에 상단주를 불렀다.

"1시간. 그동안 둘이 얘기를 나눠 보게. 참고로 이건 명령일세."

자신이 없는 동안 멀뚱히 서 있던 글렌을 강제로 마르니에 상단주와 엮어 준 카리엘은 이번엔 세리엘과 룬디아 성녀를 엮어 주었다.

"형님, 전……."

"나중에 후회하지 말고 얌전히 형님 말을 들어라. 너 하는 꼴 보니 이러다 평생 결혼 못 하게 생겼어.”

“아니…….”

“둔한 놈이니까 그거 감안하고 얘기하게. 못난 동생이라 미안하군.”

“아…… 아니옵니다.”

속전속결로 룬디아 성녀와 세리엘까지 엮어 주자, 다들 웅성거리기 시작했다. 강력한 황후 후보였던 둘이 엉뚱한 사람들과 엮이게 된 것이다.

황후 후보 중 둘이 사라지자 빈틈을 노리는 이들이 있었지만 몇몇 눈치 빠른 이들은 이미 상황이 끝났음을 알 수 있었다.

“아일라 상단주가 되었군.”

“그러게.”

샤르도나 후작이 남아 있었지만 알 만한 이들은 그녀와 카리엘이 맺어질 가능성이 낮다는 것을 알고 있었다.

특히 고위 관료들 중에선 대부분 이번 연회를 통해 새로운 커플이 생길 것임을 알았다.

“샤르도나 후작!”

“예! 폐하.”

카리엘의 부름에 단숨에 달려온 여인.

세계 제일의 미인이란 별명을 가진 그녀답게 앞에 서는 것만으로도 숨 막힐 정도로 아름다운 미모를 보이고 있었다.

그런 그녀를 바라본 카리엘이 슬쩍 한구석을 바라보았다.
아닌 듯싶으면서도 은근히 신경 쓰고 있는 인물.
"쯧쯧! 살바토르 경! 거기서 전전긍긍하지 말고 나와서 당당하게 고백하게."
"……예?"
대륙에서 손꼽히는 미남으로 불리는 살바토르.
아이론의 제일검으로 불렸던 그.
그가 샤르도나를 좋아한다는 건 군부의 고위 관계자들은 전부 알고 있었다.
살바토르가 샤르도나를 좋아하게 된 이유는 간단했다.
'나보다 예쁜 사람은 처음 봤다.'
이 단순한 이유.
처음엔 이러한 이유였지만 같이 전쟁을 치르면서 좋아하게 된 마음은 더 커져만 갔고, 예전이었으면 모를 멍청한 모습을 자주 보이면서 군부의 다수가 알게 될 정도로 소문이 나 버린 것이다.
"샤르도나 후작."
"……예, 폐하."
"좋아하는 사람 있나?"
"없습니다."
"그럼 한번 만나 보게. 멍청하게 몇 년간 저러고 있으니 안쓰러워서 말이지."

카리엘의 말에 고개를 돌려 살바토르를 바라보던 샤르도나. 언제나 임무만을 생각하며 달려왔던 그녀였기에 안절부절못하는 살바토르를 봐도 딱히 마음이 생기진 않았다.

"……명령이시라면……."

"쯧! 그래, 명령일세. 오늘부터 간택식이 끝날 동안 매일 둘이서 데이트하게. 알겠나?"

"……예."

카리엘의 명령에 마지못해 고개를 숙인 샤르도나.

그렇게 또 하나의 커플을 만들어 준 카리엘은 그동안 업무에 치여 안쓰러운 인생을 살던 이들을 하나하나 찾아가 적당한 여인들과 맺어 주었다. 그러자 간택식이 중매 자리가 되어 버리면서 수많은 커플들이 탄생했다.

그렇게 혼란과 충격 속에 탄생한 커플들 속에서 카리엘이 마지막으로 선언했다.

"아! 참고로 황후 후보는 아일라 상단주로 정했네. 그럼 다들 좋은 시간을 보내게."

카리엘의 선언에 예상하고 있던 이들은 고개를 주억거렸지만, 예상치 못한 이들은 눈을 부릅뜬 채 언제 아일라 상단주와 만났는지 궁금해했다.

그렇게 여러모로 놀라웠던 연회가 끝나고, 곧바로 수도 전역에 신문기사들이 퍼져 나갔다.

-아일라 상단주! 단독 후보로!

-황후 후보였던 이들은 각자 짝을 찾았다?

-황제 폐하는 중매쟁이?

자정을 틈타 수많은 기사들이 쏟아져 나왔고, 다음 날 아침이 되자 이 소식은 대륙 전역에 퍼져 나갔다.

애초에 예정되다시피 한 황후 자리였기에 충격적인 소식까진 아니었다.

하지만 다음 날 발표한 카리엘의 선언은 황비 자리를 노리고 온 많은 이들에게 실망감을 안겨다 주었다.

"짐은 황후 하나로 족하다."

짧은 선언이었지만 많은 이들에게 실망을 안겨다 줄 수밖에 없었던 것이다. 하지만 정작 간택식에 참여한 여인들은 크게 실망하지 않았다.

황비 자리 대신 든든한 남편감을 얻었기 때문이다.

황제가 직접 중매를 서 준 덕분에 괜찮은 남편감을 얻은 여인들은 사실상 간택식이 끝났음에도 불구하고 누구 하나 수도에서 벗어나지 않았다.

새로이 연을 맺게 된 애인과 함께 수도를 돌아다니며 데이트를 하는 연인들.

연회장에서 수많은 커플들이 탄생했기 때문일까?

수도에는 때아닌 연애 바람이 불어왔다.

곳곳에서 열린 파티에서 커플들이 탄생했고, 이런 분위기를 이어 가 주려는 것인지 카리엘이 직접 며칠간 축제를 선포했다.

동시에 황궁을 개방해 연회를 열어 주기도 했다.

"그동안 고생했으니 이제 결혼도 연애도 해야지."

그런 카리엘의 말에 회의장에 참석한 몇몇 대신들이 헛기침을 하면서 말했다.

"흠흠! 폐하, 결혼이 꼭 좋은 것만은…… 아닐 수도 있습니다."

재무대신의 말에 다른 대신들도 고개를 끄덕였다.

연애와 결혼 생활은 다르다는 그들의 주장에 전전생과 전생, 현생을 통틀어 경험해 본 적이 없는 카리엘은 마지못해 고개를 끄덕이며 말했다.

"뭐…… 알아서들 하겠지. 그보다 다음 계획은?"

"완벽하게 준비되었습니다. 당장 내일 군부에서 발표할 생각입니다."

군부대신의 말에 카리엘이 빙그레 웃었다.

그리고 다음 날, 루피엘의 패배가 확실시되는 기사가 조간으로 나왔다.

외전 2. 결혼

간택식 첫날, 사실상 황후를 정해 버린 카리엘은 곧장 다음 행보를 이어 나갔다.

시작은 군부였다.

-심상치 않은 과거의 잔재들의 준동!

대륙 곳곳에 퍼진 과거의 잔재들을 경계해야 한다는 기사가 나옴과 동시에 세리엘이 직접 군부를 대표해서 발표했다.

"과거의 잔재들의 움직임이 심상치 않습니다. 군부에서는 이를 매우 위험하다 보고 있으며, 특단의 대책을 세워야 한다고 생각하고 있습니다. 이에 군부는 과거의 잔재들을 위한 특수군의 창설을 제안하는 바입니다."

세리엘이 직접 나설 정도면 매우 심각한 사안이었기에 축제 분위기였던 사람들과 달리 황궁에는 긴장감이 감돌았다. 사안의 특수성을 감안해 대신들과 루피엘, 재상만을 황제의 궁으로 불러 회의를 진행했다.

"상황이 많이 심각한가?"

"예, 폐하. 아무래도 과거의 잔재들이 과거처럼 세력을 불리려는 모양샙니다."

그렇게 말한 세리엘이 보고서를 건넸다.

그러자 근엄한 척하면서 보고서를 받아 든 카리엘은 천천히 내용을 읽어 내려갔다. 그러다 표정이 굳어지면서 세리엘을 바라보았다.

"여기에 언급된 내용이 사실이야?"

"예."

카리엘의 물음에 세리엘이 심각한 표정으로 고개를 숙이며 답했다. 그러자 고개를 갸웃거리던 대신들이 카리엘의 눈빛을 보더니 심각한 표정을 지었다.

연기가 아니라는 것을 눈치챈 것이다.

그러자 패배를 받아들이며 고개를 숙이고 있던 루피엘이 슬며시 고개를 들었다.

돌아가는 상황이 장난이 아니었기 때문이다.

"……영역 확장이라."

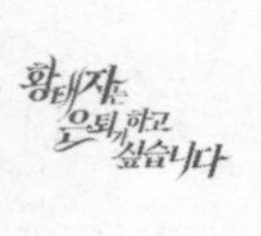

험지로 도망간 과거의 잔재들이 갑자기 영역을 확장하려 한다. 심지어 이그니트의 영향에서 벗어난 북부의 동토에서는 급격하게 힘을 키운 존재들도 있었다.

"몇몇 야만족들은 신으로 추앙하고 있습니다."

"신이라……."

세리엘의 보고에 머리가 지끈거린다는 듯 엄지로 머리를 꾹 누른 카리엘이 한숨을 쉬었다.

"신대륙이나 남부의 섬들은? 그쪽으로도 과거의 잔재들이 많이들 도망갔을 텐데?"

"그쪽까진 아직 파악하지 못했습니다."

"후…… 아직 다 끝난 게 아니라 이거지?"

대전쟁은 끝났지만 아직 완전히 끝난 게 아니라는 듯, 과거의 잔재들은 아직도 인류에 위협이 되고 있었다.

"내 소환체들은? 찾아봤어?"

타리온을 보며 말하자 그가 카리엘에게 보고서를 내밀었다.

"확실한 건 아니지만 여기…… 남부의 한 섬에 대규모 화산 폭발이 일어났다고 합니다. 그리고 그곳에 불의 거인들이 모여 있는 걸 봤다는 상인들이 있습니다."

"흠…… 이곳에 수르트가 있을 확률이 높다?"

"그렇게 판단하고 있습니다. 아무래도 폐하의 소환체가 과거의 잔재 중 하나를 막고 있는 듯싶습니다."

그렇게 말한 타리온이 다른 소환체들도 그럴 가능성이 높다며 미리 준비한 보고서를 올렸다. 그것을 본 루피엘은 상황이 어떻게 돌아가는지 알 수 있었다.

"폐하, 이는 심각한 상황입니다. 빠르게 대처를 해야 할 것으로 보입니다. 이는 제국 전체의 문제이옵니다."

선수를 친 루피엘.

대전회의 안건으로 상정해 공론화하자는 주장을 하려 했으나 카리엘은 그의 의도를 파악하고 심각한 표정으로 말했다.

"전쟁이 끝난 지 얼마 되지 않았다. 제국민들에게 또다시 희생을 강요할 수는 없어."

"하오나……."

"일단 세리엘이 가져온 보고서부터 보도록 하지."

카리엘의 말에 루피엘이 입술을 깨물었다.

"특수군이라……. 네 생각은 과거의 잔재들만을 위한 특수군을 만들자는 거지?"

"예, 군 전체를 움직이기보단 이편이 훨씬 깔끔할 거란 생각이 들었습니다."

"그러다 문제가 커지면?"

"그때 가서 군 전체를 움직여도 늦지 않을 것입니다."

세리엘의 말에 루피엘이 한숨을 쉬었다.

이미 카리엘이 다 만들어 놓은 판이다. 특수군이 만들어지는 즉시 세리엘은 그쪽으로 빠질 것이고, 카리엘은 온갖 명분을 들먹이며 황궁에서 벗어날 것이다. 아마 과거의 잔재들을 막기 위해 자신이 직접 나선다고 할 터.

이제야 모든 정황을 파악한 루피엘이 좌절했다.

그 모습을 본 대신들이 안타까운 표정으로 루피엘을 바라보았다. 하지만 자신들도 은퇴가 걸려 있었기에 물러날 수는 없었다.

'전하, 힘내십시오.'

그저 속으로 힘내라고 응원하는 게 전부일 뿐.

좌절하는 루피엘을 뒤로하며 차근차근 계획을 실행해 나가는 카리엘.

이미 대신들과 합의된 상황이었기에 미리 말을 맞춰 둔 것을 하나한 실행에 옮기면서 회의를 진행해 나갔다.

"아무래도 짐이 직접 나서는 게 좋겠군."

누가 뭐라 해도 과거의 잔재들에 대해 가장 잘 아는 것은 카리엘이었다.

그렇기에 명분은 확실했다.

미래에 큰 위협이 될 수 있으니 카리엘이 직접 나서서 싹을 잘라 버리겠다!

그러나 루피엘 측도 그냥 물러나진 않았다.

"폐하, 아직은 큰 위험도 아닌데 폐하께서 직접 나서시는 건 맞지 않사옵니다."

"그렇사옵니다. 제국의 중심이신 폐하의 옥체가 상할 위험이 있사옵니다. 이번엔 신하들에게 맡기시옵소서."

루피엘과 재상이 반대하자 카리엘이 눈을 가늘게 뜨며 루터를 바라보았다.

'저 녀석은 실컷 고생해서 짝을 맺어 줬더니…….'

괘씸하다는 표정으로 바라보던 카리엘이 루피엘을 보며 말했다.

"이곳엔 네가 있잖아."

"폐하! 소신은 폐하를 따라가기엔 너무도 부족하옵니다."

황급히 고개를 처박으면서 말하는 루피엘.

"흠흠! 그동안 잘해 왔잖느냐."

"매일같이 혼내시지 않사옵니까?"

루피엘의 말에 카리엘이 식은땀을 흘렸다.

"매일 저를 부족하다 꾸짖으시면서 이제 와서 잘해 왔다니요."

루피엘의 반격에 대신들이 가만히 카리엘을 바라보았다.

'거 좀 살살 하지 그러셨습니까.'

'잘한다 칭찬해 주지 못할망정…….'

'에휴…….'

하나같이 이런 생각이 담긴 눈빛을 발산하는 대신들.

하지만 카리엘에게도 이유는 있었다.

자신이 빠진 자리를 메꿔야 하는 루피엘이기에 짧은 시간

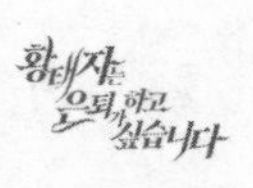

동안 더 혹독하게 가르쳐 왔던 것이다.

아무리 은퇴가 급하다지만 그래도 제국이 망가지는 걸 놔둘 수는 없지 않은가? 아직까진 완벽히 안정되었다 보긴 힘들기에 잘 가르치려 하다 보니 매번 호통을 치게 된 것이다.

"폐하, 전 아직 부족합니다."

"음…… 완벽히 준비된 자가 누가 있겠느냐? 다 경험해 보면서 하는 것이다."

"형님! 정말 이러실 것입니까?"

마침내 분노가 폭발해 버린 루피엘.

"일단 네가 좀 맡고 있어 봐."

"폐하!"

"나도 신혼여행은 가야지."

카리엘의 말에 입을 꾹 다문 루피엘.

"그러다 안 돌아오시게요?"

"돌아온다. 돌아와!"

그러나 루피엘은 카리엘에 대한 의심을 풀지 않았다.

"겸사겸사 근처에 과거의 잔재들 좀 처리하면서 몇 년간 안 돌아오시는 거 아닙니까?"

그의 말에 움찔하는 카리엘.

"후…… 최대한 빨리 돌아올게."

돌아온다고 말은 하지만 이 말을 누가 믿을 수 있을까?

재상이나 루피엘이나 전부 불신에 찬 눈빛으로 바라보자

카리엘이 타이르듯 말했다.

"일단 내가 과거의 잔재들을 직접 보긴 해야 해."

진지한 음성으로 얘기하자 루피엘도 흥분을 가라앉히고 카리엘의 말을 기다렸다.

"세리엘이 보고한 것. 그건 내 계획에 없던 일이다."

카리엘의 말에 루피엘도 아까의 심각한 분위기를 기억해 내곤 미간을 찌푸렸다.

"어쩌면 제2의 마왕 같은 놈이 나타날 수도 있어."

"설마요."

루피엘이 그럴 리 없다는 듯 고개를 가로젓자 카리엘이 잠깐 생각하다 입을 달싹였다.

하지만 끝내 말하지 못하고 입을 다물었다.

자신과 발드르 사이에 있었던 대화를 말해야 하나 싶었으나 일단은 입을 다문 것이다.

"……형님?"

"후…… 아무래도 촉이 좋지 않아. 신혼여행이 끝나는 대로 이 사안만큼은 내가 직접 다룰 거다."

"……정말입니까?"

카리엘의 말에 세리엘이 놀란 표정을 지었다.

"그래. 타리온."

"예, 내 소환체들이 있을 만한 곳 좀 빠르게 추려 봐."

"알겠습니다."

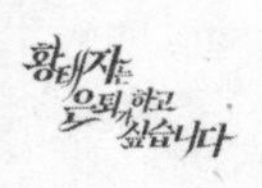

카리엘이 심각한 표정으로 얘기하자 이것이 연기인지 진짜인지 모르겠다는 표정으로 고개를 갸웃거린 루피엘과 루터.

그런 둘에게 말했다.

"이 사안만큼은 진짜니까 의심하지 마."

"……알겠습니다."

마지못해 고개를 끄덕인 루피엘.

간신히 동생을 설득한 카리엘이 세리엘의 특수군 창설을 허락하는 것으로 긴급회의를 마쳤다.

그렇게 모든 이들이 황제의 궁에서 빠져나간 뒤, 저녁이 다 되어서야 아일라를 불렀다.

"늦게 불러서 미안하군."

"아닙니다, 폐하."

미안하다고 사과한 카리엘이 헛기침을 하면서 종이 한 장을 내밀었다.

그러자 그것을 보며 고개를 갸웃거린 아일라.

"이것은……."

"데이트 코스를 짜 봤는데……."

"예?"

데이트 코스를 짰다는 카리엘의 말에 놀란 표정을 짓는 아일라.

“폐하께서 직접 하신 것입니까?”

“물론. 연애하고 싶다는 내 말은 거짓이 아니야.”

그렇게 말한 카리엘이 아일라에게 다가가며 말했다.

“이렇게 급하게 결혼해서 미안하지만, 정식으로 결혼하기 전까지만이라도 할 수 있는 건 다 해 봐야 하지 않겠나?”

“아…….”

“물론 신혼여행도 나름 공들여서 계획을 짜고 있으니 걱정 말게.”

진지하게 말하는 카리엘을 보면서 놀란 표정을 짓던 아일라가 갑자기 웃기 시작했다.

“폐하께 이런 면이 있을 줄은 몰랐네요.”

“흠흠! 나라고 은퇴만 생각한다고 착각하면 곤란해.”

“네.”

웃으면서 대답하는 아일라.

그런 그녀를 향해 카리엘이 손을 뻗으며 말했다.

“그럼 첫 데이트를 시작해 볼까?”

카리엘의 말에 수줍게 웃으면서 손을 잡은 아일라가 천천히 황궁을 거닐었다.

익숙한 황궁이었지만 데이트라는 생각이 더해지니 색다른 곳이 되었다.

⁂

그렇게 황제와 황후 후보자의 첫 데이트가 있을 무렵, 루피엘은 열심히 일을 하고 있었다.

"그럼 전하. 전 이만 가 보겠습니다."

"루터 자네……."

"흠흠! 죄송합니다!"

차마 데이트를 하러 간다고 말할 수는 없었는지 황급히 도망가는 루터.

그런 그를 보면서 배신감에 몸을 부르르 떠는 루피엘.

"나만 없네. 나만!"

믿었던 루터도, 그 밑에 있던 젊은 관료들도 대부분 짝을 찾았다.

황제의 명에 축제 기간 동안은 야근을 하지 않아도 되기에 모두들 제 짝과 함께 달콤한 데이트를 하고 있었다.

고요한 황궁에서 홀로 일하는 건 루피엘뿐.

"하……."

자신만 솔로라는 생각에 분노한 루피엘.

남들 다 데이트할 때 혼자 분노를 담은 채 일을 하는 황태자를 보면서 시종들이 말없이 문을 닫아 주었다.

황제부터 관료들까지 때아닌 연애 열풍을 불어 대며 솔로들의 염장을 지르는 동안, 군부는 바쁘게 움직였다.

내무부 역시 마찬가지였다.

역대 최고의 황제의 혼인이다.

당연히 세계 최고 수준으로 준비해야만 했기에 모두들 바쁘게 움직였다.

-세계에서 가장 화려한 결혼식! 과연 얼마나 화려할까?

-사실상 가려진 간택식. 각국의 지도자들은 벌써부터 이그니트로 떠날 준비를 하다.

-마침내 결혼하는 황제 폐하. 우리 폐하는 고x가 아니다!

여러 기사들이 나돌기 시작하면서 마침내 기다리고 기다리던 카리엘의 혼인이 코앞으로 다가왔다.

그리고 동시에 조용히 특수군 창설 역시 준비되고 있었다.

카리엘이 신혼여행을 떠남과 동시에 특수군도 창설되며 과거의 잔재들을 청소하기 위함이었다.

간택식이 마무리 단계에 들어갔지만, 수도는 더 많은 사람들로 북적거렸다.

이그니트의 가장 큰 이벤트가 남았기 때문이다.

-수도로 모이는 세계의 정상들!

현시점에서 제국이라 불릴 만한 거의 유일한 나라가 바로 이그니트다 보니 각국의 수장들이 모두 참석하는 세계의 축제가 되어 버렸다.

동대륙을 삼분하려는 로만, 골란, 윙사르가 있지만 이들은 아직은 불안했다.

국토 규모, 인구수로만 따지자면 제국에 근접하기는 했다.

서대륙보다 더 넓은 땅을 3분할 했기 때문이다. 하지만 군사력, 재력 등 바로 옆에 있는 이그니트와 너무 차이 난다는 점이 문제였다.

게다가 벌써부터 독립하려는 세력들이 나타나고 있기도 했다.

"확실히 이그니트가 굉장하긴 하네."

"그러게."

강력한 힘을 가진 황제 아래 단단히 뭉친 이그니트는 흔들림이 없었다.

대륙 전체가 큰 피해를 입긴 했지만 이그니트가 입은 피해도 만만치 않았다. 마스터들이 죽거나 치명상을 입은 것은 물론이요, 전쟁 내내 제국민들의 희생 역시 상당했기 때문이다.

그럼에도 불구하고 황제에 대한 믿음은 굳건했다.

"부럽군."

저 멀리 남쪽 섬에서 바다를 건너온 한 지도자가 카리엘을 연호하는 제국민들을 부면서 부러워했다.

자신은 귀족들을 견제하기도 바빴기 때문이다.

그건 다른 곳 역시 마찬가지였다.

신대륙의 지도자들부터 동대륙의 지도자들까지, 수도에 도착하자마자 카리엘의 결혼을 축복하며 즐거워하는 제국민들을 보며 부러워했다.

"지도자가 결혼한다고 모두가 환호해 주는 곳은 이곳뿐이겠지."

저 멀리 초원에서 온 골란의 왕 바투가 씁쓸한 미소를 지으며 말했다.

초원을 통일한 위대한 왕이 되었으나, 지금은 불안했다.

그 불안함을 주요 부족장들의 여식들과 혼인하면서 혼인 동맹으로 안정시키고는 있지만, 어디까지나 임시방편에 불과하다.

과연 자신이 죽을 때까지 이 안정감이 이어질까?

자신이 죽을 때가 다가오면 자식들이 반란을 일으키며 쪼개지진 않을까 하는 불안감이 있었다.

그리고 이건 그뿐만이 아니었다.

윙사르와 로만 역시 골란처럼 혼인 동맹으로 엮여 있었다.

로만의 황제는 산드리아의 주요 부족들과, 윙사르는 남부의 왕국이었던 나라들의 영애들과 혼인 동맹을 맺었다.

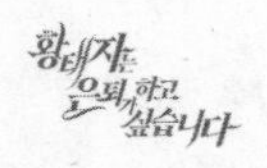

그러다 보니 동대륙에선 혼인 동맹이 유행하며 동맹 간의 결속을 다지는 주요 방법으로 굳혀지고 있었다.

그에 반해 이그니트의 황제는 달랐다.

- "황비는 들일 생각 없다. 한 명이면 충분하다!" 황비는 들일 생각 없는 황제 폐하!

혼인 동맹은커녕 한 명의 황후만 택해 결혼하겠다는 카리엘의 결정에 많은 이들이 의아해하면서도 축하해 주었다.

특히 오랫동안 이어져 온 인연과 맺어져서 그런 것일까?

-오랜 짝사랑. 드디어 맺은 결실?

-공녀 시절부터 해바라기처럼 한 명만 바라본 결과 마침내 황제 폐하의 마음을 사로잡았다!

-공녀→공국 재무 관료 →제국 10대 상단주→황후까지! 그녀의 일생을 살펴보자!

단독 후보로 결국 황후까지 된 아일라의 일대기는 많은 여인들의 꿈이 되어 버렸다.

특히 황제의 사랑을 독차지하게 된 점이 더 부러움을 사는 것 같았다.

-다른 나라와는 다르다! 이그니트는 오직 단 한 명과만 결혼을?
-주요 대신들 전부 연애결혼을 하겠다 선언!

연회장에서 반강제적으로 연을 맺은 이들.

황제의 명령에, 결혼에 대해 미온적이었던 이들까지 전부 간택식 내내 반강제적으로 서로 보다 보니 정이 든 것 같았다.

물론 서로 갈라지는 이들도 많이 있었지만, 그 덕분에 오히려 좀 더 확실하게 이그니트의 풍습으로 자리 잡혀 버렸다.

-정략결혼은 옛 풍습! 과거의 잔재는 저리 가라!

황제부터가 연애결혼을 적극 권장하고 고위 관료들이 죄다 그쪽으로 나아가고 있으니 정략결혼은 점차 옛 풍습으로 남게 될 가능성이 높았다.

제국의 핵심이 죄다 연애결혼을 하겠다는데 어쩔 것인가?

그러다 보니 타국에서 불타는 사랑을 하는 연인들이 이그니트로 넘어올 각만 잡기 시작했다.

그렇게 모두의 부러움 속에서 마침내 결혼식이 시작되었다.

"폐하, 준비가 끝났습니다."

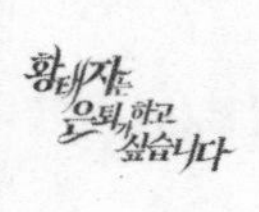

"후…… 오래도 걸리는군."

카리엘이 오랜만에 완벽하게 갖춰진 복장을 입고 정돈된 모습으로 나가자 많은 이들이 감탄사를 내뱉었다.

비록 살바토르에 의해 대륙 최고의 미남 자리는 엄두도 못 내는 처지였지만, 그렇다고 카리엘이 어디 가서 꿀리는 얼굴인 것은 아니었다.

매번 야근으로 수척해진 얼굴에 갈구는 모습만 보여서 그렇지, 근엄한 얼굴로 걸어가는 카리엘의 모습은 웬만한 미남들 저리 가라 할 정도였다.

"가지."

"예! 폐하."

카리엘의 명령에 앞을 지키고 있는 모든 마스터들이 일제히 고개를 숙였다.

역대 황제들 중 그 누구도 시도하지 못했던, 마스터 이상으로 구성된 호위.

양옆에는 두 명의 그랜드 마스터가 서고, 그 뒤로 마스터들이 쭉 나열하면서 뒤를 따랐다.

그 모습을 광장에서 거대한 영상구로 지켜보는 제국민들은 자신도 모르게 감탄사를 내뱉었다.

이것만으로도 충분히 경악할 만한 일이건만, 뒤이어 나온 장면은 더 대단했다.

상공에 뜬 수백 척의 비공선들이 일제히 현수막을 내리며 카리엘의 혼인을 축하했고, 수많은 소형기들이 날아다니면서 꽃가루를 뿌려 댔다.

"이것이…… 세계 최강국인가?"

"허……."

카리엘이 결혼식장으로 가는 동안 수많은 마법들이 하늘을 수놓으면서 축하하는 모습에 각국에서 온 사신들이 멍하니 그 장면을 바라보았다.

자신들은 흉내도 낼 수 없는 마도 공학의 정수가 담긴 수많은 마법들을 보았기 때문이다.

사실 카리엘은 이 정도로 화려한 결혼식을 할 생각이 없었다.

"그냥 대충 하자."

가뜩이나 예산도 부족한데 굳이 쓸데없는 데 돈을 낭비하지 말자는 뜻이었다. 그러나 대신들을 비롯해 모든 이들이 반대했다. 심지어 제국민들까지 반대했다.

이유는 간단했다.

"제국의 위엄을 보여 주어야 합니다."

"맞습니다! 감히 넘볼 수 없는 차이가 있다는 것을, 이번 기회에 확실히 타국에 각인시켜 주어야 합니다."

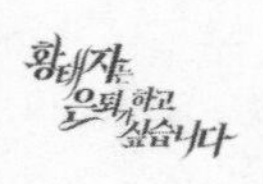

"그렇습니다!"

모든 대신들이 만장일치로 이런 주장을 했다.

제국민들 역시 마찬가지였다.

대륙을 3분할 한 동대륙 국가들부터, 신대륙에서 거대한 영토를 집어삼키면서 감히 이그니트에 견주려는 국가들까지.

이 모든 국가들을 상대로 보여 주어야 했다.

"세계 최강국은 우리라는 것을 보여 주어야 합니다!"

짠돌이로 유명한 재상 루터조차 이런 말을 할 정도였다.

그만큼 이그니트의 자존심을 지키는 것은 중요했다.

단순히 자존심을 지키는 것을 넘어 세계의 중심이 될 경우 얻는 이득이 무지막지했기 때문이다.

세계 무역의 중심.

이 타이틀을 지킴으로써 얻는 이득이 낭비되는 비용을 훨씬 상회하고 남았다. 그렇기에 이그니트의 기술의 정수가 이번 결혼식을 통해 보여진 것이다.

모두가 넋을 놓은 채 하늘을 바라보다 다시금 거대한 영상구를 바라보았다.

“오오오…….”

카리엘이 황제가 되면서 보여 주었던 불의 힘.

이제는 불의 신전의 중심이 된 성역으로 천천히 올라가자 수많은 불의 정령들이 나타나기 시작했다.

전쟁이 끝난 후, 수도에 머물면서 카리엘이 만든 파장과 함께 자연스레 탄생한 불의 정령들.

수많은 불덩이들이 카리엘의 주변을 맴도는 모습은 많은 이들로 하여금 어째서 그가 대륙을 구한 영웅인지를 보여 주고 있었다.

그렇게 정령들의 축복 속에서 결혼식장에 도착한 카리엘.

그러자 하늘에서 신부가 될 아일라가 천천히 내려왔다.

수십 대의 소형기들이 발현한 마법을 통해 아무런 장치도 없이 공중에서 내려오는 아일라.

그 모습에 모두가 감탄했다.

더 놀라운 건 지상에 거의 도착했을 때였다.

카리엘이 직접 불의 날개를 만들어 아일라를 안고서 지상에 착지한 것이다.

“실로 압도적이군.”

동대륙에서 넘어온 기자가 멍하니 중얼거렸다.

당장 결혼식이 끝나고 쏟아져 나올 기사의 제목이 떠올랐다.

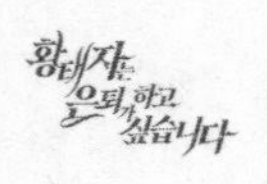

-그 누구도 흉내 낼 수 없는 결혼식.

오직 이그니트의 황제, 그것도 카리엘만이 가능한 결혼식이었다.

주례를 맡은 불의 신전의 주교의 덕담과 몇 가지 행사들이 진행되었으나, 앞에 보인 이벤트들이 너무 큰 탓인지 사람들이 집중하지 못했다.

행사 주관자도 그것을 알았는지 빠르게 지루한 부분을 넘기고는 카리엘과 아일라의 키스를 마지막으로 결혼식을 끝냈다.

"두 분의 혼인을 진심으로 축하합니다."

주례의 마지막 말이 끝나는 순간, 모든 이들이 카리엘의 결혼을 축복해 주었다.

수도 전체의 함성 소리와 함께 황후의 탄생을 축하했다.

역사에 길이 남을 화려한 결혼식과 함께 모든 절차가 끝났다.

"부럽습니다."

루피엘의 말에 카리엘이 피식 웃었다.

부럽다는 감정이 뚝뚝 떨어진다는 착각이 드는 눈빛.

"부러우면 너도 결혼해."

"후……."

카리엘의 말에 루피엘도 잠깐 고민했다가 고개를 저었다.

섣부르게 결혼했다간 카리엘에게 약점 잡혀서 황위를 넘겨받게 될 가능성이 컸기 때문이다.

그렇게 황태자인 루피엘을 시작으로 하나둘 카리엘의 혼인을 축복하러 찾아오는 대신들.

"폐하도 지옥의 길을 걷기 시작하셨군요."

"부디…… 저희와는 다르게 조금이라도 그 행복이 오래가시기를……."

안타까운 표정을 짓는 중년의 대신들.

반면에 젊은 청년들은 부럽다는 표정을 지었다.

"저도 일찍 결혼해야겠습니다, 형님."

"부럽군요."

세리엘과 루터는 앞으로 아내와 같이 살 카리엘을 부러워했다.

서로가 상반되는 입장 차이를 보이는 신하들의 모습이 재밌다는 듯 미소를 지은 카리엘은 마지막으로 각국의 사신들을 맞이했다.

"반갑소."

"혼인을 진심으로 축하드립니다."

윙사르의 왕부터 골란의 왕, 로만의 황제, 아니 이제는 왕이 된 남자의 축하까지 받았다.

그렇게 형식적인 축하 인사와 선물을 받던 카리엘.

축하하러 오는 모든 사람들을 직접 맞이할 수는 없지만,

그래도 최상위 신분의 지도자들의 축하 인사는 받아야 했기에 한 명씩 악수하며 선물을 받을 때였다.

"폐하의 혼인을 진심으로 축하드립니다."

"반갑소."

신대륙의 이름 모를 국가의 지도자.

퀭한 그의 눈빛이 마음에 걸렸으나 애써 미소를 지은 카리엘이 그렇게 넘어가려 할 때였다.

"폐하."

자신을 부르는 그의 말에 고개를 갸웃거린 카리엘이 이름 모를 왕을 바라보았다.

"한 가지 전해 드릴 말이 있습니다."

"전할 말?"

이름 모를 왕의 말에 카리엘이 미간을 찌푸렸다.

딱 봐도 축하 인사 같은 말이 아님을 알았기에 눈짓으로 타리온을 바라보았다.

그러자 호위하던 마스터급 인사들이 주변을 가려 주었다.

"무엇이오?"

"그대는 신이 되고자 하는가? 아니면 방관하고자 하는가?"

갑작스러운 반말.

하지만 이자가 한 말이 아님을 알기에 가만히 그를 바라보았다.

"누가 전하라고 했소?"

“신대륙의 가장 높은 곳을 점령한 이가 전하라 했습니다.”

알 수 없는 그의 말에 카리엘이 타리온을 바라보았다.

“혹…… 케찰코아틀이란 존재 같습니다.”

“그분이 또 전하라 하셨습니다, 사라진 신의 공백…… 그로 인한 혼란을 아느냐고.”

신대륙의 가장 높은 산을 점령한 거대한 뱀.

단순히 거대하기만 했던 뱀이 최근 문제가 된 것은 바로 잠들어 있기만 하던 그 뱀이 어느샌가 깨어나 대륙에서 넘어간 고대의 잔재들을 먹어 치우기 시작하면서부터였다.

고대의 잔재를 먹으면서 점점 더 강해진 그 뱀은 이제는 다양한 힘까지 다루게 되면서 신적 존재로 거듭나고 있다고 했다.

물론 진짜 ‘신’급 존재를 본 이그니트 입장에선 그저 크기만 큰 괴물에 불과했지만, 신대륙 입장에선 달랐다.

“일전에 보고받은 그것들 중 하나인가?”

“그렇습니다.”

카리엘의 말에 고개를 숙인 타리온.

“단순히 힘을 개화한 것 이상으로 영성까지 지녔나?”

어쩌면 세계의 비밀 일부를 알게 된 것일지도 몰랐다.

타리온이나 다른 이들 입장에선 서대륙에서 널려 있는 고대의 잔재 중 일부의 힘을 흡수한 신수 정도로 보았지만 카리엘은 달랐다.

진짜 '신'이 사라진 공백.

그것에 관해서 얘기한 케찰코아틀이란 존재에 궁금해졌다.

"후…… 어쩌면 신혼여행이 정말로 길어질지도 모르겠네."

그런 그의 말에 근처에 있던 마스터들의 눈빛이 떨렸다.

"일단 말을 전해 주러 와서 고맙소."

"예, 폐하."

고개를 숙여 인사하는 것으로 물러난 신대륙의 이름 모를 왕.

그리고 그 이후, 몇몇의 지도자에게 더 이런 말을 듣게 된 카리엘은 심각한 표정을 지으며 고민에 빠졌다.

"발드르……."

이제는 사라진 신의 이름을 부른 카리엘은 조용히 하늘을 바라보았다.

신이 사라진 세계.

그로 인해 무언가가 일어나려 하고 있었다.

외전 3. 이것은 신혼여행인가? 출장인가?

주요 축하객들의 선물을 받은 카리엘의 표정은 어두웠다.

가장 행복해야 할 결혼식에서 어두운 표정을 하고 있자, 주위 사람들이 걱정스러운 표정을 지었다.

오랜 시간 카리엘과 함께 일해 왔기에 지금의 표정은 심각한 일이 일어났을 때 짓는 표정이라는 것을 아는 것이다.

"폐하."

"응?"

타리온의 부름에 반사적으로 고개를 돌린 카리엘.

"일단 오늘은 다 잊으시옵소서."

그의 조언에 카리엘이 옆을 돌아보았다.

어느새 자신을 걱정스럽게 바라보고 있는 아일라가 보였

다.

"후…… 그래. 일단 다 잊자."

그렇게 말한 카리엘이 애써 웃으면서 걱정스레 바라보는 이들을 다독인 후, 다음 일정을 소화해 나갔다.

세계에서 가장 거대한 결혼식은 이제 막 시작했을 뿐이다.

황제와 황후가 반지를 끼고 정식으로 혼약을 했지만 많은 절차가 남아 있었다.

죽은 선대 황후 대신 전대 황비들을 만나 인사해야 하고, 역대 황제들의 무덤에도 가서 인사를 올려야 했다.

그 후 대신들을 만나 정식으로 인사를 하고 황족들에게도 인사해야 했다.

비리를 저지른 황족들을 한차례 처단했기에 얼마 남지 않은 황족들에게 황후를 정식으로 소개한 후, 귀족원에도 가야 했다.

이제는 유명무실해진 기관에 가까웠지만, 오히려 그로 인해 더 명예로워진 기관.

아직까지 귀족원에 남아 있는 귀족들은 전부 이름 좀 날리는 명문가였으며, 전쟁 기간에 엄청난 공을 세워 명예 작위를 받은 이들이 많았기에 예전처럼 쓰레기 기관이 아니었다.

"힘들지?"

카리엘의 물음에 애써 미소를 지으며 고개를 젓는 아일라.

"이제 한 군데 남았어. 좀만 더 힘내 줘."

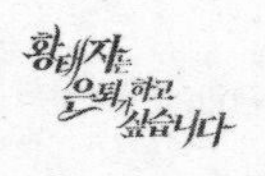

그렇게 말한 후 마차에 올라탄 카리엘와 아일라.

모든 일정이 끝나고 마침내 도착한 곳은 광장이었다.

수많은 사람이 모여 있는 곳에 만들어진 단상에 카리엘과 새로이 황후가 된 아일라가 올라섰다.

"모두들 짐의 결혼을 축하해 줘서 고맙다."

웃으면서 말하는 카리엘을 보면서 환호성과 휘파람을 부는 제국민들.

그런 그들을 보면서 어색한 표정을 짓는 아일라.

카리엘과 더불어 제국에서 가장 높은 사람이 되었다는 것이 아직 실감이 나지 않았기 때문이다.

그저 카리엘이 좋아서, 그의 옆자리를 차지하고 싶다는 마음 때문에 달려왔던 인생이었는데 막상 그 옆에 서서 보니 너무나도 높은 곳에 올라서서 그런지 두려움이 몰려왔다.

"차차 적응될 거야."

살짝 떨고 있는 아일라를 부드럽게 감싸 준 카리엘이 미소를 지으면서 안심시켜 준 후, 제국민들이 던져 주는 꽃이나 아이가 주는 선물 등을 받으면서 한참을 광장에 서 있었다.

그렇게 모든 일정을 마치고 황궁으로 돌아온 카리엘과 아일라.

아침 일찍 시작한 일정이었으나, 어느새 해가 뉘엿뉘엿 지고 있었다.

카리엘은 약간 망설이는 표정으로 아일라를 바라보았다.

“마지막으로 갈 곳이 있는데…….”

“네? 일정은 다 끝났다고…….”

“개인적인 곳이야.”

카리엘은 작게 고개를 끄덕인 아일라를 데리고 카리엘이 머물렀던 옛 황태자 궁으로 향했다.

현재는 루피엘이 황태자였기에 그가 머물던 곳이 황태자 궁이 되었지만, 여전히 궁은 관리되고 있는 듯싶었다.

“여긴…… 폐하의……?”

“그래. 옛 궁이지.”

마차에서 내린 카리엘이 자신이 머물던 옛 황태자 궁을 바라보았다.

전생과 현생의 상당 기간을 보냈던 궁.

지구에서의 자신과 카리엘로서의 자신에 혼란이 와 정체성을 찾으려 했던 기억부터, 화기 때문에 죽을 듯이 아팠던 기억, 그리고 현생에서의 기억까지 복합적으로 묻어나는 곳은 이곳뿐이었다.

솔직히 일찍 저승으로 간 자신의 몸의 어미나 황제에 대한 기억보다 이곳에 대한 기억이 더 추억으로 다가왔다.

그렇기에 이곳을 마지막으로 오고자 했다.

“오늘은 이곳에서 머물고자 하는데…….”

“상관없어요.”

아일라의 허락이 떨어지자 빙그레 웃은 카리엘이 뒤를 돌아보며 말했다.

"오늘은 여기서 머물겠다."

"예! 폐하."

카리엘의 말에 뒤에 있던 시종들이 일제히 고개를 숙이며 답했다.

그렇게 카리엘은 온갖 추억들이 서려 있어 황제의 궁보다 더 정감이 가는 옛 황태자 궁에서 아일라와 함께 혼인 후 첫 날밤을 보냈다.

세기의 결혼식이라고 불리는 혼인을 한 이후, 며칠간의 휴식을 보낸 후, 신혼여행을 떠날 날짜가 다가왔다.

"정말 너무하십니다."

"신혼이잖아."

루피엘이 한숨을 푹푹 쉬면서 카리엘을 원망 어린 눈으로 바라보았다.

신혼이라는 핑계로 옛 황태자 궁에 틀어박혀서 한 발자국도 나오지 않은 카리엘.

그 때문에 루피엘은 정말 일에 치여 죽는 게 어떤 것인지 알 수 있을 정도로 일했다.

"부러우면 너도 결혼해."

"하……."

카리엘의 말에 루피엘은 한숨만 쉴 뿐 대답을 하지 않았다.

저것이 낚시라는 것을 잘 알기 때문이다.

"이왕 가는 거 푹 빨리 돌아오십쇼."

"글쎄…… 그게 될까?"

카리엘이 쓴웃음을 지으며 자신의 손에 들린 보고서를 흔들어 보였다.

전부 과거의 잔재들과 관한 보고서임을 알기에 루피엘이 쓴웃음을 지었다.

한 번뿐인 신혼여행에 일 더미를 가득 안고 있는 카리엘의 모습에서 왠지 자신의 미래가 보였다.

"신혼여행인데 일 더미를 안고가게 생겼네."

"쉬엄……쉬엄하세요."

"언제는 빨리 돌아오라며."

"……."

자신을 안쓰러운 표정으로 바라보는 루피엘에게 카리엘이 미소를 지으며 말했다.

"너도 나와 다르진 않을 테니 그렇게 안쓰럽게 볼 거 없어."

"전…… 아닙니다."

애써 이를 악물며 대답하는 루피엘.

그런 그를 보며 '과연 그럴까?'란 표정으로 바라본 카리엘이 자신을 기다리는 아일라를 위해 루피엘과 대신들에게 인사하고는 마차에 올라탔다.

"준비는?"

"끝났습니다."

카리엘의 물음에 마차 옆에서 백마를 탄 세리엘이 고개를 숙이며 답했다.

"일단 외가에 갈 때까진 너희들이 처리하고 있어."

"하오나 폐하……."

"야, 나도 신혼인데 조금은 쉬어야 할 거 아냐!"

세리엘을 노려보며 말한 카리엘이 한숨을 푹푹 쉬었다.

"나도 좀 쉬자."

"충분히 쉬신 거 같은데……."

카리엘의 결혼식을 찾아온 수많은 하객들.

그리고 각국의 수장들을 본 건 첫날뿐이다. 그 이후로 수많은 연회장에서 그들을 맞이한 건 전부 루피엘이었다.

거기다 이왕 온 김에 각국의 사신단들과 체결한 수많은 협정들.

그걸 전부 체결하고 회의한 것도 루피엘이다.

물론 세리엘과 군부 역시 동대륙과 새로이 맺은 협정으로 바빴다.

대신들부터 고위 관료들까지 첫날을 제외하고 전부 야근

을 하거나 늦은 밤까지 연회장에 참석하며 피로를 누적시키는 동안 카리엘은 정말로 결혼식 이후 달콤한 신혼 생활만 즐긴 것이다.

그렇기에 세리엘이 짜게 식은 눈으로 카리엘을 바라보았다.

"……신혼이잖아."

루피엘에게 했던 것과 똑같은 변명으로 세리엘의 강렬한 눈빛을 넘긴 카리엘이 곧바로 마차를 움직이라고 신호를 주었다.

화려하게 치장된 마차를 타고 황제 전용 비공선이 세워진 곳에 도착하자 영상구를 든 기자들이 둘을 맞이했다.

-마침내 달콤한 신혼여행을 떠나는 황제 폐하.

-웃고 있는 황제 폐하와 울먹이는 황태자 전하.

비공선을 타고 신혼여행을 떠나는 카리엘과 초췌한 표정으로 일하는 루피엘의 표정이 대문짝만 하게 나온 신문에 모든 이들이 웃었다.

어떤 이들은 루피엘이 불쌍하다고 가여워했지만 대부분은 카리엘을 축복해 주었다.

매일 고통받던 카리엘의 모습을 알기에 지금의 모습을 순수하게 축복해 줄 수 있었던 것이다.

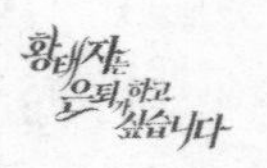

하지만 이들의 축복은 고작 반나절도 지나지 않아서 깨졌다.

-어쩌면 폐하께선 신혼여행이 아니라 출장을 가신 것일지도?

군부와 선이 있던 기자가 과거의 잔재들에 관한 정보를 듣고 올린 기사.

제국민들도 알 권리가 있었기에 발표했던 과거의 잔재들에 관한 정보들, 그것을 토대로 추정한 바에 따르면 카리엘은 이번 신혼여행을 떠나면서 주요 위험지역을 직접 다녀올 가능성이 높았다.

그 기사가 나온 지 몇 시간 뒤에 군부는 이 사실을 인정했다.

“아…… 폐하께선…….”

“지금이 제일 행복할 때인데…….”

모두가 안타까워했다.

앞으로 결혼 생활 동안 지금보다 행복한 시간은 찾아오지 않을 것이기에.

그런 소중한 시간마저 일을 해야 한다는 생각에 축제 같았던 제국민들의 분위기가 숙연해졌다.

이런 사람들의 반응과 달리 카리엘은 나름 행복한 시간을 보내고 있었다.

세리엘에게 말했던 것처럼 황후와 달콤한 시간을 보내는 데 주력한 것이다.

전쟁 기간 동안 서대륙을 돌아다녔던 기억을 떠올리며 괜찮았던 곳들을 중심으로 신혼여행 루트를 짰고, 나름 아일라도 만족하는 모습을 보였다.

조금이라도 시간이 느리게 갔으면 하는 카리엘의 바람과 달리 시간은 쏜살같이 지나갔고, 결국 외가인 루미너스 자치령에 도착하고 말았다.

"폐하를 뵙습니다."

"오랜만에 뵙습니다."

이제는 장인어른이 된 자치령주와 서로 인사한 카리엘은 그들이 준비한 호화로운 식사를 대접받으며 나름 알차게 시간을 보냈다.

하지만 도착한 지 하루도 되지 않아서 더는 기다릴 수 없다는 듯 세리엘이 찾아왔다.

"폐하."

"후…… 그래. 줘 봐."

두툼한 보고서를 받은 카리엘이 한숨을 쉬면서 바라보았다. 그리고 몇 분 후, 어째서 세리엘이 다급히 찾아왔는지 알 수 있었다.

"신대륙만의 문제가 아니었네."

"……예."

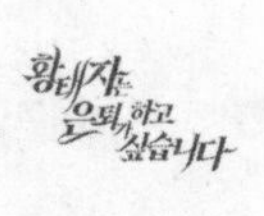

신대륙의 가장 높은 산봉우리를 점령한 거대한 뱀.

하지만 신대륙에는 이러한 존재가 적어도 셋 이상은 존재한다는 보고였다.

이것뿐이었다면 세리엘이 이렇게 다급하게 찾아오지 않았을 거다.

"남부 섬들은 물론이고, 동대륙과 서대륙도 이런다라……."

오딘을 비롯한 가장 강력한 과거의 잔재들을 지웠지만, 그 때문일까?

도망친 과거의 잔재들이 자신들이 '신'이 되고자 마음먹은 것이다.

그동안 조용했던 것은 세력을 키우고 힘을 모으기 위함이었다.

하지만 이것뿐이라면 괜찮았다.

역사상 가장 강력할 거라 추정되는 현재의 이그니트라면 서대륙에서 문제를 일으키는 과거의 잔재쯤은 깔끔하게 처리할 수 있기 때문이다.

문제는 그다음이었다.

"수상한 기운이라……."

보고서 말미에 적힌 수상한 기운.

지옥의 기운도, 마기도 아닌 전혀 본 적 없는 기운이 주변을 오염시키고 있다고 했다.

이러한 현상이 왜 이제야 발견될 걸까?

그 이유는 과거의 잔재들 때문이었다.

몇몇 과거의 잔재들이 수상한 기운이 흘러나오는 곳에 자리 잡고 그 기운을 모조리 흡수했기 때문이다.

"그동안 미뤄 왔던 것이 문제였나?"

오랜 전쟁으로 피폐해진 이그니트를 위해 애써 미뤄 두었던 문제들.

그것이 지금에 와서는 더 큰 문제로 다가오는 느낌이었다.

"그때는 어쩔 수 없었습니다."

그랜드 마스터를 비롯한 대부분의 마스터들이 움직일 수 없는 상태였고, 기사들과 마법사들 역시 마찬가지였다.

병사들 역시 휴식이 필요했다.

그렇기에 어쩔 수 없는 선택이었다.

"일단 내가 직접 가 보긴 해야겠네."

"……준비할까요?"

곧바로 준비하려는 세리엘을 잠시 바라보던 카리엘이 나직이 말했다.

"며칠만…… 며칠만 더 있다 가자."

"……예."

카리엘의 간절한 부탁에 세리엘이 헛기침을 하면서 작게 대답하고는 물러났다.

"후……."

한숨을 쉬면서 하늘을 바라본 카리엘.

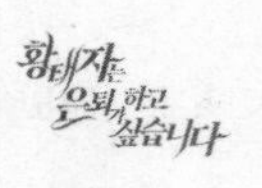

은퇴하려고 할 때마다 일이 터지는 느낌.

이쯤 되면 누군가가 자신이 은퇴하려고 할 때마다 일 더미를 던져 주는 느낌이다.

"……착각이겠지."

왠지 누군가 일 더미를 던져 주는 느낌 속에서 세리엘과 본격적인 논의를 시작했다.

그리고 결국 카리엘은 아일라에게 허락을 맡고 자치령에서 홀로 벗어났다.

아닌 척하긴 했지만 서운함이 서려 있는 아일라의 눈빛에 발걸음이 떨어지지 않았지만 세리엘에 의해 반강제적으로 끌려갔다.

"여깁니다."

"뱀장어 같은 놈인가?"

"대왕 뱀장어가 과거의 잔재들이 흘린 잔여물을 먹은 것으로 추정합니다."

세리엘의 말에 카리엘이 고개를 갸웃거렸다.

"잔여물이라면?"

"똥이죠."

"아……."

그제야 알아들은 카리엘이 고개를 끄덕였다.

“그런데 똥에도 힘이 남아 있을까?”

“과거의 잔재가 싼 똥은 뭔가 다르지 않을까요?”

세리엘도 거기까지는 확인해 보지 못했는지 고개를 갸웃거렸다.

“으음…….”

카리엘이 의미심장한 표정으로 세리엘을 바라보았다.

매번 귀찮아하면서도 막상 자신에게 맡긴 일은 잘 처리했다.

지금도 과거의 잔재가 남긴 잔여물이 혹시나 남아 있는지 수색하라고 명령을 내리는 것 하며, 추가적인 의문점들을 적절하게 부하들에게 명령을 내려 해결하게 하는 걸 보면 지도자로서 역량은 루피엘 못지않을 거 같다.

‘최근 루피엘이 힘들어하던데……. 나중에 너무 힘들어하면 세리엘을 시켜야 할지도.’

거기까지 생각한 카리엘은 본격적으로 세리엘에게 변이 몬스터들에 대한 정보를 달라고 했다.

자신이 결혼에 정신 팔려 있는 동안 세리엘은 꾸준하게 자신의 일을 처리해 왔다. 그렇기에 세계지도에 있는 주요 위험 요소들을 전부 파악했고, 그에 대한 대응 방안까지 어느 정도 갖춰 놓았다.

문제는 과거의 잔재들을 흡수한 존재들이었다.

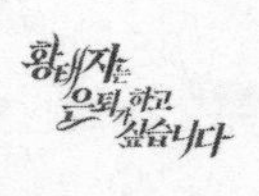

기존의 몬스터들 중 강한 개체들이 과거의 잔재들을 흡수하면서 능력을 개화시킨 게 문제였다.

키에에에엑!

마법사들에 의해 바다에서 공중으로 끌어 올려진 거대한 뱀장어.

전격 마법을 맞은 탓에 괴로움에 몸부림치는 거대한 뱀을 보면서 카리엘이 심각한 표정을 지었다.

"발전이 상당히 빠른데?"

싸우는 동안에도 성장하는 녀석들.

과거의 잔재들이 본래 자신의 힘을 찾기 위한 목적이 강하다면 지금 사냥하는 변이된 몬스터들은 달랐다.

몬스터 특유의 본능에 의존하는 성격이 각성했음에도 그대로 묻어났다.

무엇보다 더 큰 문제가 과거의 잔재들은 과거 자신의 격을 찾기 위해 숨어 있거나 천천히 힘을 회복하려 한다.

하지만 변이된 몬스터들은 달랐다.

한번 급격히 강해짐을 경험해서일까?

닥치는 대로 먹어 치우면서 빠르게 강해지길 원한다.

당연히 좋은 점이 있다면 나쁜 점도 있는 법.

"붕괴되기 시작하는 건가?"

닥치는 대로 과거의 잔재들이나 그들이 남긴 힘의 잔여물을 먹어 치웠기 때문인지 육체가 버티질 못하고 무너져 내리고 있었다.

거대한 몸뚱어리를 지탱할 힘이 중구난방으로 흩어지니 육체가 붕괴되는 것이다.

육체도, 그 안에 든 힘도 모두 안정되지 못한 모습이었으나 그럼에도 불구하고 힘 자체는 강력했다.

"이게 고작 과거의 잔재들이 흘린 잔여물을 먹은 놈이라고?"

"네."

세리엘의 대답에 카리엘의 표정이 어두워졌다.

그가 직접 확인해 본 결과 과거의 잔재들이 남긴 힘을 먹어 치워 스스로 각성한 녀석들은 카리엘이 상성상 우위를 점할 요소가 없었다.

과거의 잔재들은 대부분 지옥에서 건너온 자들이고, 지옥의 힘을 쌓아 생명력을 얻은 녀석들이라 조금이라도 카리엘이 더 유리하긴 했다.

하지만 이들은 달랐다.

과거의 잔재들이 가졌던 힘은 이들에게 각성을 시켜 줄 매개체일 뿐, 이들이 사용하는 힘은 본인들 스스로 개척해 나간 것이다.

"일반 몬스터라 봐야겠네."

카리엘의 말에 세리엘의 표정이 어두워졌다.

"그럼…… 과거의 잔재들이 가진 특징들은……."

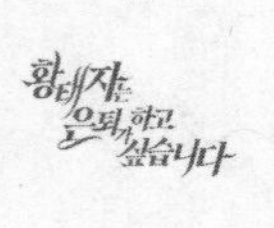

"의미가 없을 거다."

대전쟁 시절 얻은 과거의 잔재들의 데이터가 무용지물이 되었다.

아직 대륙에 퍼져 있는 과거의 잔재들이 많이 있었고, 그들 역시 신이 되고자 하는 건 똑같았기에 그들 상대로는 효과를 보긴 할 것이다.

하지만 카리엘이나 세리엘 둘 다 심각한 표정을 지었다.

"세리엘 총사령관."

"예, 폐하."

"지금부터 제국의 모든 정보망을 이 녀석들에게 집중하라고 해."

카리엘의 명령에 고개를 숙인 세리엘이 황급히 자리를 벗어났다.

촉이 안 좋았다.

전생부터 안 좋은 일이 일어날 조짐이 보이면 촉이 좋았던 카리엘은 이번 일이 결코 예삿일이 아님을 알 수 있었다.

대전쟁만큼 심각한 일은 아니지만, 그 이상으로 자신의 은퇴 계획에 심각한 문제를 야기할 것 같았다.

그리고 그런 카리엘의 촉은 정확히 들어맞았다.

기어코 일이 터지고 말았기 때문이다.

-라플라 화산 인근 지역에서 대규모 유령 출몰!

-아이사르만 인근 해역에서 거대 물고기 출몰!

갑작스럽게 나타난 이상 현상.

카리엘이 신혼여행의 달콤함에 젖어 있는 게 아니꼽기라도 하듯 큼지막한 문제가 터져 버린 것이다.

"전조도 없이 이런 일이 발생할 수 있나?"

카리엘을 찾아온 타리온에게 묻자 그가 말없이 고개를 숙였다.

"송구합니다."

"사과는 됐고, 문제점이나 말해 봐."

급하게 루미너스 자치령으로 온 타리온이 그동안 알아본 결과를 말해 주었다.

일단 사태가 이 지경이 된 건 이그니트의 안일한 대응이었다.

사실 안일하다 보기에도 어려운 것이 거인의 산맥에서 도망친 과거의 잔재들은 대부분 약한 존재들이다.

게다가 아스가르드에 합류하길 거부한 과거의 잔재들 역시 마찬가지다.

이그니트 입장에선 조금 더 강한 몬스터에 불과하다고 결론 내릴 수밖에 없었고, 당장에 온갖 문제들로 분열되게 생긴 제국을 안정시키는 게 더 중요할 수밖에 없었다.

그렇다고 일을 안 했느냐?

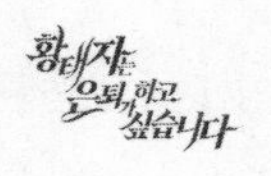

그것도 아니다. 지속적으로 과거의 잔재들을 찾아 죽이는 작업을 해 왔기 때문이다.

"아스가르드가 무너지면서 퍼져 나간 힘의 파장. 그게 문제라는 거지?"

"예."

셀 수도 없이 많은 과거의 잔재들이 죽고, 그로 인해 아스가르드가 무너지면서 그 여파는 대륙 전체로 퍼져 나갔다.

문제는 그 파장이 도망친 과거의 잔재들에게 어떠한 형식으로든 영향을 주었다는 점이다.

"거인의 산맥을 봉인하는 것만으로는 부족했다는 건가?"

"……결론적으로는 그렇게 보입니다."

수많은 과거의 잔재들이 남긴 힘들이 대륙 전역에 퍼져 나가는 것.

사실 이것을 막을 방법도 없었다.

결국 언젠가는 일어났을 일이라는 점이다.

하지만 그 일을 가속화한 주범이 있었다.

"괴이한 힘을 뿜어내는 게이트. 그거에 대해서는?"

"현재는 알 수 없습니다. 다만 마계나 요정계 같은 차원이 아닌 완전 별개의 차원에서 넘어온 힘이라고 추정하고 있습니다."

"완전히 별개?"

"그렇습니다. 마계나 요정계 역시 이 세계에 묶여 있는 한 차원으로 본다면 지금 열리는 게이트는 완전히 다른 차원의 게이트로 추정하고 있습니다."

타리온이 그렇게 말하면서 고대의 서적에서 찾은 자료들을 보여 주었다.

유구한 역사를 자랑하는 이그니트에서 몇백 년에 한 번 정도 특이한 이상 현상이 나타났는데, 그때마다 전혀 다른 차원의 존재가 넘어오곤 했다는 것이다.

물론 대부분 특별한 힘을 가진 것을 제외하면 위협적인 존재는 아니라는 점도 서술되어 있었다.

"……폐하?"

갑자기 심각한 표정을 짓는 카리엘을 보면서 타리온이 고개를 갸웃거렸다.

하지만 그의 물음에도 카리엘의 표정은 펴지지 않았다.

'설마…….'

갑자기 생각난 발드르와의 대화.

그리고 그가 사라진 후, 붕괴되었던 세계가 떠올랐다.

'혹시 이곳 역시 신이 없으면 붕괴되는 걸까?'

이러한 가정에 카리엘의 표정이 어두워졌다.

비록 오랜 시간 힘을 잃어 무늬만 신의 형태로 남아 있었지만, 그런 발드르라도 존재하고 있었기에 이곳이 안전할 수 있었음을 깨달았다.

'신이 없으니 이곳은 주인 없는 땅이나 마찬가지가 되겠

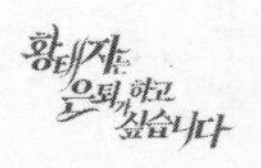

군.'

타 차원의 신이 보기에 이곳은 아주 먹음직스러운 먹잇감일 터.

"하…… 이 새끼."

자신을 보면서 음흉한 미소를 짓던 발드르.

결국 녀석은 이리될 줄 알았던 거다.

한동안 괜찮을지도 모른다고 했던 녀석의 말은 정말 잠깐에 불과했다.

'고작 몇 년이라니…….'

긴 한숨을 내쉰 카리엘이 인상을 찡그리자 옆에 서 있던 타리온이 심각한 표정으로 물었다.

"많이 심각한 것이옵니까?"

카리엘이 무언가 비밀을 숨고 있다는 건 가까이 있는 이들은 전부 알고 있었다.

그것이 신 혹은 세계의 비밀에 관한 것일 가능성이 높기에 섣불리 묻지 못하고 있을 뿐.

"타리온."

"예, 폐하."

"지금 당장 황궁으로 돌아가서 비밀 수호대를 재소집해."

카리엘의 명령에 타리온이 눈을 커다랗게 떴다.

사실상 모든 비밀이 드러났기에 해산되다시피 한 비밀 수호대.

그들이 다시금 부활한다는 것은 타리온의 생각 이상으로 상황이 심각하다는 것을 뜻했다.

“……전 시종장도 부를까요?”

노쇠하여 은퇴를 한 전 시종장.

“그를 대신할 인재가 있나?”

“비밀 수호대의 임무가 끝나 버려 만들지 않은 것으로 압니다.”

“……하는 수 없지. 불러.”

한번 은퇴한 이를 다시 부른다는 것은 못할 짓임을 안다.

하지만 현재 돌아가는 상황이 그것까지 챙겨 줄 정도로 녹록지 않았다.

“세리엘!”

멀리 서 있던 세리엘을 부른 카리엘.

“부르셨습니까?”

“넌 지금 당장 신대륙으로 넘어갈 준비해.”

“지금 당장 말입니까?”

“그래. 내가 황궁에 도착하는 대로 급한 일만 처리하고 바로 신대륙으로 넘어갈 거다.”

그렇게 명령을 내린 카리엘은 하늘을 바라보았다.

오랜 시간 홀로 지켜 왔던 신의 자리에서 벗어나 자유의 몸이 된 발드르.

그가 소멸되었는지 아니면, 다른 어떤 거대한 흐름 속으로 사라진 것인지는 알 수 없었다.

한 가지 확실한 것은 녀석은 이리될 줄 알고 있었음에도 말 한마디 없이 사라져 버린 것이다.

"하…… 다시 만나면 꼭 쥐어 패야지."

그렇게 중얼거린 카리엘이 이를 악물면서 루미너스 자치령으로 향했다.

"흠흠. 황후, 할 말이 있소."

황후가 된 아일라를 향해 더듬거리면서 말을 시작한 카리엘이 사정을 설명하기 시작했다.

주된 내용은 간단했다.

1. 아무래도 예정보다 일찍 황궁으로 돌아가야 할 것 같다.

2. 아일라를 혼자 놔두고 신대륙으로 가 봐야 할 것 같다.

3. 앞으로의 일 때문에 달콤한 신혼 생활은 못 할 것 같다. 양해해 달라.

처음 황궁으로 일찍 돌아간다는 건 웃으면서 고개를 끄덕여 준 아일라가 신대륙으로 가야 할 것 같다는 말부터 표정이 어두워지기 시작하더니 신혼생활이 쫑 났다는 말에는 표정 관리가 되지 않았다.

지금 자신이 듣고 있는 말이 정말인지 의심부터 하는 아일라.

결혼한 지 얼마나 되었다고 밖으로 나돌겠다는 카리엘의 말을 부인 입장에서 납득할 자가 얼마나 될까.

"여…… 여보, 미안해."

근엄한 모습을 집어던지고 처음으로 살갑게 말해 보았지만 의미가 없었다.

카리엘은 울먹거리는 아일라를 밤새 달래느라 수척해진 얼굴로 예정보다 일찍 루미너스 자치령에서 벗어나 황궁으로 향하는 비공선에 올랐다.

"폐하."

예정보다 일찍 도착한 카리엘이 아일라를 잘 다독이며 황후궁까지 직접 데려다준 후 곧바로 황제의 궁으로 향했다.

그러자 그곳에 모여 있는 대신들과 루피엘이 카리엘을 맞이했다.

"모두 얘기는 들었겠지?"

"예, 하온데 정말 신대륙으로 가시려는 겁니까?"

루피엘의 물음에 카리엘이 작게 고개를 끄덕였다.

"굳이 신대륙에 가지 않아도……."

"나한테 호의를 갖고 있는 신에 가까운 존재는 현재 그 녀석 하나잖아."

루피엘의 말에 카리엘이 한숨을 쉬며 말했다.

자신도 가기 싫었다.

하지만 어쩔 수가 없었다.

대륙에도 신대륙의 거대한 뱀처럼 오랜 시간 살아오며 영성을 지닌 존재들이 있다.

그런 이들이 과거의 잔재를 먹었으면 신대륙의 거대한 뱀과 같은 존재가 되었을 것이다. 하지만 이들은 카리엘에게 말을 걸어오지 않았다.

그렇기에 이들이 적대적인지, 혹은 케찰코아틀만 한 존재인지 알 수가 없었다.

"시간이 많지 않아. 그러니 확실한 존재와 대화를 나누어 봐야 해."

그렇게 말한 카리엘은 루피엘과 대신들에게 신대륙의 왕국들과 접선해 외교적으로 문제없게끔 만들어 달라는 것과, 지금의 사실들을 순차적으로 대륙에 풀어 줄 것을 주문했다.

그리고 얼마 후, 제국의 공영 신문에 충격적인 사실이 게재되었다.

외전 4. 문제가 많은 신대륙?

카리엘이 신대륙에 가기로 결정한 이후, 가장 바쁜 건 외무대신이었다. 본래라면 벌써 끝났어야 했을 일들이 몇몇 문제들 때문에 아직까지도 지지부진했기 때문이다.

"아니 이 새끼들은 왜 연락을 안 받아? 나랑 장난하는 거야?"

"그게…… 폐하께서 가실 왕국이 전반적으로 쉬엄쉬엄 일하는 경향이 있습니다."

"뭐?"

외무대신이 분노한 표정으로 신대륙 담당 외무관을 바라보았다.

"그게…… 그쪽은 모든 게 신의 뜻대로 이뤄진다는 관습이 있어서…….”

“그래서?”

“최소한의 일을 한 이후 나머지는 운명에 맡기는 경향이 있습니다.”

상급 외무관의 말에 외무대신이 어이없다는 표정을 짓다가 물었다.

“……설마 그런 경향 때문에 이 새끼들이 일을 안 하고 탱자탱자 처논다?”

“그것도 있지만 그들 대부분이 귀족들이란 점도…….”

외무관의 말에 외무대신이 헛웃음을 짓다가 과거가 생각났는지 쓴웃음을 지었다.

사실 현재의 이그니트 입장에선 상상하기 어려운 일이기는 했다.

일을 대충 한다?

바로 다음 날,

“너 이 새끼 뒈지고 싶어? 오늘 이거 다 끝날 때까지 퇴근하지 마!”

온갖 쌍욕을 먹으면서 존경하는 황제 폐하께 직접 붙잡혀서 밤새 일을 하게 될 것이다.

하지만 이전을 생각해 보라.

카리엘이 본격적으로 정치에 개입하기 전을 생각해 보자.

당장에 황태자 시절만 하더라도 대신들이 지금처럼 일했을까?

아니었다. 그럼 그 전에는?

이그니트는 다른 나라의 조롱에도 침묵해야 했던 치욕스러운 나라였다.

"과거의 이그니트와 동급인가?"

"그보다 심할 겁니다."

외무관의 말에 외무대신이 한숨을 쉬었다.

오늘도 황제의 궁에 불려 가서 까일 걸 생각하니 벌써부터 아찔했다. 길게 한숨을 쉬는 외무대신을 보면서 외무관들이 안쓰럽다는 표정을 지었다. 멍청한 신대륙의 국가들이 문제였지만, 까이는 건 외무대신의 담당이다.

"대신님."

"……폐하께서 부르시는가?"

"예."

황제의 궁에서 찾아온 시종의 부름에 외무대신이 올 게 왔다는 표정을 지었다. 사형장에 끌려가는 죄수처럼 황제의 궁으로 찾아간 외무대신.

"후…… 오늘로 며칠째지?"

"6일이옵니다."

"이 정도면 둘 중 하나겠지. 자네가 무능하다든가 아니면…… 그동안 내가 괴롭혔다고 시위를 하는 것이든가."

그렇게 말한 카리엘이 분노한 표정으로 외무대신을 바라보았다.

"그런데 내가 아는 외무대신은 일을 참 잘하거든. 그럼 남은 결론은 외무대신이 나를 엿 먹이려고 이러는 거라는 건데……."

"폐하! 절대 아니옵니다!"

"그럼 대체 왜 이러는 건데!"

카리엘의 고성에 자라목이 된 외무대신이 한숨을 쉬면서 말했다.

신대륙 담당 외무관한테 들었던 것을 그대로 들려주었다.

동시에 현재 신대륙의 상황까지 간략하게 전해 주었다.

"개판이네?"

"……예."

현재 신대륙의 상황은 과거의 서대륙보다 더 나빴다.

서대륙은 그래도 강력한 이그니트를 갉아먹기 위해 다른 나라들끼리의 분쟁은 덜했다. 큼지막한 먹잇감이 있으니 일단 이 먹잇감부터 다 먹고 나서 서로 싸우든 말든 할 것 아닌가?

그런데 신대륙은 달랐다.

현재 지지부진한 나라인 카바를 중심으로 여러 나라들이 있었는데 이들이 최근 급격한 성장을 이루면서 카바의 국력을 빠르게 따라잡아 버린 것이다.

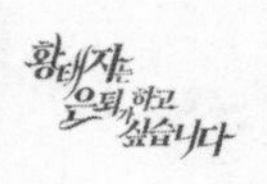

그런데 더 문제인 건 상황이 이렇게 되었으면 정신 차리고 나라를 발전시킬 생각을 해야 하는데, 오랫동안 다른 나라들로부터 뇌물을 처먹던 관습 때문에 다른 나라들이 선물로 주는 게 독인지도 모르고 처먹다 보니 한없이 나태해져 버린 것이다.

"그래서 방법은?"

"무시하고 가시는 게……."

"전쟁이 끝난 지 얼마 되지도 않았는데 다시 전쟁하자고?"

카리엘이 어이없다는 듯 바라보자 외무대신이 한숨을 쉬었다.

"그게 아니면 답은 하나입니다."

"뭐지?"

"카바 근방에 있는 모든 국가에게 막대한 뇌물과 혜택을 쥐여 주면 됩니다."

외무대신의 말에 카리엘의 미간이 찌푸려졌다.

나름 오랫동안 카리엘을 경험해 본 외무대신이기 때문에 완전히 폭발하기 직전임을 알기에 재빨리 입을 열었다.

"사실 이 모든 게 관료들이 일을 잘해서 벌어진 일입니다."

"그건 또 뭔 개소리지?"

카리엘이 고개를 갸웃거리면서 말하자 외무대신이 차분하게 설명했다.

사실 저들이 저렇게 나오는 데에는 다 이유가 있었다.

1. 신대륙 국가들과 이그니트의 교역에서 항상 막대한 이득을 취한 건 이그니트다.

2. 카바 근방의 국가들이 이번 기회를 통해 이그니트와 맺은 불공정 계약을 좀 바꿔 보고자 하는 계산에 현 상황이 만들어짐.

3. 저들이 이렇게 무례하게 나온 근거는 바다와 강해진 몬스터들이 장벽을 만들어 줄 것이기에 강하게 나오는 것 같음.

사실 이건 관료들이 잘해서 그런 게 맞았다.

보통 신대륙에서 들여오는 건 대부분 원자재들이다.

거기다 신대륙으로 만들어진 항로들 역시 개선을 거듭하면서 최적의 항로가 만들어졌다. 그렇기에 신대륙의 다른 국가들이 직접 남쪽 섬들과 동대륙으로 향할 항로를 만들어 더 큰 이득을 취하려 해도 지금보다 낫다는 가능성이 적었다.

그렇기에 이그니트의 항구들에 의존할 수밖에 없는 게 컸다. 그걸 아는 관료들이 신대륙 국가들을 상대로 봐주는 것 없이 이득을 취하다 보니 불만이 쌓인 것이다.

그동안 이그니트가 신대륙 국가에 딱히 원하는 게 없기에 매번 불공정 무역을 진행했다.

그들이 생산하는 물자는 농림부의 노력으로 서대륙과 동대륙 일부에서도 생산이 가능했으며, 광석같은 물자들은 신대륙이 아니어도 다른 곳에서도 좋은 가격에 들어오고 있었다.

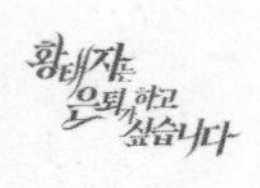

"이런 상황에서 우리가 원하는 게 생겼고, 멍청한 카바를 앞세워서 신대륙 국가들이 은근슬쩍 이그니트와 새로운 협상을 해 보려 한다?"

"그렇습니다."

외무대신의 설명에 카리엘의 표정이 찡그려졌다.

일을 잘해서 이런 상황이 됐다는데 뭐라 하기도 그렇고, 그렇다고 언제까지 이런 상황을 내버려 둘 수도 없었다.

"이 문제가 우리만의 문제가 아니지 않나? 그들이 더 심할 텐데."

"……신대륙 대부분의 국가들이 귀족들의 입김이 셉니다."

"자신들의 이득만 된다면 국민들이 어찌 되든 알 바가 아니라는 거군."

카리엘의 말에 외무대신이 쓴웃음을 지으며 고개를 숙였다.

과거의 이그니트가 그렇듯 신대륙 역시 대부분의 국가들이 썩어 문드러져 있었다. 마음 같아서는 신대륙을 점령해 버리고 싶고, 그럴 역량이 되기도 했다.

저들은 이그니트가 바다를 넘어서 저들을 치지 못할 거라고 확신한다. 단순히 먼 거리였다면 큰 문제가 안 되겠지만 고대의 잔재들로 인해 바다에 괴물들이 득실거리기 시작하면서 무역로를 지키기도 빠듯하게 되었다.

그러나 저들이 착각하는 게 있었다.

이그니트는 세계 최강국이라는 점.

그들이 생각하는 이상의 국력이 있었다. 실제로 동대륙의 땅도 더 넓힐 수 있었고, 남쪽의 섬들도 더 많은 지역을 점령할 수 있을 것이다.

그러나 그렇게 하지 않는 이유는 딱 하나다.

"귀찮은데……."

카리엘의 귀찮음.

그리고 대신들과 관료들 역시 지금보다 일이 더 늘어나지 않기를 바라는 마음 때문이다. 솔직히 영토를 넓히는 것보다 지금처럼 누군가를 침략하지 않는다는 안정감을 심어 주고 막대한 이득을 보는 편이 훨씬 나았다.

만약 영토를 넓힌다고 설쳤다면, 지금처럼 자유로운 무역로가 만들어지지도 못했으리라.

정복욕이 없는 카리엘은 지금이 딱 좋았다.

이그니트가 발전할 토대를 쌓고, 그걸 기반으로 더 높은 수준의 기술력 그리고 압도적인 국력을 만드는 것.

다른 나라들도 평화를 반기는 분위기니 모든 게 잘될 줄 알았건만 예상하지 못한 문제가 발생한 것이다.

"저들의 요구를 들어준다고 하면 손해는 어느 정도지?"

"제국 입장에선 손해가 크지는 않을 겁니다."

"감당은 가능하다?"

"그렇습니다. 문제는 그다음입니다. 이그니트가 무역으로 이득을 취하는 국가는 저들만이 아닙니다."

이그니트가 한발 물러서면서 치러야 할 손해가 너무 컸다.

게다가 나라가 부패의 온상이라면 제대로 판단할 수 없는 지도자도 있을 터.

이그니트가 양보한 게 아니라 지들이 잘해서 이런 결과가 나왔다고 생각한 순간 선을 넘는 일도 발생할 것이다.

"여기…… 재무부의 의견으로는 저들의 요구를 들어줄 시 현재 아이론 지역에서 육성 중인 중소 상단 태반이 무너질 수도 있다는 결과가 나왔습니다."

"……."

오랫동안 카리엘을 보좌한 결과, 해결책을 만들기 위해 회의할 것이고, 그러면 일감이 더욱 늘어날 것임을 알기에 카리엘이 물을 만한 보고서들을 미리미리 대신들과 상의해서 만들어 왔다.

외무대신인데 군부, 재무부와 상의해서 나온 결과물부터 상인연합 그리고 공학부의 자재 수급에 대한 문제들의 예측치 그리고 이걸 해결하기 위해 어떤 외교적인 협상이 필요할지까지 싹 다 정리해 온 것이다.

"제법이군."

카리엘이 살짝 놀란 표정으로 외무대신을 바라보았다.

분명 카리엘이 황태자에 있을 때만 하더라도 그럭저럭 써먹을 만한 수준에 불과했다.

하나 사람이란 발전을 하는 동물.

한계 이상으로 쥐어짜이는 나날을 보내다 보니 이렇게 능력 있는 존재가 된 것이다.

물론 능력 자체는 젊은 관료들이 더 좋을지도 모른다.

하지만 연륜과 정보를 체계적으로 종합하는 이런 모습은 현재의 외무대신을 따라갈 자가 없으리라.

'앞으로 더 열심히 굴리라고 말해 줘야겠어.'

루피엘의 노예 1호를 만들어 줄 심산으로 입가에 미소를 그린 카리엘이 고민하다가 결국 결론을 내렸다.

"건방진 놈들에겐 본때를 보여 줘야겠지."

"……전쟁입니까?"

"아니?"

"그럼……."

외무대신이 고개를 갸웃거렸다.

"이그니트의 최정예들만 모아서 갈 생각이다."

"아……."

"시카리오 후작, 글렌 경 그리고 마스터 넷 정도만 대동할 생각이야. 아! 물론 제국의 최신예 무기들로 무장한 2개 군단도 함께 움직이겠지?"

카리엘이 이렇게 구체적으로 얘기한 이유를 단박에 알아들은 외무대신이 고개를 숙이며 답했다.

"저들을 협박할 방안을 만들어서 보고를 올리겠습니다."

"타리온과 내무대신 들어오라고 해."

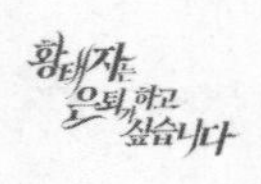

"예, 폐하."

적들을 치기 전에 일단 여론부터 만들 필요가 있었다.

'우리 나쁜 국가 아니에요!'란 이미지를 만들기 위한 밑작업.

"작전명은 '세계 평화를 방해하는 놈들을 징치하다!' 정도면 되려나?"

그렇게 말하면서 빙그레 웃은 카리엘.

대륙에 평화가 찾아오면서 오랫동안 잊고 지냈던 감각이 다시 부활하는 느낌이 들었다.

계획에 걸림돌이 되는 놈들을 하나하나 박살 내는 데서 오는 쾌감. 그 감각이 다시금 떠오르기 시작하자 카리엘은 자신도 모르게 입가에 진한 미소가 지어졌다.

그렇게 한참을 건방진 신대륙 놈들을 어떻게 박살 내 줄지 고민하던 카리엘이 시계를 보고 황급히 자리에서 일어났다.

"늦었다!"

아내와의 저녁 약속.

가뜩이나 토라져 있는 아일라인데 약속 시간마저 늦는다?

"마…… 마차! 아니, 되었다!"

문을 열자마자 마차를 대령하라 했던 카리엘이 고개를 저으며 직접 발로 뛰었다.

마차를 준비하고 그것을 타고 천천히 이동하는 것보다 자신이 뛰어가는 게 더 빨랐기 때문이다.

늦으면 상상할 수 없는 지옥 같은 시간이 펼쳐질 것이기에 발바닥에 땀나도록 황후궁으로 뛰어갔다.

그리고 마침내 사랑하는 아일라의 얼굴이 보였다.

다행히 입가에서 미소가 사라지지 않았다.

'휴…… 살았군.'

오늘도 무사히 넘긴 카리엘이 한숨을 쉬었다.

'분명 처음엔 이러지 않았던 것 같은데…….'

처음 공국에서 아일라를 만났을 때만 해도 별생각이 없었다. 그저 능력이 있고, 조금 특이한 여인이라는 것 정도?

그 당시에는 워낙 산재한 일들이 많아서 더 관심이 없었던 걸지도 모르겠다.

하지만 과거가 어찌 되었든 결혼한 사이인데, 신혼을 즐기기는커녕 여행에서 돌아와서도 일만 하다 보니 미안함이 쌓이기 시작했다. 그래서 자꾸 신경 쓰게 되었는데, 어느샌가 죄책감이 들지 않는데도 자꾸만 눈길이 가는 자신을 발견한 것이다.

"이러다 정말 대신들처럼 잡혀서 살 운명인가?"

그렇게 중얼거린 카리엘이 한숨을 쉬면서 하늘을 올려다보았다.

황후가 화를 낸 적은 없다.

다만 묘하게 실망하고, 가끔씩 째려보는 느낌이 들 때면 자신도 모르게 움츠러드는 것이다.

"나중에 대신들에게 물어봐야겠군."

오랜 결혼 생활을 한 선배님들이라면 지금의 위기를 극복할 훌륭한 방법을 알려 주리라. 그렇게 묘하게 거슬리는 생각들을 걷어 내고 신대륙에 온 신경을 집중시켰다.

황후를 달래고 돌아오는 사이 카리엘의 집무실은 기존에 있던 신대륙에 대한 정보들과 지도들로 덮여 있었다.

동대륙에 대한 계획을 세울 때처럼 이번엔 신대륙에 대한 정보들로 집무실을 채운 것이다.

"……어렵네."

외무대신에게 당당하게 말하긴 했지만, 사실 신대륙에 관한 문제는 어려운 문제였다.

당장에 이그니트 최상위 전력을 이끌고 신대륙을 때리면 이기기는 할 것이다.

문제는 그다음이다. 외무대신이 걱정했던 것처럼 동대륙과 남부의 섬들이 자신들도 점령당할까 봐 두려워하고 그건 곧 외교와 세계 무역망에 영향을 미칠 것이다.

그렇기에 '적절한 수준'에서 협박하는 방법이 필요했다.

한마디로 겁만 주는 것.

"어느 정도 선에서 멈춰야 하나?"

그냥 마구잡이로 때려부수는 것보다 훨씬 어려운 과제를 떠안은 카리엘이 밤새 고심했다.

'어떻게 신대륙을 조지면 잘 조졌다고 소문이 날까?'

‘카바를 완전히 박살 내서 경고를 해 줄까?’

‘도리어 무역으로 압박을 해 줄까?’

‘그랜드 마스터들로 상층부 인물들을 암살할까?’

온갖 것들을 생각해 보던 카리엘이 다음 날 대신들에게 자신의 생각을 말했다.

“그러니까 폐하께오선 이그니트가 할 수 있는 협박 수단을 모조리 동원하겠다는 것이옵니까?”

재무대신의 말에 카리엘이 빙그레 웃으면서 고개를 끄덕였다.

“형님…… 아니 폐하. 그러다간 이그니트 이미지가 나락으로 떨어질 겁니다.”

루피엘의 말에 다른 대신들이 고개를 끄덕였다.

“그러니까 이미지를 잘 만들어야지. 타리온.”

“예.”

카리엘이 미리 명령한 대로 타리온은 신대륙의 이미지를 박살 낼 방안을 만들어 왔다.

“내무대신.”

“이미 저녁쯤에 사전 작업에 들어갔습니다.”

제국민들을 설득하기 위한 밑작업에 들어가기 위해 내무대신이 직접 내무부 관료들을 움직였다.

오랜만에 하는 철야에 다들 힘들어했지만 나중에 확실한 보상을 해 줄 것이기에 철야를 하고 나서도 곧바로 출근했다.

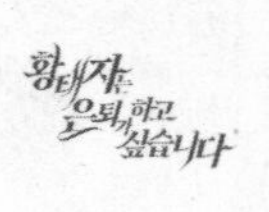

"좋아. 내가 신대륙에 가는 일정을 최대한 빨리 잡아."

"하오나…… 폐하. 서두르다 일을 그르칠 수 있습니다."

너무 서두르는 거 아니냐는 루피엘의 말에 카리엘이 알고 있다는 듯 고개를 끄덕였다.

"알아. 하지만 시간이 없어."

이미 세계 곳곳에 자신이 알지 못하는 조짐들이 나타나고 있다.

예로부터 문제가 커지기 전에 초장에 잡아야 한다는 말이 있는 것처럼 괜히 미적거리다 대전쟁처럼 큰일이 발생하는 것보다 지금 고생하는 편이 더 나았다.

"내가 직접 신대륙 국가들을 설득하러 가는 느낌으로 만들어 가지."

"출발은 빠르게 하되 천천히 가실 생각입니까?"

눈치 빠른 재상 루터의 물음에 카리엘이 고개를 끄덕였다.

그러자 다른 대신들도 슬슬 카리엘의 작전의 핵심이 무슨 뜻인지 눈치를 챘다.

1. 이그니트의 황제가 대륙의 평화를 위해 신대륙에 방문한다.

2. 동시에 이그니트 내부에 신대륙과의 일을 슬쩍 흘린다.

3. 여론이 움직이면 이그니트가 신대륙을 압박 및 회유 작전을 펼친다.

4. 말을 들어 먹지 않을 시 모든 수단을 동원해 신대륙을 공격한다.

이렇게 순차적으로 일을 진행시키는 것이다.

"어디까지나 이그니트는 세계의 평화를 위해 움직이는 것뿐이다."

카리엘의 말에 대신들과 루피엘이 고개를 끄덕였다.

사실 이그니트 입장에선 정말로 세계 평화를 위해 이러는 것이긴 했다. 그들에겐 신으로 추앙받는 존재라지만 거대한 뱀이라는 존재는 이그니트 입장에선 몬스터나 다름없다.

그렇기에 언제 위협이 될지 모르는 존재를 만나 보는 것. 충분히 명분이 될 수 있었고, 무엇보다 세계 곳곳에 일어나는 일을 해결하기 위함이 아닌가?

신대륙 입장에선 이번 기회에 불공정 무역을 좀 해소해 보려 하는 것이겠지만, 이그니트 입장에선 굳이 해 줄 필요가 없었다.

어차피 나라마다 사정은 있는 법.

꼬우면 지들이 강해지거나 기술력을 높이면 될 일이다.

"여기서 신대륙 국가들을 더 압박하면 어떻게 되지?"

"신대륙 귀족들은 모르겠으나 국민들은 정말 힘들어질 겁니다."

재무대신이 그렇게 말하면서 현재 신대륙 국가들의 국민

평균 소득을 보여 주었다.

이그니트에 10분의 1도 안 되는 임금.

거기다 그들이 생산하는 식량 대다수를 이그니트에 팔고 있기에 식량 사정도 좋지 않았다. 오로지 배불리는 것은 그들을 지배하는 지배 계층뿐이었다.

"안타까운 일이지만 어쩔 수 없는 일이지."

카리엘의 단호한 말에 대신들이 무겁게 고개를 끄덕였다.

상황이 다급했다.

다른 국가의 국민들까지 신경 써 줄 여력 따윈 없었다. 분명 안타까운 일이지만, 그건 그들 스스로 해결해야 할 문제였다.

이그니트 역시 암흑기를 스스로 빠져나왔고 호구 취급 받던 것을 넘어 서대륙을 통일하는 위업을 달성했으니 그들 역시 스스로 일어나야 할 것이다.

무엇다가 카리엘은 신대륙에 대한 감정이 좋지 않았다.

"우리가 힘들 때, 그들이 보였던 행동을 기억하나?"

카리엘의 물음에 대신들이 눈을 크게 뜨더니 이내 고개를 끄덕였다.

자신들이 동대륙에서 마족들과 치열하게 싸우고 지옥 문제로 고심을 할 때, 그들이 보인 행동들.

그건 절대 잊을 수 없었다.

당장 자신들에게 일어나는 일 아니라고 방관했던 모습.

나중에 세계적인 문제로 번져 나갈 수 있다는 경고에 그제야 물자들만 떡하니 보내던 행동들.

무엇보다 전쟁이 끝날 때까지 신대륙은 원군을 보내지 않았다.

"썩은 건 귀족들뿐이라지만, 신대륙의 사람들 대부분이 대전쟁에 참여하길 거부했었다고 들었다."

카리엘이 여기까지 말하는 순간 대신들의 눈빛이 달라졌다.

특히 루터가 가장 변화 폭이 컸다.

자신도 힘들었던 시기가 있었기에 신대륙의 국민들을 동정하던 마음이 싹 사라진 것이다.

"밟으려면 철저하게! 알겠나?"

"예!"

카리엘의 명령에 모든 대신들과 루피엘이 고개를 숙이면서 대답하고는 자리에서 일어났다.

그리고 바로 다음 날.

-세계 각지에서 문제를 일으키는 과거의 잔재들. 아직 전쟁은 끝나지 않은 건가?

-과거의 잔재들로 인해 괴이한 현상이 연이어서 목격되는 중!

가장 먼저 밑밥을 깔기 위해 타리온이 움직였다.

은근슬쩍 기밀 정보들을 풀어서 기자들이 먹기 좋게 미끼를 던져 놓자 특종거리를 찾은 기자들이 너도나도 달려들기 시작했다.

그 뒤로 군부가 움직였다.

-생각 이상으로 심각하다! 어쩌면 대전쟁만큼 심각한 일이 초래될 가능성이 있다.

군사 전문가의 이런 예상에 제국민들은 심각한 표정을 지었다.

하지만 일부 국가들의 반응은 달랐다.

이미 신대륙이 수를 쓰고 있다는 것을 접한 상인들과 일부 국가들은 이그니트가 쇼를 하고 있다고 생각한 것이다.

어떤 이는 황제가 황위를 내려놓기 위해 작업하고 있다고 주장하는 이들도 있었다.

그러나 이러한 분위기는 얼마 후 곧바로 달라져 버렸다.

-황제 폐하가 직접 신대륙 국가로 가신다!

카리엘이 직접 신대륙으로 떠난다는 소식이 들려오자 사람들이 당혹스러워했다.

그리고 그건 다른 국가들 역시 마찬가지였다.

-괴이한 현상들의 조사를 위해 신대륙으로 떠나려는 이그니트 황제!

-향간에 떠도는 세계 위기설! 정말일까?

많은 이들의 의문 속에서 카리엘이 마침내 신대륙으로 향하는 비공선에 발을 올렸다.

그러자 마지막까지 제국이 쇼하고 있다고 생각했던 많은 전문가들의 마음이 바뀌기 시작했다.

"정말인가?"

"그러게."

많은 타국의 사람들이 제국의 발표를 진짜로 믿기 시작했지만 아직까지도 믿지 않는 이들이 있었다.

"아직 몰라. 이그니트 황제는 교활해서 저것도 쇼일 수도 있어."

"그래. 신대륙 측에서 건넨 정보들에 따르면 이그니트 황제가 자신들의 신을 만나고 싶다고 요청했다고 했어."

"이그니트 황제가 스스로 진짜 '신'이 되고자 하는 욕심을 품은 것일 수도 있어."

이그니트가 여론전을 펼치자 신대륙 역시 맞대응에 나섰다.

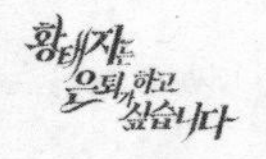

그들도 머리가 있는 이상 가만히 앉아서 당할 리가 없기에 여론전을 펼친 것이다.

황제 개인의 욕심으로 몰아가려는 신대륙 측 기자들.

하지만 그들은 미숙했다.

나라가 세워진 지도 이그니트에 비하면 얼마 되지 않았고, 무엇보다 카리엘이 황태자 시절부터 숱하게 싸워 오면서 단련된 이그니트 정부와 오랜 세월 귀족들끼리 암투만 해 오던 이들과는 여론전의 수준이 차원이 달랐다.

"오늘 발표하는 거지?"

"그렇습니다."

루피엘의 물음에 루터가 고개를 숙이며 답했다.

황제 개인의 욕심으로 몰아가려는 신대륙의 여론전.

그에 대한 해결책은 간단했다.

"지금부터 그동안 제국이 모아 온 정보들을 공개하겠습니다."

단상에 선 군부대신의 발표.

수많은 자료들을 토대로 만들어진 예측 그리고 영상구에 담긴 위험한 영상들이 하나둘 공개되면서 기자들은 충격에 빠졌다.

"보셨겠지만 고대의 잔재들이 문제가 아닙니다. 그들을 잡아먹은 몬스터 혹은 그들의 잔여물을 먹은 동물들의 변이. 그것이 문제입니다."

지금까지 밝힌 것만으로도 충분히 충격적이었지만 이그니트 정부는 모든 것을 공개하기로 마음먹었다.

타차원으로 추정되는 게이트가 열리고 그 앞에서 새어 나오는 모든 힘을 폭식하는 변이된 몬스터들과 과거의 잔재들.

이대로 내버려 두면 어떻게 될지는 자명한 일이다.

군부대신의 모든 발표가 끝나자 사람들은 침묵했다.

"이것이…… 정말입니까?"

"예."

기자의 물음에 군부대신이 곧바로 대답을 했다.

"현재 나도는 소문처럼 폐하의 개인적인 욕심으로 군대를 끌고 신대륙을 가는 것이 절대 아닙니다."

그렇게 말한 군부대신이 긴 숨을 내뱉었다. 다음 말은 아무리 군부대신이라도 긴장될 수밖에 없기 때문이다.

"현재 보이는 제국의 모든 움직임은 세계를 위한 것입니다. 모두 보셨듯이 시간이 많지 않습니다. 현재 세계는 과거 대전쟁에 비견되는 위험에 처해 있습니다. 이그니트 정부는 최선을 다해 해결책을 찾을 생각이며 모든 방법을 다 동원할 것입니다. 만약……."

군부대신이 한차례 말을 끊고 기자들을 바라보았다.

싸늘함이 느껴지는 군부대신의 눈빛에 침을 꿀꺽삼키는 기자들.

"평화를 위한 제국의 행보에 방해된다면 그 누구도 용서치 말라는 폐하의 명이 계셨습니다. 부디 현명한 선택을 하시길 바랍니다."

거기까지 말한 군부대신이 단상에서 내려왔다.

전쟁도 불사하겠다는 군부대신의 말에 모든 이들이 충격 먹은 표정을 지었다.

방금의 말은 간단했다.

'이번 사안을 이용하려 하지 마라. 만약 끝까지 이용하려 든다면 제국은 전쟁도 불사하겠다.'

사실상 선전포고나 다름없는 제국의 발표에 앞에 모여 있던 기자들은 그 즉시 자신들의 국가로 이 내용을 보냈다.

그리고 이 모든 사안을 하늘을 날고 있는 비공선에서 전달받은 카리엘이 빙그레 웃었다.

"자! 그럼 어떤 선택을 할 것이냐?"

나직이 중얼거린 카리엘은 싸늘한 표정으로 정면을 바라보았다.

솔직히 여기서 끝나면 신대륙 측 입장도 약간은 들어 줄 생각도 있었다.

불공정한 무역이 장기간 지속되면 나중에 신대륙과의 기술 격차가 줄어들었을 때 좋지 않은 외교 관계가 정립될 수 있기 때문이다.

그걸 감안해 이그니트가 취하는 이득을 조금씩 줄여 나갈 생각도 있었다.

그러나 만약 신대륙이 다른 결정을 내린다면?

"부디…… 현명한 판단을 하면 좋겠네."

카리엘의 바람처럼 대부분의 신대륙 국가들은 이그니트의 정예군이 온다는 소식에 화들짝 놀라며 대부분 이그니트의 제안을 수용했다.

하지만 그렇지 않은 자들도 존재하는 법.

"꼭 혼내야 정신 차리는 놈들도 있지."

매를 버는 아이들이 있는 것처럼 카바를 중심으로 한 몇몇 국가들은 끈질기게 물고 늘어졌다.

"아무래도 이상한데?"

카리엘이 이해가 안 간다는 표정을 지었다.

이그니트가 안 움직일 거라는 가정이었으면 이해라도 한다.

그런데 카리엘은 그랜드 마스터 2명과 이그니트 최상위 전력을 대동한 채로 움직이고 있었다.

장기전으로 갈 것도 없이 단기전에서 끝낼 수 있는 전력.

그런 상황에서도 저들이 너무 여유로운 것이 고개를 갸웃거릴 수밖에 없게 만들었다.

그리고 그 이유는 신대륙 항로의 중각 기착지에서 쉬는 와중에 알 수 있었다.

"이유를 알았습니다."

타리온이 다급하게 들어와 카리엘에게 보고를 올렸다.

"그러니까 신대륙으로 넘어간 과거의 잔재들을 믿고 있다 이거지?"

"예."

카리엘의 말에 타리온이 고개를 끄덕이며 답했다.

현재 신대륙에서 신으로 추앙받는 존재들.

그들의 힘은 마스터급 이상으로 평가받고 있었다. 신대륙의 국가들은 바로 이들을 믿는 것이다.

신대륙에도 마스터급 강자는 존재했다. 그런데 그 마스터가 과거의 잔재 중 하나에게 철저하게 발린 것이다.

"현재 신대륙 국가들 중에 강력해 보이는 존재들을 신으로 모시고 있습니다."

"해당 국가가 하나씩 과거의 잔재를 모신다고 치면 몇 개 국가만 모여도 우리의 전력을 상회할 수 있겠네."

"그렇게 생각하는 것 같습니다."

타리온의 대답에 카리엘이 피식 웃었다.

"네 생각은 어때? 저들이 신들을 모아 대항하면 우리가 질 거 같아?"

카리엘의 물음에 타리온이 빙그레 미소를 지었다.

"그럴 리가요."

"네가 보기에 신대륙 쪽 과거의 잔재들의 수준은 어때? 그랜드 마스터급으로 보여?"

카리엘의 물음에 타리온이 단호하게 고개를 저었다.

일단 신대륙 쪽 마스터가 발렸다고 해서 과거의 잔재를 무조건 그랜드 마스터로 보기엔 어려웠다.

마스터들 사이에서도 수준 차이는 있었다.

대전쟁 이전 서대륙 최강이라 불리던 시카리오 후작만 하더라도 일대일 대결에선 압도적인 우위를 보여 주었기 때문이다.

그렇다고 수준이 낮은 건 아닐 것이다.

아무리 신대륙 쪽 마스터들의 수준이 낮다고 한들 마스터를 상대로 압도적 우위를 보였다면 충분히 경계할 만한 실력이기 때문이다.

"그랜드 마스터급은 절대 아닙니다. 잘 쳐줘야 아스가르드에 머물던 과거의 잔재급 정도로 보입니다."

"오딘?"

이번에도 단호하게 고개를 저은 타리온.

"동부에서 사냥했던 천둥새 정도일 겁니다."

"확실해?"

"예. 이미 다수의 상인들과 저희 요원들을 통해 얼추 확인이 끝났습니다."

타리온이 대답과 동시에 카리엘이 든 보고서의 뒷장을 넘겨서 확인시켜 주었다.

확인하는 방법은 간단했다.

일정 수준 이상의 요원들을 용병으로 위장시켜 대략적으로나마 확인시키는 것이다. 신으로 추앙받는 이들 중 다수는 영성이 확립되지 않은 몬스터들.

그들이 내보이는 힘들을 보고 과거 대전쟁 시절 전쟁 영상들을 비교 분석했다.

그리고 현재 서대륙에 있는 몬스터들과도 대조해 보면서 힘의 크기를 추적했다. 동시에 '신'을 목격한 상인들로부터의 조언도 들었다.

"잘해야 천둥새 수준이라……. 그 정도면 이그니트의 마스터들도 상대 가능한 수준인가?"

"그럴 겁니다."

자신감을 보이는 타리온.

"케찰코아틀이란 녀석도 이 정도 수준인가?"

"……그 뱀은 아직 알 수 없습니다. 확실한 건 적어도 신대륙의 다른 '신'들보다는 확실한 우위에 있습니다."

타리온의 말에 카리엘이 한숨을 쉬었다.

그럴 것이라 예상은 했다.

어쩌면 아스가르드에 오르기 전 마왕에 근접한 힘을 갖고 있을 것이라 추정해야 될지도 모른다.

최악의 경우엔 신이 되기 직전의 마왕의 힘을 갖고 있을 수도 있다.

하지만 두렵진 않았다.

'그때 이후로 놀고만 있었던 것은 아니니까.'

그렇게 생각한 카리엘이 눈을 빛내며 혹시라도 있을 상황을 대비했다.

수르트를 비롯한 소환체가 없지만, 그 시절에 비슷한 힘을 발휘할 수 있다 자부했다. 무엇보다 만약의 상황이 오면 소환체들을 다시 불러들일 수 있다.

그 과정에서 막대한 힘이 소모되겠지만, 소환체들이 복귀한다면 아무리 거대한 뱀이라도 통구이로 만들 자신이 있었다. 무엇보다 카리엘 혼자 싸우는 것이 아니었다.

전생의 전성기 이상의 기량을 보이는 글렌과 가파르게 성장 중인 시카리오 후작까지 있었다.

이들이 있기에 자심을 갖고 신대륙으로 향한 카리엘.

그동안 항로에 있는 중간 기착지를 모조리 들른 카리엘이었으나, 이그니트와 대립하기로 마음먹은 국가들은 여전했다.

"결국 힘을 보여 줄 수밖에 없겠네."

결국 신대륙까지 도착했음에도 불구하고 마음을 고쳐먹지 않은 국가들.

신대륙의 핵심 국가 다수가 카바와 함께하기로 마음먹었다는 소식을 전해 들은 카리엘은 더 이상 속도를 늦추지 않았다.

"이그니트의 위대한 폐하를 뵈옵니다."

반제국파가 있다면 친제국파도 있는 법.

이그니트와 함께하고자 하는 신대륙 국가들의 정상들이 카리엘이 도착할 지점에 모여서 반갑게 맞이해 주었다.

"모두 반갑소."

자신을 반갑게 맞이해 주는 왕들을 보면서 카리엘이 반존대를 해 주면서 그들이 마련한 연회장으로 향했다.

왕궁으로 가는 길이 화려하게 꾸며져 있지만, 조금만 시선을 돌려도 가난한 이들이 보일 정도였다.

한 나라의 수도의 대로가 이러하다면, 지방은 말할 것도 없었다.

"……심각하군요."

보고로 듣던 것보다 심한 횡포를 부리는 신대륙의 귀족들.

카리엘이 탄 마차가 지나감에도 구석에서 평민을 발로 밟고 웃고 있는 귀족들은 과거 암흑기 시절의 이그니트가 생각나게 했다.

"확실히 보기 좋진 않네."

타리온의 말에 카리엘도 표정을 굳혔다.

하지만 방법이 없었다.

정복 전쟁을 일으킬 수도 없었기 때문이다.

그저 안타깝다는 마음만 품으며 애써 시선을 돌리려 할 때였다.

도시의 한구석에서 귀족들의 횡포에 저항하는 평민 집단들이 보였다. 이그니트의 황제가 온 것을 기회 삼아 모인 것이다.

금방 치안 병력에 붙잡혔지만 위험을 감수하고 이런 일을 벌인 이유는 알 수 있을 것이다.

카리엘이 방문하면서 모여든 기자들에게 보이고자 한 것이다.

"……방법이 없을 것 같지는 않은데?"

카리엘의 말에 타리온이 고개를 갸웃거렸다.

"예?"

"우리가 서대륙에서 써먹던 방법을 여기에 쓰면 되지 않을까?"

카리엘의 물음에 잠시 고개를 갸웃거리던 타리온이 눈을 크게 뜨며 말했다.

"설마……."

"혁명 세력. 여기에 침투시킬 방법 좀 찾아봐."

카리엘이 빙그레 웃으며 말하자 타리온이 미소를 짓다가 미간을 찌푸리며 말했다.

"하오나 폐하, 서대륙과 신대륙은 상황이 좀 다르지 않습니까?"

타리온의 말에 카리엘이 고개를 끄덕였다.

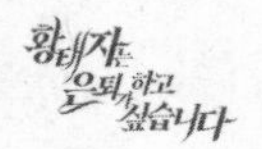

혁명이란 것도 어느 정도 기반이 갖춰져야 가능한 법이다.

내전을 일으키고 싶어도 귀족들이 데리고 있는 강력한 전력을 뚫을 방법이 없는 한 정권을 뒤집을 수도 없다.

무엇보다 당장에 먹고살기도 바쁜 이들이 혁명 세력에 합류할 리 없었다.

"그니까 도와줘야지."

귀족들의 횡포에 저항하는 청년들을 본 순간 카리엘은 이미 계산이 전부 끝났다.

"그래도 친제국파인데 반제국파와 똑같을 순 없지?"

"……폐하?"

"친제국파에 지원을 좀 해 줄까 싶은데, 어떻게 생각해?"

카리엘의 물음에 타리온이 고개를 갸웃거렸다.

"생각해 보니까 다른 국가들이 반제국파가 될 걱정을 할 필요가 없겠더라고."

"그게 무슨 말씀이신지……."

"말 그대로야. 신대륙, 동대륙, 남부의 섬들에 친제국파를 만들면 되잖아."

카리엘의 말에 타리온이 눈을 동그랗게 떴다.

"폐하, 그들 모두에 혁명 세력을 침투시키는 건 불가능합니다."

"알지. 근데 꼭 모든 국가가 이그니트와 친할 필요가 있나?"

"아!"

"각 대륙에 친제국파만 만들어 두면 되는 거 아니야?"

친제국파와 반제국파가 적절히 균형을 이루게끔만 해도 이그니트엔 이득이었다.

동대륙이야 이미 이그니트가 기반을 만들어 두었기에 작업은 손쉬울 것이다.

남은 건 신대륙과 남부의 섬들뿐.

"일단 신대륙부터 시작해 보자고. 겸사겸사 이곳에도 '혁명'이란 것이 일어나게 해 주는 것도 좋겠지."

적어도 사람이 살 만한 땅이 되게 만들어 주는 것.

그것을 위해서 카리엘은 약간의 번거로움 정도는 감수해 주기로 했다. 그에 대한 첫 번째 발걸음은 바로 친제국파 국가들의 적극적인 지원을 약속하는 것이다.

"이리 환대해 주셔서 고맙소."

"당연히 해야 할 일입니다, 폐하."

자존심도 없이 고개부터 숙이는 왕들을 보면서 피식 웃은 카리엘이 입을 열었다.

친제국파 라인을 탄 국가들답게 이그니트의 말을 유창하게는 하는 왕들.

그런 이들에게 카리엘이 미소를 지으며 말했다.

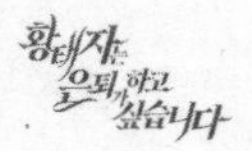

"어려운 시기에 제국과 뜻을 같이해 준 보답을 하고 싶소."

그렇게 말한 카리엘이 심각한 표정을 지었다.

갑자기 바뀐 분위기에 당황하는 신대륙의 왕들.

"그동안 이그니트와 신대륙간의 다소 불공정한 무역이 있었다고 들었소."

"아…… 아니옵니다."

"그럴 리가요."

"절대 그렇지 않사옵니다."

카리엘이 자신들을 시험한다고 생각하는지 황급히 손을 들어 아니라고 말하는 이들.

"아니요. 핑계를 댄다고 생각하겠지만 이그니트는 절대 신대륙 국가들을 괴롭힐 의도가 없었소. 자국 입장만 신경 쓰다 보니 관료들이 다소 무리한 조건을 만들었던 것 같소. 사과드리오."

카리엘이 살짝 고개를 숙여 사과를 하자 친제국파 출신 왕들이 당혹스러워하면서도 입가에 미소를 그렸다.

기대감에 찬 눈을 하는 국왕들. 그런 그들의 기대를 충족해 주고자 카리엘이 곧바로 입을 열었다.

"앞으로 불공정 무역에 균형을 맞추고자 하오. 제국도 입장이 있다 보니 단기간에 바꿀 수는 없소. 하지만 단계적으로 불공정 무역을 해소하겠소."

"아!"

“폐하의 은혜에 감읍 또 감읍하옵니다.”

입이 찢어질 듯 웃으면서 카리엘에게 감사의 인사를 하는 이들.

“이것만으로는 사죄가 될 수 없을 것이오. 그래서 생각해 본 건데, 친제국파에 한해서 이그니트가 투자를 할까 하오.”

“투자 말이옵니까?”

고개를 갸웃거리는 국왕들.

그런 그들을 보며 카리엘이 웃으며 말했다.

“제국의 상단과 공방, 그리고 마탑의 지부를 이곳에 세워 볼까 하오.”

“아!”

“그…… 그렇게만 해 주신다면!”

“저희한테 먼저 기회를 주시면 최대한 혜택을…….”

“저희는 향후 5년간 세금을 면제하도록…….”

자국에 이그니트의 상단이나 마탑을 유치하길 원했던 그들은 앞다투어 카리엘에게 말했다.

그런 그들의 반응을 보면서 카리엘이 속으로 비웃었다.

지금 당장이야 좋을지도 모른다.

단순 원자재를 파는 것보다 1차가공이라도 거친 것이 훨씬 더 많은 돈을 벌게 해 줄 것이고, 불공정 무역까지 균형을 맞춰 준다니 그렇게 생각할 수밖에 없다.

하지만 그로 인해 이그니트에 대한 의존은 훨씬 더 심해질

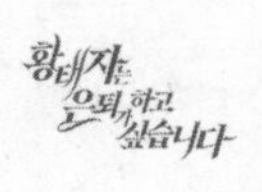

것이다.

나중에는 속국처럼 변해 버릴 것이고, 그렇게 된다면 이곳의 국민들 역시 이그니트처럼 신분에서 자유로움을 느끼고자 할 것이다.

그리고 바로 그때, 숨어든 혁명 세력이 움직일 것이다.

서대륙의 국가들을 박살 냈던 것처럼 혁명 세력은 귀족들의 힘을 철저하게 갉아먹을 것이다.

'씨앗은 심어 두었다. 남은 건 이곳의 사람들이 해야 할 일이겠지.'

이제 해 줄 수 있는 것은 다 했다.

아무리 혁명을 만들 수 있는 기반을 만들어 준다 해도 스스로 의지가 없으면 의미가 없는 법.

남은 건 이들의 의지가 강하길 바라는 것뿐이다.

"후……."

"고생하셨습니다."

"이제 남은 건 반제국파뿐인가?"

카리엘이 자신에게 다가온 타리온을 보면서 묻자 그가 고개를 끄덕였다.

"이미 글렌 경과 시카리오 후작이 출발했습니다."

타리온의 말에 카리엘은 피식 웃었다.

제국에 대항하기로 마음먹은 국가들이 믿고 있는 신이란 존재가 다음 날 싸늘한 주검이 되거나 치명상을 입고 빌빌

기고 있으면 어떻게 될까?

"궁금하네, 과연 믿었던 신들이 박살 나고도 지금처럼 굴 수 있을지."

카리엘의 말에 타리온 역시 궁금하다는 듯 진한 미소를 지었다.

외전 5. 무서운 카리엘!

카리엘이 신대륙에 도착하고 며칠이 지날 때였다.

친제국파 노선을 탄 국가들을 반제국파 국가들이 맹렬히 비난했다.

제국을 사대하며 신대륙의 자존심을 짓밟은 국가라며 손가락질하는 이들. 그러면서 자신들의 신이 제국의 신을 이겨 줄 거라고 말하는 이들까지.

이들의 이러한 자존심이 짓밟히기까지는 그리 오랜 시간이 필요하지 않았다.

쿠웅!

"재미없군."

시카리오 후작이 손을 탁탁 털면서 쓰러진 신적 존재를 바라보았다.

신은커녕 아스가르드에 올라가면서 만났던 과거의 잔재들보다 못한 존재였다.

"확실히 이 국가는 마스터가 없기 때문이군."

마스터를 보유하지 못한 국가가 타 국가에 밀리지 않기 위해 크기만 더럽게 큰 영물 중 하나를 신으로 추앙할 뿐이었다.

"진짜는 글렌 쪽인가?"

부럽다는 듯 입맛을 다시는 시카리오 후작.

오랜만에 보는 강렬한 손맛에 좀 더 싸우고 싶어진 후작.

"다음 목적지는 어디지?"

"여기서 이틀 거리입니다."

"좋군. 바로 가지."

정보부 요원의 말에 빙그레 미소를 지은 시카리오 후작.

처음엔 신적 존재일지도 모른다는 것에 긴장했던 후작이지만, 이젠 확실히 알았다.

신대륙의 신적 존재는 과장되었다는 것을.

신대륙 최강의 생물이라는 케찰코아틀은 다를지 모르지만 그 밑에 있는 신적 존재들은 대부분 허상일 것이다.

그리고 그걸 증명하듯 글렌 역시 압도적으로 신적 존재를 상처 입혔다.

"죽이진 않겠습니다."

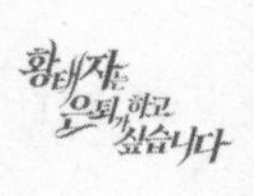

신대륙의 사람들이 신으로 모시는 이들을 함부로 죽였다간 반발을 살 수 있기에 카리엘은 두 사람에게 웬만한 죽이지는 말라고 명을 내렸다.

그리고 글렌은 그 명령을 철저히 지켰다.

압도적인 무력으로 가지고 놀다시피 한 거대한 표범을 기절시킨 후, 마치 아무 일도 없었다는 듯 떠나 버렸다.

그리고 그것을 근방에서 본 사람들은 주저앉아 자신들의 신을 바라보았다.

이번에 글렌이 갖고 놀다시피 한 존재는 신대륙의 마스터를 상대로 승리를 거뒀던 존재였다.

그런 존재를 장난감 다루듯이 갖고 놀다 기절시키는 퍼포먼스를 보인 글렌은 괴물 그 자체였다.

"바보는 아니군."

신대륙의 신으로 추앙받는 생물들이 몇이나 당하자 국경을 통제하기 시작한 반제국파 국가들.

그리고 신 주위로 다수의 병력을 배치하기 시작했다.

카리엘이 목표로 했던 존재들은 전부 영성을 제대로 자각하지 못한 존재들.

힘은 강대할지언정 영성이 제대로 발달되지 않아 결국 한계가 있는 존재들이었다.

그에 반해 글렌과 시카리오 후작에게 당하지 않은 존재들은 전부 영성이 있는 존재들이었다.

"이쯤이면 됐어. 불러들여."

"예."

카바를 비롯한 신대륙의 강국이라 불리는 이들만 건들지 않는 선에서 끝낸 카리엘인 빙그레 웃었다.

"이젠 마스터들이 놀아 줄 때가 된 듯싶은데……. 어때?"

"준비하겠습니다."

카리엘의 명령에 타리온이 고개를 숙이며 밖으로 나갔다.

같이 온 데이비어 공작과 아켈리오 공작 역시 준비를 마쳤다.

그렇게 마스터들이 친제국파를 위한 이벤트를 준비할 무렵, 신대륙은 난리가 났다.

소문만 무성했던 그랜드 마스터의 힘.

그것을 직접적으로 겪어 보니 알 수 있었다.

"동대륙이 빌빌거리는 이유를 알 것 같아."

"정말 괴물 같은 자들이군."

"저런 이들이 셋이나 달라붙어 겨우 이겼다는 마왕은 얼마나 강한 거야?"

신대륙 사람들은 괴물같은 그랜드 마스터들의 신위를 보면서 자신이 모셨던 신이란 존재가 얼마나 하잘것없는 존재인지를 알 수 있었다.

물론 신대륙 사람들 중에선 그랜드 마스터가 제압한 존재들은 전부 약한 존재였다고 주장했다.

영성이 있으며 인간들과 긴밀한 교류를 하는 강국의 신적 존재는 다르다라고 말한다.

하지만 대다수는 그들 역시 다를 것 없다고 생각했다.

막상막하로 싸우다가 패한 것이 아닌 압도적인 실력차로 가지고 놀다시피 한 것이기 때문이다.

심지어 죽은 신적 존재가 단 하나도 존재하지 않았다.

살리면서 제압하는 것이 죽이는 것보다 몇 배나 어렵다는 것은 익히 알려진 사실.

양측 주장이 대립하고는 있지만 신대륙 사람들 모두가 인정하는 건 있었다.

"이그니트는 괴물이다!"

그랜드 마스터를 황제를 포함해 셋이나 보유하고 있는 제국은 괴물이라는 것.

그렇기에 반제국파는 더더욱 결속을 다졌고, 친제국파 쪽은 더더욱 고개를 숙였다.

이미 한차례 거대한 폭풍이 신대륙을 휩쓸고 있을 때였다.

"폐…… 폐하, 저희까지 이러실 필요는……."

"아! 걱정 마시오. 절대 죽이지는 않겠소."

카리엘이 걱정 말라는 듯 말하면서 친제국파 쪽 신들을 만나게 해 달라고 요청했다.

카바의 마스터를 통해 인정받은 신적 존재들.

비록 영성은 열지만 카바의 마스터보다 무력적으로 우위에 있는 신적 존재들. 그런 존재들을 카리엘과 함께 온 마스터 3인방이 찾아갔다.

콰아앙!

"재밌군."

시카리오 후작처런 진한 미소를 짓는 데이비어 공작.

그 역시 대전쟁 이후 좀처럼 격렬한 전투를 줘어 보지 못해 안달이 난 상태였다.

아켈리오 후작이나 젊은 마스터들은 과거의 잔재들을 처리하면서 몸을 좀 풀었지만, 자신은 귀족파 수장이라는 역할 때문에 수도를 벗어날 일이 드물었다.

"좋군! 좋아!"

확실히 일반적인 마스터라면 위협적으로 느낄 만큼 빠르게 공격해 오는 거대한 독수리.

하지만 데이비어 공작은 여유로웠다.

이 정도는 대전쟁에 비하면 별거 아니었기 때문이다.

카리엘이 잠든 이후 난동을 부리는 과거의 잔재들을 정리하는 전장의 최전선에 섰던 것이 바로 데이비어 공작이다.

"살짝 아쉽긴 하지만 이 정도에서 멈춰야겠군."

이미 많은 상처를 입은 독수리를 보면서 아쉽다는 듯 입맛을 다시는 데이비어 공작.

대륙의 모든 마스터들 중 최상위 실력을 보유했다 알려진 그답게 신대륙의 마스터를 상대로 우위를 보인 거대한 독수리를 상대로 오히려 몰아붙이는 모습을 보였다.

기세를 거두고 싸울 의사가 없을 보이자 흥분했던 독수리도 점차 살기를 거두었다. 그렇게 신적 존재와 이그니트 마스터 간의 전투의 첫번째 승자는 데이비어 공작이었다.

"확실히 강하군."

"차기 그랜드 마스터 후보다워."

"그러게."

모두들 애써 고개를 끄덕이면서 이그니트의 강함에 감탄했다.

하지만 아켈리오와 타리온마저 승리를 거두자 모두들 놀랄 수밖에 없었다.

아켈리오까진 어떻게 이해할 수 있었다.

그 역시 마스터에 이른 지 오래되었고 대전쟁 시절 엄청난 활약을 했기 때문이다. 하지만 타리온은 아니었다.

마스터가 된 기간이 짧은 편인 그마저 승리를 거두자 모두들 경악할 수밖에 없었다. 신적 존재는 마스터보다는 강하다는 그들의 상식이 완전히 깨져 버린 것이기 때문이다.

"이로써 분명해졌군."

일부러 모두가 들리게끔 말한 카리엘이 웃으며 전투를 마치고 오는 타리온에게 말했다.

"막상막하던데?"

"'마스터'급임은 분명합니다."

일부러 마스터급이라는 것을 강조한 타리온의 말에 신대륙의 귀족들이 움찔했다.

카리엘과 타리온이 말한 의도를 알았기 때문이다.

'너희들이 신으로 모시는 이들은 마스터급에 불과하다.'

심지어 이그니트의 마스터들에 비하면 한 수 아래의 존재에 불과하다.

신대륙의 마스터보다 우위에 있는 이들이 이그니트의 마스터보다 약하다면 신대륙의 마스터들은 무엇인가?

분명 마스터가 아닌 존재보다는 강할 것이다.

하지만 서대륙과 동대륙의 마스터들보다는 약할 수밖에 없다.

그들은 대전쟁을 겪지 않았기 때문이다.

생사를 넘나드는 전투를 수십 차례나 겪어 오면서 강해진 마스터들과 평화에 젖어 관리조차 게을리한 마스터들이 똑같을 리 없었기 때문이다.

"재밌었소."

"……재밌게 즐기셨다니 다행이옵니다."

애써 웃으면서 말하는 신대륙의 왕을 보면서 카리엘이 고개를 끄덕이고는 숙소로 향했다.

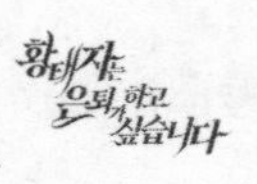

그 뒤를 글렌과 시카리오 후작, 마스터 3인방이 따르자 모여 있던 모든 사람들이 길을 터 주었다.

파도를 가르듯, 사람들이 터 준 길을 따라 여유롭게 숙소에 도착한 카리엘이 전투를 치르느라 고생한 이들을 치하해 주었다.

"덕분에 전쟁까지는 안 가도 되겠어."

최악의 상황에는 반제국파에게 이그니트의 주력군을 통해 압도적인 힘을 선사하는 것까지 생각했던 카리엘.

하지만 그럴 필요가 없었다.

오늘 친제국파가 보인 모습을 보면 반제국파 역시 충격을 먹을 것이 분명했기 때문이다.

-'신'이 무너졌다!

-그랜드 마스터도 아닌 마스터들에게 무너진 신. 과연 이들을 따를 필요가 있는가?

마스터 3인방이 신적 존재를 박살 낸 지 몇 시간도 되지 않아 신대륙의 신문에 실린 의문들.

분명 강력한 존재인 건 맞았다.

이그니트의 마스터들조차 인정할 정도로 강한 생물들인 건 맞으니까.

그러나 신적 존재로 추앙받을 만큼인가?

이것에 대한 의문은 존재할 수밖에 없었고, 사람들은 곧바로 반응했다.

콰장창!

신으로 숭배하며 만들었던 예물들을 갖다 버리는 사람들.

과거였다면 귀족들이나 치안 병력이 잡아들였겠지만, 그러지 못했다.

그들 역시 충격을 먹었기 때문이다.

무엇보다 충격적인 것은 이그니트의 힘이다.

-신대륙의 마스터들은 과연 마스터에 걸맞은 힘을 갖추고 있을까?

신으로 추앙받는 생물들과 대등 그 이상의 힘을 보여 주던 것과 달리 패배한 신대륙의 마스터들.

단둘뿐이라 신대륙에서는 희귀한 마스터들.

그래서 그런 것인지 마치 보물단지를 숨겨 놓듯 어떠한 전장에도 보내지 않고 꽁꽁 숨겨 놓았던 마스터들이다. 그들 역시 검을 더 연마하기보다 정치 생활에 중점을 두었다.

그러다 보니 실력은 늘기는커녕 퇴화했다.

그런 마스터 둘과 카바를 비롯한 4개국의 숭배를 받은 네 마리의 생물들.

과연 이들로 신대륙에 넘어온 이그니트 군대를 막을 수 있을까?

-이그니트에 대항했던 게 맞는 결정이었던 걸까?

-대전쟁을 경험하지 못한 신대륙은 결코 이그니트를 이길 수 없다!

친제국파에서 시작된 이러한 여론은 곧이어 신대륙 전체로 퍼져 나갔다. 그리고 마침내 견고해 보이던 반제국파 진형에서 한 나라가 떨어져 나왔다.

카리엘에게 행운이 따르는 걸까?

마침 케찰코아틀이 머무는 산맥을 영토로 갖은 국가가 떨어져 나와 카리엘에게 연락을 취해 왔다.

"분열이 시작되었네."

재밌다는 듯 미소를 지으며 말하는 카리엘.

저들의 분열은 이제 시작되었다.

앞으로 카리엘이 신대륙에 머무는 동안 저들의 분열은 더 가속화될 것이다. 하지만 이건 이거고, 이곳에 온 본래 목적을 잊어서는 안 되었다.

"사과를 받아들인다고 전해. 그리고 바로 신대륙의 거대한 뱀을 만나고 싶다는 의사도 전하고."

"예, 폐하."

카리엘의 명령에 고개를 숙이고 나간 타리온.

밖에서 기다리고 있는 사신을 본 타리온이 카리엘의 의중을 전하자 눈물까지 흘리면서 절을 하는 사신.

"폐하의 자비로움에 감읍! 또 감읍하옵니다!"

"바로 연락해 주시오."

"예! 그리하겠습니다."

카리엘이 없음에도 수십 차례나 절을 올린 사신이 황급히 본국에 연락을 보냈다. 그리고 얼마 후, 한 척의 제국 측 비공선이 비밀리에 친제국파의 국경선을 넘었다.

카리엘을 태운 비공선이 비밀리에 제국의 국경선을 넘는 동안, 제국의 주력군은 여전히 친제국파에 남아 있었다.

2명의 그랜드 마스터만을 대동하고 떠났기에 마스터들은 여전히 남아 있었다.

비록 압도적인 그랜드 마스터들은 없지만, 신대륙 마스터에 비해 몇 수 위라고 보이는 전력들이 남아 있으니 상관없었다.

애초에 외부에 모습을 보이는 건 마스터들이었기 때문이다.

"협상은?"

"끝났습니다."

아켈리오의 물음에 타리온이 웃으며 말했다.

카바와 근방의 국가들과 달리 마즈카국은 국력이 강하지 않았다.

친제국파와는 거리가 멀었고, 반제국파와는 거리가 가까웠으니 그들 입장에선 반제국파에 설 수밖에 없을 것이다.

하지만 친제국파와 거리가 가까워진다면?

"이제 밀고 들어가면 되겠군."

"예. 저 숲만 뚫고 가면 마즈카국입니다."

마즈카국과 친제국파 사이에 있는 숲.

그리고 거기에 서식하는 수많은 몬스터들로 인해 가로막혔던 것을 뚫어 줄 생각이다.

동시에 카리엘이 모든 일을 마치고 나올 때까지 마즈카국에 군을 주둔시킨다면?

"친제국파가 된 것치고 선물이 과하긴 하군."

데이비어 공작이 혀를 차며 말했다.

비록 사정이 있었다지만 반제국파에 있었다가 돌아선 국가에게 해 주는 선물치곤 과하긴 했다.

몬스터를 토벌해 주고 친제국파와 국경을 맞대게 해 주었으며, 숲을 중심으로 흐르는 강을 통해 막대한 무역까지 해 줄 생각이었다.

친제국파보다 더 많은 지원을 받는 것이나 다름없게 되는 것이다.

"운이 좋은 것이죠."

"그 운을 부여잡는 것도 실력이고."

타리온과 아켈리오의 말에 데이비어 공작이 고개를 끄덕였다.

저들은 자신들의 황제가 원하는 것을 갖고 있었으며, 그것을 때에 맞게 제공하여 이런 선물을 갖게 된 것이다.

하지만 그걸 감안해도 과했다.

"쯧! 운 좋은 놈들."

데이비어 공작이 혀를 차며 마음에 안 든다는 표정을 지었다.

자신이 카리엘에게 반기를 들었다가 그의 휘하에 들어온 이후 인정받기 위해 얼마나 많은 노력을 했던가?

다른 이들 역시 마찬가지였다.

남부 출신, 성국 출신들도 대전쟁에 참여하는 결정을 내린 후에야 비로소 완전히 인정받았다.

그런데 마즈카국은 아무런 희생도 없이 막대한 지원을 받게 된 셈이다.

"걱정 마십쇼."

마음에 안 든다는 표정을 짓는 데이비어 공작에게 타리온이 음흉한 미소를 지어 보였다.

"폐하께는 다 계획이 있습니다."

타리온의 말에 그를 바라본 데이비어 공작은 그제야 만족스러운 표정을 지었다.

카리엘이 계획이 있다?

그건 곧 그 국가에 재앙이 닥치는 것과 다르지 않았다.

아켈리오도 타리온의 말에 만족스러운지 고개를 주억거리면서 저들의 명복을 빌어 주었다.

세상에 공짜가 어디 있겠는가?

다 이유가 있어서 지원을 해 주는 것이다.

카리엘에게 찍힌 이상 신대륙에서 가장 먼저 혁명이 일어난 국가가 되는 건 마즈카국이 될 것이다.

그것도 모르고 극진히 대접하는 마즈카국의 국경 수비대.

"여긴가?"

"그렇습니다."

마즈카국의 국경 수비대장이 직접 거대한 뱀이 자리한 산을 안내하며 고개를 숙였다.

그러자 카리엘이 저 멀리 보이는 산의 꼭대기 부분을 바라보았다.

대부분 구름에 가려져 있었지만, 사이사이로 보이는 부분에는 거대한 뱀의 비늘이 보일 정도였다.

"확실히 거대하군."

직접 본 카리엘은 놀라운 표정을 지었다.

대전쟁 시절 수많은 과거의 잔재들을 보아 왔으나, 구름 사이로 보이는 거대한 뱀보다 큰 존재는 없었다.

게다가 단순히 크기만 큰 것이 아니었다.

피부는 강철보다 단단하며 마력 저항력까지 있어서 마스터의 오러 블레이드조차 흠집을 내는 게 전부일 정도.

신대륙의 마스터가 약한 편이라지만 그걸 감안해도 괴물 같은 힘이었다.

게다가 소문대로 과거의 잔재들을 먹어 대면서 얻은 빙결 능력과 폭풍을 부르는 힘이 있다면 재앙이라 부를 만한 힘을 갖고 있을 가능성이 높았다.

"확실히…… 지금 느껴지는 힘이라면 지금껏 보았던 과거의 잔재와는 다른 것 같습니다."

글렌이 식은땀을 흘리면서 저 멀리 보이는 존재가 발산하는 힘을 가늠했다.

숨길 생각도 없다는 듯, 강력한 힘의 파장을 보이는 거대한 뱀.

시카리오 후작도 그것을 느낀 듯, 산을 통째로 감싼 거대한 뱀을 보면서 긴장한 표정을 지었다.

"저…… 저희는 여기서 돌아가도 되겠습니까?"

마즈카국의 국경 수비대장이 긴장한 표정으로 말하자 카리엘이 고개를 갸웃거리다가 저 존재가 신대륙에서 어떤 상징성을 갖고 있는지를 기억해 내고는 고개를 끄덕였다.

"여기까지 안내해 줘서 고마웠네."

카리엘이 그렇게 말하면서 기관장에게 명령을 해 비공선

을 지상으로 하강시켰다.

솔직히 다른 신적 존재는 모르겠지만 적어도 신대륙의 가장 높은 산을 휘감고 있는 뱀만큼은 신으로 불려도 될 만큼 강했다.

비공선을 타고 케찰코아틀이 있는 곳으로 다가갈수록 그 생각은 점점 더 확고해졌다.

"강하군. 아스가르드에서 만났던 잔재들보다 더."

"……예."

카리엘의 말에 글렌이 입술을 깨물며 말했다.

아스가르드에서 만났던 최상위 신들의 잔재들.

분명 최상위 신들이 부활한 것이지만, 완벽한 신은 아니었기에 그 힘의 한계는 명확했다.

하지만 케찰코아틀은 다르다.

그는 본래부터 강대했고, 최근엔 과거의 잔재들을 먹어 치우면서 더 강력해졌다.

쿠구궁!

"여기서부터는 내려서 올라오라는 뜻인가?"

회오리가 앞쪽에 생성되는 것을 본 카리엘은 한숨을 쉬면서 비공선의 문을 열었다.

"폐하!"

"이곳에서 기다리도록."

그렇게 말한 카리엘이 먼저 뛰어내렸다. 그리고 그 뒤를 글렌과 시카리오 후작이 따랐다.

그 순간, 카리엘의 몸을 감싸는 미지의 기운.

동시에 카리엘의 발밑으로 초록빛 기운이 퍼져 나가면서 산꼭대기까지 길을 만들어 주었다.

하지만 그건 카리엘에게만 해당되는 것이었다.

"폐하!"

"폐하!"

아래로 떨어지는 글렌과 시카리오의 부름에 카리엘이 괜찮다는 손짓을 하며, 외쳤다.

"괜찮으니 천천히 올라오게."

그렇게 말한 카리엘이 케찰코아틀이 만들어 준 길을 천천히 걸어 나갔다.

자신의 호의를 믿어 준 것 때문일까?

카리엘은 마치 지구의 에스컬레이터를 타는 것처럼 힘들이지 않고 빠르게 올라가 순식간에 산의 정상에 도착했다.

"덕분에 편하게 왔군."

산의 정상을 밟은 카리엘이 기운을 끌어 올리자 이마의 문양이 만들어지면서 주변의 눈을 녹이기 시작했다.

일반 사람이라면 잠시 서 있는 것만으로도 죽음에 맞이할 만큼 혹한의 환경 속에서 평온한 표정으로 고개를 들어 올리자 거대한 뱀의 머리가 자신을 바라보고 있었다.

-……왔군.

"그래."

거대한 뱀과 마주한 카리엘은 한동안 말없이 그를 바라보았다.

오랜 세월을 살아온 존재인 것을 증명하듯, 단순히 눈을 마주친 것만으로 생각을 모조리 읽히는 느낌이 들었다.

마치 백색의 공간에서 발드르를 보았을 때와 같은 느낌.

하지만 묘하게 다른 것이, 케찰코아틀의 힘 자체에 마왕만큼의 압도적인 느낌은 없었다.

"신은 아니군."

-그래. 난 신의 반열에 들지 못했지.

자신의 말에 인정하는 케찰코아틀.

하지만 위협적인 존재인 것만은 분명했다.

힘의 크기는 신이 되기 직전의 마왕보다 약할지언정, 그가 갖고 있는 지식과 경험 등은 신에 필적할 만하니까.

"너 같은 존재가 또 있나?"

-남쪽 끝에 하나? 바다에도 둘쯤 있었던 것 같군. 좀 더 있을지도 모르겠지만 더는 모르겠군.

그렇게 말한 케찰코아틀은 바람을 만들어 마력을 통해 자신이 본 존재들을 보여 주었다.

남쪽 섬에서 강대한 무력을 자랑했던 존재이자 태양신으로 추앙받고 있는 벌새의 신부터 거대한 문어의 모습을 한 바다의 폭군 그리고 백색의 거대한 몸을 자랑하는 바다의 지

배자까지 모두 보여 주었다.

"남쪽은 알겠군. 위칠로포치틀리라 했던가?"

뜬소문으로 생각했던 존재.

하지만 케찰코아틀이 인정할 만하다면 무시 못 할 존재일 것이 분명했다.

심지어 하나가 아니고 바다까지 합하면 셋이나 더 존재했다.

이것을 본 순간 카리엘은 분노할 수밖에 없었다.

"너만한 존재가 어째서 산봉우리에서 가만히 있었던 거지?"

마왕 그리고 저승의 존재가 대륙을 탐하고 있던 것을 가만히 내버려 둔 이유가 궁금했다.

분노가 담긴 눈빛으로 바라보는 카리엘을 무심히 마주 보는 거대한 뱀.

-그건 너희들의 일이니까.

"……지옥이 대륙을 점령한다면 우리들의 일만은 아닐 터."

-글쎄…… 과연 그럴까? 마왕이 대륙을 집어삼켰으면 그는 '신'이 됐을 터. 오히려 지금보다 나았을지도 모르지.

케찰코아틀의 말에 카리엘의 미간이 찌푸려졌다.

"신이라……."

표정을 찡그리는 카리엘을 보던 케찰코아틀은 거대한 머리를 카리엘의 앞으로 가져다 댔다.

그리고 그의 긴 혓바닥이 카리엘의 이마에 닿는 순간, 그

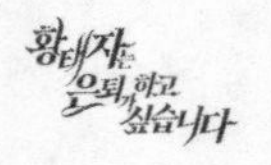

가 갖고 있던 정보들이 카리엘의 머릿속으로 들어오기 시작했다.

"이건……."

-신이 없는 세상은 다른 곳의 먹잇감이 되기 마련. 주신의 힘이 약했음에도 타 차원의 침공을 받지 않았던 이유는 우리가 있었기 때문이다.

케찰코아틀의 말에 카리엘의 표정이 굳어졌다.

진즉에 신의 반열에 오를 수 있음에도 불구하고 이들이 이렇게 가만히 있는 이유가 무엇일까?

거기에는 두 가지 이유가 있었다.

하나는 이들 전원이 발드르에게 패배했기 때문이며, 다른 하나는 이들이 신의 반열에 오르기 위한 준비 기간이 필요했기 때문이다.

거인 출신 그리고 신족 출신이 아닌 동물의 몸으로 신의 반열에 오르기 위해선 많은 시간과 신의 도움이 필요했다.

그걸 알기에 발드르는 거래를 했다.

"때가 올 때까지 타 차원의 존재를 막거라. 약속을 지켜 준다면 너희들에게 신이 될 수 있는 방법을 알려 주마."

그렇게 말한 발드르는 약속을 지켰다.

힘을 모으고, 부족한 영성을 깨울 수 있는 방법을 알려 주었으며, 나머지 부족한 부분은 대전쟁 이후 흘러나온 과거의 잔재들을 먹어 치우면서 채워 나갔다.

그 대신 그들은 대륙 각 지역에 자리를 잡고 결계를 만들었다. 발드르는 그 힘을 이용해 세계에 얇은 막을 만든 것이었다.

문제는 발드르가 소멸된 이후로 그 막이 점점 없어지고 있다는 점이다. 이를 막으려면 새로운 신이 나타나 세계에 다시금 결계를 만들어야 했다.

그러나 케찰코아틀은 신이 되고 싶지 않았다.

"다른 이에게 책임을 미루고 싶다는 건가?"

-그래. 그게 안 된다면 책임을 나누고 싶다.

세계의 신이 된다면 필연적으로 겪게 될 타 차원의 견제들.

그것을 홀로 감당하기 싫어 했다.

똬리를 틀고 가만히 신의 힘을 발전시키고 싶었지만, 그건 그의 바람일 뿐이었다.

이미 타 차원의 침공은 시작되었으니 수를 써야 했다.

-원한다면 나의 힘 일부를 주겠다. 신이 되라.

"내가 신이 되어 모든 책임을 떠넘기겠다? 하! 꺼져."

단호하게 거절한 카리엘.

-이대로 세계가 타 차원에게 집어삼켜지는 걸 놔둘 것인가?

"그것도 나쁘지 않지."

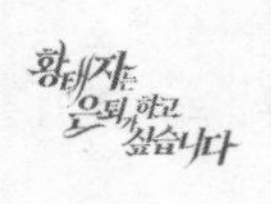

카리엘의 대답에 케찰코아틀이 놀란 음성으로 말했다.

-미쳤나?

"아니. 미친 건 너지."

싸늘한 표정으로 말하는 카리엘.

이미 백색의 공간에서 발드르를 만나 본 적 있기에 확신할 수 있었다.

신이 되는 순간, 고생길이 열린다.

강대한 힘을 갖고 시작하는 것도 아니고, 케찰코아틀의 힘의 일부를 받아들여 신이 될 수 있는 최소한의 조건만 충족한다면 그 고생길은 지옥의 길이 되리라.

그렇기에 거절한 것이다.

"그렇게 세계를 지키고 싶으면 네가 말한 존재들과 함께 신이 돼서 막아."

-……우리론 부족하다.

케찰코아틀은 스스로의 한계를 인정했다.

언젠가 신의 반열에 오를 수 있겠지만 자신을 비롯한 기존의 신급 존재들의 발전 속도는 너무나 느렸다.

반면에 인간들은 달랐다.

어째서 발드르가 인간들에게 기대를 갖고 있었는지, 그리고 왜 그가 카리엘을 선택했는지 알 수 있었다.

"왜 나지?"

-네가 발드르의 선택을 받았으니까. 그리고 너를 믿는 자들

이 가장 많으니까.

살아 있는 신이라 불리는 카리엘.

그런 그를 믿는 자들은 제국민들뿐만 아니라 대륙 전역에 퍼져 있었다.

—네가 신이 된다면 세계는 안정될 것이다. 나뿐 아니라 대륙과 바다를 담당하는 존재들 역시 네가 신이 되고자 한다면 힘의 일부를 넘겨주겠다 약속했다.

"거절한다면?"

—대륙에 혼란이 찾아오겠지.

케찰코아틀의 말에 카리엘은 가만히 그의 눈을 들여다보았다.

그리고 알 수 있었다.

자신이 독박 쓰지 않더라도 세계는 멸망하지 않으리라는 것을.

"거절하지."

—정녕 혼란을…….

"혼란 속에서 세계는 더 발전할 수 있겠지."

케찰코아틀의 말을 끊은 카리엘이 미소를 지으며 말했다.

정체되어 있던 수백 수천 년의 시간.

발드르는 세계를 지켰지만, 그동안 세계의 발전은 멈추는 것을 넘어 퇴화했다.

그러나 대전쟁을 겪으며 세계는 다시 발전하기 시작했다.

그러니 지금 이 선택으로 다시 한번 혼란에 휩싸인다 하더라도 세계는 발전할 것이다.

신화시대 이후 끊겼던 수많은 신들이 만들어질 것이며 강자들이 나타날 것이다. 지금도 과거의 잔재들이 타 차원의 힘을 빨아들여 강해지고 있었고, 인류 역시 발전할 수 있었다.

"정 안 되면 그때 가서 신이 되는 걸 생각해 보지."

그렇게 말한 카리엘이 웃으며 등을 돌렸다.

그리고 그 모습을 보며 케찰코아틀이 혀를 날름거렸다. 뜻대로 되지 않아 아쉬워하는 것이다.

그 모습을 본 카리엘은 확신했다.

'어디서 독박 씌우려고. 고통은 분담해야지.'

그렇게 생각한 카리엘은 저 멀리서 올라오는 글렌과 시카리오 후작을 향해 걸어갔다.

협상이 결렬된 이후, 곧바로 내려온 카리엘과 일행.

그런 그들을 거대한 뱀이 노려보았으나 의미는 없었다.

카리엘 혼자만으로도 얼마나 많은 피해를 입을지 쉬이 가늠이 되지 않는 상황에서 마왕을 이긴 주역들이 전부 모여 있었다.

게다가 그가 생각했던 것보다 카리엘의 수준이 높았다.

그렇다는 건 다른 이들 역시 그럴 가능성이 높다는 것.

-자신감인가?

타 차원이 침공해도 이길 수 있다는 자신감.

굳이 억지로 신이 되어 세계를 지키려 하지 않아도 이길 수 있다는 확고한 믿음이 있는 것 같았다.

자신이 힘을 개방하는 순간 날카롭게 날아드는 2명의 기세를 보고선 자신 역시 확신할 수 있었다.

인간들 중에 신의 반열에 오를 자는 카리엘뿐만이 아니라는 것을.

-후…… 결국 전쟁인가?

인간을 대표하는 카리엘의 결정을 들은 이상 자신 역시 선택을 해야 했다.

이대로 가만히 주저앉아 조금이라도 시간을 더 끌어 볼 것인지, 아니면 이곳에서 나와 본격적으로 싸울 준비를 할 것인지를…….

-발드르…….

옛 신의 이름을 중얼거린 케찰코아틀이 가만히 하늘을 바라보았다.

자신의 근원은 한때 세계를 호령했던 거대한 뱀에서 비롯되었다.

라그나로크 때 죽은 세계를 휘감은 뱀의 근원을 일부 이어받아 지금까지 살아왔기에 언젠가는 그처럼 되고자 하는 욕

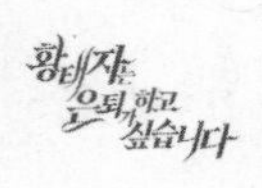

망도 있었다.

조금만, 이대로 천 년의 시간 정도만 더 흐르면 요르문간드라는 위대한 뱀에 다가갈 수 있을 것 같았다.

하지만 상황은 그리되도록 도와주지 않는 것 같다.

"이제는 용기를 내 보는 게 어때?"

언젠가 발드르가 했던 말.

제2의 세계를 휘감는 뱀이 되고자 한다면 안정적으로 힘만 쌓기보다는 한 번쯤은 도박해 보라는 조언.

그때는 그저 마왕을 막기 위한 수작이라고만 생각했다.

하지만 카리엘을 보고 나니 어째서 그런 말을 했는지는 알 것 같았다.

생사를 넘나드는 전투, 그리고 강대한 적을 상대하기 위해 한계를 넘어서는 노력들.

그로 인해 급격히 강해지는 힘.

어쩌면 자신들의 향후 생존을 위협하는 것은 타 차원이 아닌 인간들일 수도 있겠다는 생각이 들었다.

-나도 도박해야 하는 시점이 다가온 건가?

그렇게 중얼거린 거대한 뱀은 거대한 산을 휘감은 몸을 조금씩 움직이기 시작했다.

언젠가 다가올 위협에 넋 놓고 있기보다는 자신의 세력을 만들 필요성이 있었기 때문이다.

그렇게 신대륙의 거대한 뱀이 움직일 준비를 하는 동안 카리엘은 다시금 비공선에 올랐다.

“폐하, 정보부장한테 연락이 왔습니다.”

안에서 대기하고 있던 장교가 카리엘에게 귓속말로 보고했다.

내용은 간단했다.

반제국파가 제국에게 강력히 항의했다는 점이다.

저들도 정보망이 있을 테니, 지금쯤이면 카리엘이 자신들의 신을 보러 갔다는 것쯤은 알 수 있었다.

“그래서 저들의 현재 반응은?”

“마즈카국의 국경선으로 집결하고 있습니다. 저들의 ‘신’들 역시 움직이는 것 같습니다.”

“우리와 전쟁이라도 해 보겠다는 건가?”

작게 중얼거린 카리엘이 뒤를 힐끔 봤다.

제국의 핵심인 2명의 그랜드 마스터.

그들이 있는데 이리 나온다는 건 간단했다.

‘자신들의 신을 믿는다라…….’

그들은 아직 카리엘 일행이 산에서 내려왔다는 것을 알지 못한다.

그렇다는 건 카리엘과 그랜드 마스터들이 오기 전까지 최대한 압박하려는 생각.

아직까지 전쟁을 일으키지 않는 건 거대한 뱀조차 그랜드 마스터에게 질 수도 있다는 생각 때문인 것 같다.

"그럼 이용해 줘야지."

빙그레 웃으면서 중얼거린 카리엘이 곧바로 뒤에 선 장교에게 명령을 내렸다.

그리고 명령은 곧장 타리온에게 전해졌다.

"나와 그랜드 마스터들이 산에서 내려오지 못하고 있다고 정보를 흘려라!"

정보 전쟁의 핵심은 기만책이다.

상대가 거짓을 말하는지 혹은 거짓을 말하더라도 얼마나 진실에 가깝게 말하는지가 핵심이다.

최대한 진실에 기반을 두고 약간의 거짓말만 섞어서 상대를 교란하는 것.

저들이 카리엘이 케찰코아틀을 만나러 간다는 정보는 알고 있지만, 산에서 내려왔다는 사실은 아직 모르기에 할 수 있는 작전.

"제국의 군대가 마즈카국의 국경선을 넘어 신이 머무는 곳으로 움직이고 있습니다!"

카리엘의 명령을 받고 의도적으로 움직이는 제국군.

이것만이었다면 반제국파도 움직일 생각은 없었을 거다.

하지만 은근슬쩍 흘린 타리온의 정보가 반제국군으로 하여금 고민하게끔 만들었다.

"이거 확실한 정보요?"

"내 윗선에서 바로 나온 따끈따끈한 정보야."

"허……."

반제국파의 첩자가 접선한 고위 관료를 바라보았다.

"바로 대금을 지급하기는 어렵소. 확인 절차를 거쳐서 만약 사실이라면……."

"날 못 믿는가?"

"그건 아니오. 다만 확인이 필요하오. 사실이라면 본래 주려던 금액에 2배를 주겠소."

"쯧! 2배라면 뭐……."

아쉽지만 2배라는 말에 흥분을 가라앉힌 관료가 순순히 물러났다. 그렇게 고위 관료가 물러나자 첩자는 곧바로 상부에 보고를 했다.

타리온을 비롯한 이그니트의 고위 장교들이 친제국파에 은근슬쩍 흘린 정보들.

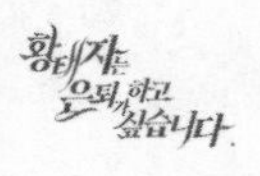

그것들이 비리 관료들의 손을 거쳐서 반제국파의 손에 들어가자 그제야 그들은 확신할 수 있었다.

"이그니트의 황제가 아직 뱀의 산에 묶여 있다!"

"그랜드 마스터들도 묶여 있는 것으로 보임."

여러 정보들을 취합해 봤을 때, 친제국파에 퍼져 있는 소문은 사실일 가능성이 높았다.

제국군이 뱀의 산으로 몰려가고 있는 정황과, 친제국파에 남아 있는 병력까지 모조리 끌어모아 움직이는 중이었다.

종합적인 정황으로 봤을 때, 황제는 자신들의 신에게 묶여 있다.

그리고 자신들에게 공포감을 심어 주었던 그랜드 마스터들 역시 같이 묶여 있을 확률이 높았다.

그렇다는 건 지금이 자신들에게 기회였다.

친제국파보다 압도적인 전력을 가진 자신들이 각국의 신들을 설득해 돌진해 오자 이그니트 제국군이 전투준비를 했다.

친제국파 역시 황급히 군을 집결시켰다.

언제 전쟁이 나도 이상하지 않을 상황 속에서 하늘을 덮은 이그니트의 공군이 길을 텄다.

그리고 그 속에서 시야를 차단하는 결계를 풀고 등장하는 거대한 비공선.

온갖 신식 무기로 도배된 거대한 비공선이 선두에 선 순간, 반제국파의 군대는 당황하기 시작했다.

"저…… 저건! 황제의 기함 아닌가?"

"저것이 왜!"

모두가 당황할 때, 몇몇 사람들은 애써 현실을 부정해 보았다.

"황제가 탄 것이 아닐 것이오!"

"맞소. 뱀의 산으로 간 것은 황제의 기함이 아니지 않았소!"

황제가 탄 것이 아닐 거라는 말에 다시금 기세를 끌어 올리는 반제국파의 사람들.

바닥까지 떨어질 뻔했던 사기가 서서히 안정되어 갈 때쯤, 거대한 기함 위로 누군가가 홀로 섰다.

"저자! 누구지?"

공중에 홀로 선 남자를 미친놈처럼 바라보는 그 순간, 주변에 거대한 화염의 구체들이 만들어짐과 동시에 화염의 파장에 주변으로 퍼져 나갔다.

동시에 남자의 이마에서 새하얀 빛이 터져 나왔다.

이쯤 되자 모를 수가 없었다.

"저…… 저건!"

"황제?"

"황제가 왜 여기에!"

반제국파의 수장들이 당황하는 바로 그 순간, 카리엘이 공중에 만들어 낸 화염의 폭풍이 갈라지면서 그대로 소멸해 버렸다.

마치 공간을 통째로 날려 버리는 듯한 기술.

대전쟁 시절 가장 유명한 기술을 본 신대륙 사람들은 경악했다.

"그랜드 마스터들도 같이 있구나!"

어느새 카리엘의 양옆에 선 그랜드 마스터들을 확인한 순간 반제국파의 사기는 나락으로 떨어지기 시작했다.

몇몇 이들은 무기를 버리는 자들도 존재했다.

같이 따라온 신적 존재들이 대항해 보려 했으나, 카리엘과 2명의 그랜드 마스터가 의도적으로 온 힘을 다해 기세를 내뿜자 당장이라도 돌진하려던 기세들이 모조리 사라져 버렸다.

카단이 모시는 존재와 카단의 뒤를 바짝 쫓은 2개의 국가의 신적 존재들은 제법 강한 티를 내긴 하지만 그랜드 마스터들에 비하면 아기 수준이다.

잘해야 마스터 3인방에 비벼 볼 수준.

카단이 모시는 신은 데이비어 공작과 자웅을 겨룰 수 있어 보이나 그랜드 마스터의 기세를 감당하긴 어려웠다.

"저것이 전장의 신이라 불리는 존재들인가?"

예로부터 전장의 신이라 불리는 이들이 바로 그랜드 마스터들이었다.

대륙을 구원한 영웅.

전신.

홀로 국가를 멸할 악마.

여러 별명이 붙은 존재들은 일인 군단을 넘어 승리의 상징이 되는 존재들이었다.

그리고 신대륙은 비로소 서대륙과 동대륙에서 어째서 그랜드 마스터들을 그토록 존경하고 두려워했는지 알 수 있었다.

감히 마스터를 비롯한 기사단이 대항해 보았지만 글렌 혼자 그들을 압도적으로 '제압'했다.

죽이는 게 아닌 모두를 제압했다는 것에서 병사들은 아예 싸울 의지를 잃어버렸다.

이대로 반제국파가 강제로 이그니트에 굴복할 거라고 생각할 바로 그 시점에, 거대한 산이 움직였다.

―이 대륙에서 태어난 존재들이 아닌 자들이여. 나와 싸우고자 하는 게 아니라면 그만두거라.

하늘을 울리는 음성과 함께 산을 휘감고 있던 뱀이 산 일부를 무너뜨리면서 모습을 드러냈다.

구름 속에 가려져 있던 거대한 뱀이 마침내 지상으로 내려오면서 카리엘을 비롯한 이그니트군에게 강렬한 살기를 뿌려 댔다.

"……저 녀석도 선택을 했군."

카리엘이 씁쓸한 표정으로 중얼거렸다.

자신이 신이 되기를 포기했으니, 케찰코아틀 역시 가만히 있는 것이 아닌 움직이는 것으로 앞으로의 싸움에 대비하겠다는 의지를 내보인 것이다.

"아쉽게 되었어."

"……싸워 볼 만하지 않습니까?"

글렌이 자신감을 내보이면서 말하자 시카리오 후작 역시 고개를 끄덕였다.

대전쟁 때야 미숙했지만, 지금은 다르다.

글렌은 신화시대의 영웅 이상으로 발전하고 있었고, 시카리오 후작 역시 마왕과 싸울 때의 미숙함은 없어진 지 오래였다.

그렇기에 카리엘이 합류하지 않고 둘만으로도 충분히 이길 수 있겠다는 자신감이 있었다.

하지만 카리엘은 고개를 저었다.

"됐어. 굳이 위험을 감수할 필요는 없지."

"하오나……."

"전쟁이 가장 깔끔하긴 한데 그게 아니어도 저들을 괴롭힐 방법은 많아."

그렇게 말한 카리엘은 케찰코아틀을 향해 더는 싸울 의지가 없다는 것을 보이기 위해 불덩이를 치우고 기세를 거둬들였다.

그러자 글렌과 시카리오 후작 역시 아쉽다는 표정으로 기세를 거두었다.

이그니트가 신대륙까지 집어삼킬 게 아닌 이상 이들 역시 타 차원의 침공으로부터 스스로 방어해야 할 힘이 있어야 했다. 그리고 그 주축은 누가 뭐래도 케찰코아틀이 될 것이다.

제국을 위해선 이대로 싸우는 게 더 현명할지 모르나, 세계를 위해선 멈춰야 했다.

"이쯤에서 멈추도록 하지."

마나를 실어 친제국파에게 말한 카리엘이 케찰코아틀을 보며 말했다.

"마즈카국을 중립지대로 삼으면 되겠군. 싸움나지 않게 그대가 잘 관리해 줘."

거기까지 말한 카리엘이 더는 할 말이 없다는 듯 몸을 돌렸다.

그리고 그것으로 전쟁은 끝이었다.

신대륙 역사에 길이 남을 전쟁이 이렇게 싱겁게 끝나 버린 것이다.

하지만 이들은 몰랐다.

그들의 고난은 이것이 시작이라는 것을…….

카리엘이 왜 대신들에게 쪼잔함의 대명사로 불리는지를…….

자신을 힘들게 한 존재들은 잊지 않고 끝까지 복수하는 카리엘의 성정상 앞으로 반제국파는 친제국파가 당하는 것의 곱절은 더 힘들게 당할 것이다.

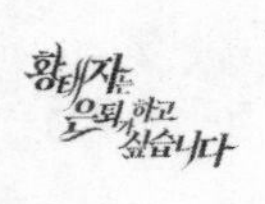

그리고 친제국파를 중심으로 만들어진 혁명의 불길 속에서 전쟁을 일으킨 각국의 지도자들은 살아남지 못하리라. 카리엘을 힘들게 한 자들에 대한 복수는 이것으로 충분했다.

"볼일 다 봤으니 복귀하지."

"예, 폐하."

카리엘의 명령에 고개를 숙이며 대답한 타리온은 곧장 명령을 내렸다.

신대륙에서의 일이 끝났으니 이젠 제국으로 돌아갈 시간이었다.

외전 6. 작전명 : 괴물 꼬시기

신이 사라진 세상.

그렇기에 많은 차원에서 빈집털이를 위해 넘어오려는 시도를 하고 있었다.

하지만 세상이라는 게 녹록지는 않은 법.

오히려 그러한 시도를 이용해서 힘을 키우는 자들도 있었다.

바로 과거의 잔재들이었다.

오랜 시간 깎여 나가 버린 격과 힘을 타 차원에서 넘어오는 힘을 통해 회복하고 있는 이들.

이대로 가만히 놔둔다면 과거의 힘을 전부 회복할지도 모를 일이었다.

하지만 그건 그들의 바람일 뿐이다.

"폐하를 뵙습니다!"

"지금 당장 대신들을 소집해."

신대륙에서 돌아오자마자 소집 명령을 내린 카리엘.

이미 카리엘과 케찰코아틀 사이에서 있었던 일을 들은 대신들은 다급하게 황제의 궁에 모여들었다.

그렇게 대신을 비롯한 군부의 최고 지휘관들이 전부 모이자 카리엘이 곧바로 말했다.

"모두 사전에 들어서 알고 있겠지만, 상황이 심각하게 돌아갈 것 같다."

그렇게 말한 카리엘은 돌아오는 동안 자신이 생각했던 것들을 적은 종이를 세리엘에게 건넸다.

"이번에 신대륙을 다녀오면서 많은 걸 느꼈다."

카리엘의 말에 다들 굳은 표정으로 고개를 끄덕였다.

과거의 잔재들과 몬스터들을 적대하기만 했던 이그니트와는 달리 신대륙은 그들과의 공생을 택했다.

그로 인해 본래라면 비교도 안 될 전력이 이그니트의 주력군 중 하나와 비벼 볼 만큼 강해졌다.

"신대륙도 했는데 우리라고 못할 것 없겠지."

그렇게 중얼거린 카리엘이 세리엘을 바라보며 말했다.

"우리가 세웠던 모든 전략을 변경한다. 지금부터 우린 최대한 많은 아군을 만들어 가는 쪽으로 가닥을 잡는다."

"신대륙처럼 하실 생각입니까?"

카리엘의 말에 루터가 걱정스러운 표정으로 물었다.

"그래."

"하오나 폐하, 그렇게 되면 자칫 폐하를 중심으로 만들어진 신권이 무너질 수 있습니다."

신대륙이 국가마다 다른 신들을 만들어 낸 것과 달리 이그니트는 통일국가였다.

그렇기에 서대륙 곳곳에 존재하는 신대륙만큼 강한 괴물들을 신 혹은 그에 준하는 존재로 추앙하는 것을 허락한다면 간신히 통일한 국가가 분열될 위기가 초래될 수 있었다.

"맞습니다."

"꼭 신대륙과 같은 방향으로 갈 필요는 없다고 생각합니다."

"동의합니다."

대신들도 루터의 말에 동의한다는 듯, 저마다 말을 내뱉으면서 위험성을 강조했다.

그러자 카리엘은 두 동생들을 바라보았다.

"너희들의 생각은?"

"저 역시 마찬가집니다."

세리엘도 대신들과 같은 생각이라고 답하자 잠시 고민하던 카리엘은 루피엘에게로 시선을 돌렸다.

"넌?"

"흠…… 나쁠 건 없다고 생각합니다."

루피엘의 말에 대신들과 세리엘이 놀란 표정을 지었다.

"그래?"

의외의 대답에 카리엘이 미소를 지었다.

"예, 뭐 민속신앙처럼 각 지역마다 신들이 자리 잡는다고 하더라도 무슨 문제가 있겠습니까? 폐하께서 그들보다 위에 있으면 되는 것을요."

루피엘의 말에 다들 그의 얼굴을 바라보았다.

"신화시대에서처럼 폐하께서 그들을 이끄는 역할을 하면 되지 않겠습니까?"

"확실히……."

"좋은 방법입니다."

"현시대의 주신이 되시는 겁니까?"

다들 웃으면서 말할 때였다.

카리엘의 표정이 조금씩 썩어들었다.

'이러면 은퇴 각을 잡아도 나가린데.'

루피엘이 저 말을 내뱉는 순간 갑자기 예지몽이라도 꾼 것처럼 미래가 그려졌다.

세리엘과 대신들을 꼬여 내 겨우겨우 은퇴 각을 잡았으나, 여러 가지 이유를 들먹이면서 일 더미에 앉은 자신의 모습을…….

그것을 거절하지도 못하는 것이, 매번 대신들이 자신을 찾

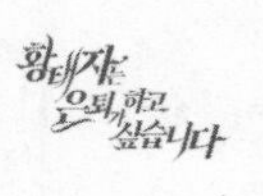

아와서 '이러다가 제국이 분열되옵니다!', '신수들의 기강을 바로잡아야 하옵니다!'와 같은 헛소리를 내뱉을 가능성이 높았다.

통일 제국이 된 지 얼마 지나지 않았으니 적어도 몇 세기는 지나야 완전한 서대륙 통일국가로 자리 잡을 터.

그럼 자신은 죽기 직전까지 굴러야 할 수도 있었다.

어쩌면 지금보다 높은 경지를 개척할 경우 남들은 안식에 들어갈 때, 그것을 부러워하면서 구를 수도 있을 것이다.

"……."

갑자기 심각한 표정으로 침묵하는 카리엘을 본 대신들이 웃다 말고 눈치를 보기 시작했다.

"……폐하?"

세리엘이 의아한 듯 바라보자 카리엘은 생각을 멈추고 한숨을 쉬었다.

"일단 이건 보류하도록. 먼저 영성이 있는 이들부터 파악해서 접근해 봐."

"알겠습니다."

"좋아. 그다음 안건으로 넘어가지."

카리엘이 말하는 순간, 가만히 대기하고 있던 타리온이 카리엘의 집무실 한쪽에 마련된 영상구를 작동시켰다.

동시에 책장이 열리면서 서대륙의 지도가 나타났다.

"현재 서대륙에 타 차원 게이트가 열렸을 거라 추정되는 곳들입니다."

설명이 끝난 순간, 타리온이 지도로 다가가 곳곳에 깃발을 하나씩 꽂았다.

그럴 때마다 영상구에 해당 지역의 영상 자료들이 나타났다.

"대부분 과거의 잔재들 혹은 영성이 있는 몬스터들이 자리를 잡고 있습니다."

"없는 곳도 있어?"

"예, 그런 곳들은 특수부대와 연구진을 파견해 놨습니다."

"연구 결과는?"

카리엘의 물음에 타리온이 조용히 고개를 저었다.

무언가를 연구하기엔 기간이 너무 짧았다.

"현재 무언가를 알아내기엔 시간이 너무 부족합니다."

뒤늦게 도착한 월크셔 공작이 그동안 조사한 자료들을 모아 보고를 올렸다.

과거의 잔재들이 어떻게 타 차원의 힘을 이용하는지, 그리고 주변을 오염시키는 힘을 어떻게 정화할 수 있을지에 대한 해답은 아직 찾지 못했다.

"다만……."

"다만?"

"과거의 사례들을 찾아보면 해답을 발견할 수 있지 않을까 싶습니다."

"과거의 사례들?"

월크셔 공작의 말에 한 노인이 앞으로 나섰다.

"사서."

"폐하를 뵙습니다."

시종장과 함께 은퇴했던 비밀 수호대의 일원인 늙은 사서가 고서를 꺼내 들었다.

"옛 기록에 따르면 현재 타 차원 게이트로 밝혀진 것에 대한 기록이 있습니다. 현재와 흡사하게 주변을 오염시키거나 변이시키는 힘이라고 표현되어 있습니다."

"해답도 찾았나?"

"아쉽게도 없습니다. 다만…… 순수한 마나를 다루는 이들은 오염된 힘을 어느 정도 사용할 수 있다고 기록되어 있습니다."

"순수한 마나?"

옛 사서의 말에 카리엘이 고개를 갸웃거리다가 눈을 동그랗게 떴다.

"짚이는 게 계시옵니까?"

"하나 있긴 하지."

카리엘이 그렇게 말하면서 화기를 끌어 올렸다.

인류가 발전시킨 가공된 마나가 아닌 순수한 화기를 이용하는 카리엘.

그런 카리엘이 힘의 근원을 다룰 수 있는 방법은 바로 마나 숙성법에 있었다.

"야만족들을 찾아보겠습니다."

무슨 뜻인지 깨달은 타리온이 다급히 밖으로 나갔다.

"저도 고대 문서를 더 찾아보겠습니다."

늙은 사서 역시 고개를 숙이며 밖으로 나가자 남은 대신들을 향해 카리엘이 말했다.

"대전쟁이 끝난 지 얼마 되지 않은 상황에서 또 이런 일이 발생했다. 하지만 이번엔 달라."

카리엘의 말에 모두들 고개를 돌려 그의 얼굴을 바라보았다.

"대전쟁 때는 제국의 힘이 지금과 같지 않았으며, 내전을 비롯해 연이은 전쟁까지 터진 최악의 상황이었다."

그의 말에 다들 고개를 끄덕였다.

과거를 돌이켜 보면 정말 어떻게 대전쟁을 이긴 건지 모를 정도로 천운이 따랐다고 볼 수 있었다.

암흑기 시절의 제국에 카리엘이라는 영웅이 황태자 신분으로 개혁을 거듭하며 제국의 국력을 끌어올렸다.

그리고 그 기세를 몰아 흑마법사를 몰아내고, 서대륙을 통일했다.

동시에 그 힘으로 동대륙 국가들을 모아서 적에게 대항할 세력을 만들어 냈다.

지금 생각해 보면 조금이라도 삐끗하거나 늦어졌다간 그

대로 멸망했을 상황인 것이다.

"아직 적들은 오지도 않았다. 우리가 대비할 시간은 충분하다. 또한 현재의 제국의 힘은 어느 때보다 막강하지."

카리엘은 현재의 전력만으로도 적어도 제국만큼은 안전을 확보할 수 있으리라 자부했다.

하지만 단순히 버티는 것을 넘어 더 큰 목표를 향해 나아가기 위해 과거의 잔재 혹은 영성이 있는 몬스터들을 설득하려는 것이다.

"우리의 목표는 단순한 생존이 아니다."

적들을 완벽하게 집어삼키고 그들의 힘을 이용해 더 큰 발전을 이룩하는 것이다.

그것을 위해 카리엘은 번거로움을 감수하는 것이다.

"내무대신은 지방 관료들에게 이 사실을 알리고 미리 준비하라고 해."

"예."

"외무대신은 각국에 우리가 쥐고 있는 정보들을 전부 공유해."

"전부 말이옵니까?"

"그래. 그들도 대비는 해야지."

옆 동네인 동대륙이 자칫 타 차원의 종족들에게 점령이라도 당하면 결국 피곤해지는 건 이그니트였다.

그러니 이번 일은 모든 정보를 공유하는 것이 맞았다.

“폐하, 남쪽 섬이나 신대륙에 있는 국가들에겐 대가를 받는 것이 어떻습니까?”

“대가?”

세리엘의 제안에 카리엘이 고개를 갸웃거렸다.

“예, 폐하. 신대륙이나 특히 남쪽 섬에는 아직 마나 숙성법을 쓰는 야만족들이 꽤나 있는 것으로 알고 있습니다. 특히 우리 인간들을 피해 도망친 이종족들도 숨어 살고 있고요.”

세리엘의 말에 카리엘이 피식 웃으며 고개를 끄덕였다.

“좋군. 외무대신.”

“예, 폐하.”

“세리엘의 말처럼 잘 교섭해 봐. 재무대신과 상의해서 유의미한 정보나 도움을 받을 경우 충분한 물자를 지원하는 것도 고려해 보도록.”

“그리하겠습니다.”

모든 명령을 내린 카리엘이 자리에서 일어났다.

“전쟁이 얼마 남지 않았다. 대전쟁처럼 큰 전쟁으로 번지기 전에 조기에 잡아야 해. 그러니 힘들더라도 한 걸음이라도 더 움직여.”

“예! 폐하!”

카리엘의 말을 끝으로 모든 이들이 고개를 숙임과 동시에 회의장을 빠져나갔다.

그렇게 모두가 떠나자 의자에 주저앉은 카리엘은 조용히

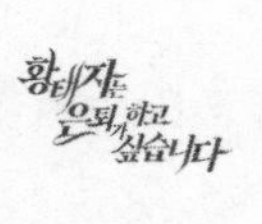

눈을 감았다.

신대륙처럼 신수 혹은 과거의 잔재와 계약하기 위해선 도움이 필요했다.

그리고 마침 카리엘에겐 이들과 대화가 잘 통하는 자들이 있었다.

우웅! 우웅!

전력으로 끌어 올린 힘을 통해 아직 계약이 유지되고 있는 소환체들에게 자신의 의지를 전달했다.

웬만큼 멀리 떨어져 있어도 서로 소통이 되는데, 서대륙에 없거나 아니면 어디 오지에 처박혀 있는지 답이 들려오지 않았다.

"후……."

카리엘은 긴 숨을 내뱉으며 식은땀으로 범벅이 된 얼굴을 소매로 닦아 냈다.

단순히 자신의 의지를 전달한 것뿐인데, 케찰코아틀과 만났을 때 사용한 것보다 더 많은 힘을 소모한 기분이 들었다.

"남은 건 오기를 기다리는 것뿐인가?"

어디선가 자신들의 소망을 이루기 위해 움직이고 있을 소환체들.

그들이 다시금 자신을 찾아오기를 기다리면서 카리엘 역시 본격적으로 움직였다. 가장 먼저 할 일은 그나마 수도에서 가까운 곳에 자리 잡은 과거의 잔재들부터 찾아가는 것이었다.

"가기 전에 황후 좀 보고 갈까?"

황궁에 오자마자 일하느라 바빠서 찾아가는 걸 깜빡했기에 황후를 달래기 위해 카리엘이 황후궁으로 향하려 할 때였다.

"폐하, 지금 가는 것은…… 그리 좋지 않은 생각이신 것 같사옵니다."

"……왜?"

카리엘이 의문을 담은 표정으로 묻자 시종장이 몇 번을 망설이다가 겨우 입을 열었다.

"황후 마마께오서 실망이 크셨사옵니다."

"아!"

"바로 몇 시간 전에 이게 신혼이냐고 한탄하셨다는 소문이……."

시종장이 차마 말을 끝맺지 못했으나 카리엘은 그를 탓하지 못했다.

"……황후궁에는 좀 더 있다가 찾아갈까?"

그렇게 중얼거린 카리엘은 시종장에게 황후한테 선물할 만한 리스트를 만들라는 명령을 내린 뒤, 조용히 황궁을 빠져나갔다.

돌아왔을 땐 진득하니 황후와 시간을 보내리라 다짐하면서…….

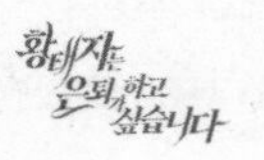

❋

시종장의 조언에 따라 황후를 나중에 만나기로 결정한 카리엘은 혹시라도 황후를 만날까 싶어 황급히 황궁을 빠져나왔다.

마차를 타고 신속하게 황궁을 나오자마자 곧바로 가까운 과거의 잔재들이 있는 곳으로 향한 카리엘.

고속으로 갈 수 있도록 개조한 비공선을 통해 빠르게 목적지까지 도착한 그는 그곳에서 예상과는 다른 풍경을 볼 수있었다.

"과거의 잔재들도 '진화'라는 걸 하는 건가?"

오랜 세월 살아오면서 자연스레 마나를 품은 신수들, 그리고 과거의 잔재를 먹거나 그들의 잔여물을 먹고 진화한 변이 몬스터들.

이들이 진화를 거듭하면서 과거의 잔재들을 사냥하기 시작하자 이들 역시 변화하기 시작했다.

인류의 공격을 피해 험지로 숨어들어도 신수나 몬스터들의 사냥을 받지 말라는 법이 없기에 위험을 감수하기 시작한 것이다.

그리고 그 결과물이 바로 카리엘의 눈앞에 있었다.

-……날 죽이러 온 건가?

죽음을 각오한 것 같은 박쥐.

큼지막한 동굴에 숨어든 것만으로도 모자라 일부러 체구조차 줄여서 숨어 있던 녀석이다.

인간들에게 걸리지 않기 위해 힘을 키우는 것도 조심하던 녀석.

그런 녀석이 발견된 이유는 동굴 근방에 생성된 타 차원의 게이트의 힘을 흡수했기 때문이다.

끝까지 잘 숨겼던 녀석이지만, 타 차원에서 넘어오는 힘은 본래 자신의 힘마저 넘어설 수 있게 하면서 진화해 버렸다.

그리고 바로 그 순간 힘의 파장이 퍼져 나가면서 걸린 것이다.

"죽이기보단 영입을 하러 왔지."

-영입?

"그래."

카리엘의 말에 박쥐가 고개를 갸웃거렸다.

자신이 아무리 진화했다지만 그래 봤자 카리엘에 비하면 약한 존재에 불과했다.

그보다 훨씬 강한 개체들이 서대륙 곳곳에 숨어 있었는데, 굳이 자신을 영입하러 직접 오는 것이 이상했다.

-왜 굳이 나를 영입하려는 거지?

"타 차원의 힘을 이용하는 방법."

박쥐의 물음에 카리엘이 솔직하게 대답했다.

그리 강한 개체가 아님에도 불구하고 직접 행차한 이유는 딱 하나다.

아직 인류가 밝혀내지 못한 비밀을 박쥐는 알고 있으니까.

"너도 알겠지, 이대로 있으면 이 세계는 다시금 위험에 빠질 것이라는 걸. 그러니 도와."

-…….

"과거의 잔재들을 생각하는 거라면 걱정하지 마. 어차피 전부 만나 볼 생각이니까."

-정말인가?

"그래. 비록 과거의 힘의 잔해 속에서 태어난 이들이라지만 어찌 되었든 세계의 구성원 중 하나라는 건 변함이 없지. 그렇지만 타 차원은 달라."

그렇게 말한 카리엘이 박쥐를 보며 손을 내밀었다.

"힘을 키우는 것을 방해하지 않겠다. 하지만 협력은 해 줘야겠어."

카리엘의 눈을 바라본 박쥐.

뱀파이어의 시조에게 직접 간택되었던 최초의 뱀파이어 중 하나였다.

하지만 그리 대단한 건 아니었다.

수많은 최초의 뱀파이어들 중 하나에 불과했고, 그 당시에도 강력한 힘을 보유하진 못했으니까.

그러나 지금은 달랐다.

'이대로 성장을 더 할 수 있다면…….'

거기까지 생각하자 박쥐의 눈빛이 달라졌다.

일단 인간들한테 사냥당할 위험이 사라진다.

거기에 연구에 협조해 준다면 몬스터들한테 사냥당할 위험도 줄어들 것이다.

인간들이 자신을 지켜 줄 것이니.

그렇다면 자신은 알량한 정보를 가지고 인간들의 보호를 받으면서 더 성장할 수 있게 되는 것이다.

−협조하겠다.

"좋은 선택이야. 후회하지 않게 해 주지."

이그니트와 처음으로 계약한 존재에 대한 선물이랄까?

카리엘은 기사단에게 박쥐를 지킬 것을 명령했다.

동시에 죄수들을 보내 박쥐의 권속으로도 만들 수 있도록 허락해 주었다.

뱀파이어를 만드는 것에는 위험이 따르는 일이지만, 이 정도는 해 줘야 저 녀석도 자신을 믿고 알고 있는 모든 지식을 뱉을 가능성이 높아진다.

그렇게 처음으로 과거의 잔재와 정식으로 계약한 카리엘.

그를 시작으로 중앙 지역 근방에 숨어든 녀석들을 하나둘 찾아갔다.

"전부 별거 아닌 녀석들뿐이네."

카리엘이 혀를 차면서 말했다.

제국의 중앙 지역은 핵심 지역이기에 감시망이 살벌하다.

그렇기에 강한 개체들은 절대 숨어 있을 수가 없었다.
몸집이 크거나, 힘이 강력하면 어떠한 형태로든 발각될 수밖에 없는 것이다.
그렇기에 유의마한 전력이 될 녀석들을 꼬시려면 외곽 지역으로 나돌 수밖에 없었다.
그래도 의미가 없는 건 아니었다.
"성과는?"
카리엘의 물음에 직접 찾아온 월크셔 공작이 보고했다.
"아직은 미미합니다. 과거의 잔재들이 저희를 아직 믿지 못하는 것도 있고, 대부분 거의 본능에 충실하기에……."
"시간이 필요하다는 거지?"
"……그렇습니다. 그래도 박쥐를 통해선 어느 정도 유의미한 결과를 알아내긴 했습니다."
한숨을 쉬던 카리엘은 그 말에 고개를 돌려 월크셔 공작을 바라보았다. 공작의 말이 이어졌다.
"박쥐를 통해 알아낸 바에 따르면 타 차원의 힘 역시 마나와 비슷한 힘이라는 것을 알 수 있었습니다."
"그럼 어째서 우린 안 되고 저들은 가능하지?"
카리엘의 물음에 월크셔 공작이 그동안 모은 자료들을 토대로 만든 보고서를 건넸다.
"과거의 잔재들이 쓰는 힘을 봐 주십시오."
"여러 개가 섞여 있군."

"그렇습니다. 마나와 지옥의 힘 그리고 잔재들이 가진 특수한 힘에 가려져 있습니다만 여기, 이 힘의 파장을 보시면 타 차원 게이트의 힘과 파장이 비슷합니다."

월크셔 공작의 보고서를 보던 카리엘이 눈을 크게 떴다.

"이걸 왜 몰랐지?"

"워낙 미약했기도 했고, 차분하게 연구할 시간이 없던 게 큽니다."

월크셔 공작의 말대로 그동안 과거의 잔재들을 사냥하기만 했지, 제대로 연구해 볼 생각을 하지 못했다.

무엇보다 가장 큰 문제는 과거의 잔재들을 잡아도 그들이 협조하지 않았다는 점이었다.

그러던 차에 카리엘을 통해 계약하면서 과거의 잔재들을 통해 연구가 가능해진 것이다.

"아무래도 과거의 잔재들이 타 차원의 힘을 통해 강해질 수 있는 건 다양한 힘을 다루는 데다 미약하게나마 타 차원 게이트에서 흘러나오는 힘의 일부를 갖고 있는 것의 영향이 큰 것 같습니다."

"그렇군. 한데 궁금하네. 과거의 잔재들이 어째서 이러한 힘을 갖고 있는 거지?"

카리엘의 물음에 월크셔 공작이 잠시 고민하더니 어렵게 입을 열었다.

"아무래도 차원을 넘어오면서 얻었을 가능성이 있습니다."

지옥에 의해 강제로 튕겨 이곳으로 온 과거의 잔재들.

만약 지옥에 의해 넘어온 것이 원인이라면 타 차원의 힘이 있어야 하는 게 맞다.

'가름의 힘에 넘어간 나와는 다르다는 건가?'

가름에 의해 안정적으로 지옥에 넘어간 것과 달리 과거의 잔재들은 반쯤 강제 추방당한 것이니 지옥과 이곳을 넘나드는 과정이 불안정했을 것이다.

'어쩌면 타 차원의 힘이란 게 우주의 힘일 수도 있겠네.'

카리엘이 속으로 이런 가정을 할 때, 월크셔 공작이 다시 입을 열었다.

"그래도 한 가지 타 차원 게이트 주위로 결계를 쳐 오염 지역이 늘어나지 않도록 막을 수는 있을 것 같습니다."

"그나마 다행이네. 일단 결과가 나오는 대로 바로바로 군에게 알려."

"예! 폐하."

월크셔 공작이 고개를 숙이고 물러나자 카리엘이 작게 한숨을 쉬었다.

결국 유의미한 정보를 얻으려면 더 높은 잔재들을 만나야 했다.

"폐하."

"아, 타리온."

"이제 폐하께오서 직접 움직이지 않으셔도 될 것 같습니다."

타리온의 말에 카리엘이 고개를 갸웃거렸다.

"저희와 계약한 잔재들이 다른 존재들과 계약할 때 도움을 주기로 합의가 끝났습니다. 이미 외곽 지역에 있는 한 과거의 잔재와 무사히 계약이 끝났습니다."

"허……그거 다행이네."

혹시나 싶어서 명령을 내려 놨던 카리엘.

이왕 인간들을 돕기로 했다면 제대로 도와 달라는 말에 여유가 있는 존재들이 다른 잔재들과 얘기를 나눌 때 돕기로 했는데, 이것마저 유의미한 결과를 만들어 냈다.

"이제 우리에게 필요한 건 시간인가?"

과거의 잔재들과의 계약을 통해 타 차원 게이트의 비밀도, 그리고 미래에 일어날 전쟁에서의 유의미한 전력 확보도 가능할 터였다.

하나 제국에겐 시간이 부족했다.

타리온이 품속에서 꺼낸 또 하나의 보고서를 보면 한숨만 나왔다.

처음엔 20개도 안 되던 타 차원 게이트들이 서대륙에서만 100개가 넘게 나타나고 있었고, 이제는 실시간으로 파악하기 힘들 정도로 많아지고 있었다.

카리엘이 케찰코아틀의 제안을 거절하면서 그 역시 더 이상 결계를 유지하는 것을 포기하였기에 게이트가 급격하게

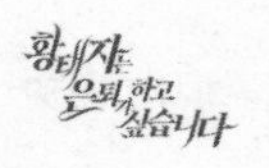

늘어나고 있는 것이다.

한쪽이 무너지니 다른 신에 가까운 존재들도 하나둘 포기하면서 이제는 게이트가 기하급수적으로 늘어났다.

문제는 그 게이트의 규모가 나중에 나타날수록 커지고 있다는 점이었다.

"전쟁이라……."

다 끝났다고 생각했던 전쟁이 다시금 시작되려 하고 있었다.

분명 게이트는 빠르게 늘어나고 있었지만 아직까지는 괜찮았다.

"충분히 관리 가능한 수준이다."

게이트에서 넘어올 존재들이 얼마나 강할지 예측할 수는 없지만 자신의 결정을 후회하지는 않았다.

발드르가 안심하고 소멸할 수 있었던 이유.

그건 지금의 수준이라면 자신이 없어도 현 인류와 세계가 버틸 수 있을 거라는 믿음이 있었을 거라 생각하기 때문이다.

"그래도 정보가 너무 부족해."

카리엘은 새삼 크게 다가오는 수르트의 빈자리에 그렇게 중얼거리며 아쉬워했다.

항상 자신에게 조언해 주던 존재가 없으니 답답해진 것이다.

"꼭 필요할 때 없어요."

카리엘이 아직까지 연락이 없는 수르트를 향해 투덜거릴 때였다.

—쯧쯧! 내가 없으니 아무것도 못하는구먼!

“어?”

갑작스럽게 나타난 작은 불덩이.

땡그란 눈이 달린 작은 불덩이가 자신을 보면서 미소를 지어 보였다.

—오랜만이다?

반갑게 인사하는 수르트를 본 카리엘이 놀란 표정으로 그를 보며 말했다.

“어디에 있었던 거야! 연락을 취한 지가 언젠데!”

—바빴어! 갑자기 타 차원에서 넘어온 놈들과 싸우느라 정신없었다.

수르트의 말에 카리엘이 놀란 표정으로 고개를 갸웃거렸다.

“뭐라고?”

—말 그대로야. 타 차원에서 넘어온 군대와 싸우느라 정신이 없었어. 후…… 방금 전까지 싸우다가 겨우 마무리 짓고 넘어온 거야.

“그게 무슨…….”

아직 서대륙을 비롯한 세계에는 타 차원에서 군대 단위로 넘어오는 자들은 없었다.

"대체 어디에 있길래……."

-무스펠헤임.

"뭐? 거긴 멸망한……."

-그래, 멸망했었지.

카리엘의 말에 수르트가 인정한다는 듯 고개를 끄덕였다.

-그런데 완전히 멸망한 건 아니더라고. 지옥과 이곳 사이에 잔해가 남아 있었어.

"아……."

-다행인지 그곳에 동족들의 잔해도 많이 남아 있었고. 뭐 덕분에 이곳으로 넘어온 수하 녀석들의 잔재들을 데리고 넘어갈 수 있었지.

그렇게 말한 수르트가 재건하기 시작한 무스펠헤임에 대해 말해 주었다.

신화시대에 멸망했다고 알려진 세계.

발드르에 의해 인간들의 세상만 간신히 남겼다고 알려졌는데, 그게 아닌 모양이었다.

-지옥으로 넘어갈 때 혹시나 했는데, 역시 맞았어.

마계가 그러했던 것처럼 멸망한 세계의 잔해는 남아 있었다.

하지만 발드르에 의해 재구축된 세계처럼 안정적이지는 못했기에 타 차원의 침공을 더 빠르게 많이 받을 수밖에 없었다.

—아마 다른 소환수 녀석들도 마찬가지일 거다.

자신의 형제를 찾으러 간 스콜이나 정령왕의 파편인 아그니 역시 멸망한 세계의 잔재로 갈 수 있었다.

이들이 이렇게 할 수 있는 이유는 딱 하나다.

카리엘을 매개 삼아 가름의 권능 일부를 빌려 올 수 있기 때문.

지옥을 넘나드는 힘은 단순한 것이 아니었다. 세계와 세계를 넘을 수 있는 고차원적 힘이었고, 이걸 통해 수르트도 무스펠의 잔해를 찾을 수 있었던 것이다.

—아마 어느 정도 마무리되면 하나둘 찾아올 거다.

"후…… 그래?"

—그래.

수르트의 말에 카리엘이 빙그레 웃으며 고개를 끄덕였다.

—아! 그리고 한 가지 선물이 있다.

"선물?"

—그래. 잠깐 들어 봤는데 과거의 잔재들을 동맹으로 삼고자 한다며?

고개를 끄덕이는 카리엘을 빤히 바라보던 수르트가 빙그레 웃으며 말했다.

—우리 종족도 돕도록 하지.

"뭐?"

—불의 거인들이 부활한 건 사실상 네 덕분이니 도와야 하지

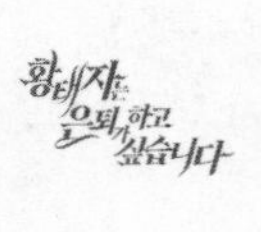

않겠어?

그렇게 말한 수르트가 쪼그마한 손을 내밀어 카리엘에게 악수를 청했다.

-우리와도 계약하자.

그의 말에 카리엘이 환한 웃음을 지으며 고개를 끄덕였다.

전쟁을 앞두고 귀중한 전력들이 확보된 셈.

그런데 이런 기쁜 상황에서 카리엘을 더 웃게 만드는 일이 한 번 더 발생했다.

수르트가 돌아온 지 얼마 되지 않아 스콜과 아그니 역시 차례차례 돌아온 것이다.

스콜 같은 경우 늑대를 비롯한 신화시대의 신수 출신의 과거의 잔재들을 이끌었다.

신이나 거인처럼 영성이 없음에도 안식에 들지 못하고 반강제적으로 깨어난 불쌍한 이들을 한데 모은 것이었다.

그 과정에서 하티의 파편들도 일부 모아 영성이 있는 동물에게 넣어 주기도 했다.

그런데 더 놀라운 건 아그니였다.

"정령계라……."

물론 정식 정령계는 아니었다.

지금이야 찾아보기 힘들다지만 여전히 정령계는 실존했고, 어딘가에는 정령을 다루는 이가 존재한다.

아그니가 모은 아이들은 온전한 정령이 아닌, 정령계에서

버려진 아이들, 혹은 반쪽짜리의 불완전한 정령들이었다.

정령의 파편으로 남아 동물에 깃들거나 식물에 깃들어 간신히 생을 유지하는 불쌍한 존재들.

그런 이들을 모아 무너진 세계의 잔해 중 하나를 골라 들어간 것이다.

"다들 놀랍네."

어느새 엄청나게 성장해 버린 소환체들을 보면서 그저 놀랍다는 감탄사만 연발하는 카리엘.

카리엘 역시 그동안 놀지 않고 꾸준히 수련해 왔지만 소환체들만큼은 아니었다.

카리엘도 소환체 없이 대전쟁 시절의 역량에 근접할 정도로 강해졌으나, 소환체들은 한 무리의 주인이 될 만큼 강해져 있었다.

이들이 다시 합류한 것만으로도 천군만마를 얻은 것 같은 기분이 들었지만, 그보다 중요한 것은 정보였다.

수트르에게 들었던 정보들과는 또 다른 것들을 알게 되면서 상황이 얼마나 심각한지를 알려 주었다.

"신이라……."

세 소환체로부터 많은 것들을 들은 후, 어째서 케찰코아틀이 귀찮음을 무릅쓰고 자신을 불렀는지 알 수 있었다.

자신이 예상했던 것 이상으로 상황은 심각했다.

"차원 전쟁이라도 벌이려는 건가?"

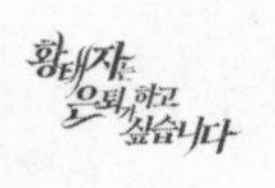

마치 이 세계를 두고 여러 신들이 전쟁을 벌이는 것 같은 느낌.

여러 차원에서 몰려드는 다양한 종족들이 세계를 갉아먹으려는 것 같다.

그런데 예상외로 수르트를 비롯한 소환체들은 별 걱정을 하지 않는 듯했다.

-어차피 신은 직접 올 수 없다.

격이 오르면서 더 많은 기억을 되찾고 알게 된 수르트가 대충이나마 어떻게 돌아가는 건지 알려 주었다.

저쪽의 신이 이쪽 세계에 직접 간섭하거나 올 수는 없었다.

그러려면 차원을 넘어야 하는데, 그럴 경우 본진이 위험할 가능성이 높기 때문이다.

신급 존재가 오지 않는다면?

어차피 물량전이다.

"확실히 수성하는 쪽이 유리하지."

-그래. 거기다 저들이 오는 루트는 한정적이다.

반드시 타 차원 게이트가 먼저 열리는 것.

그렇기에 인류를 비롯한 세계의 구성원들은 준비할 시간을 벌 수 있다.

전장으로 따지면 오는 길목도 한정되어 있고, 앞에는 거대한 성이 떡하니 버티고 있는 것이다.

한쪽은 수성, 다른 한쪽은 공성.

압도적으로 유리한 국면 속에서 걱정해야 할 건 오직 물량 뿐.

-그러니까 쫄지 마.

"안 쫄았다."

수르트의 말에 발끈한 카리엘이 그를 노려보며 말했다.

쫄았다면 갈릴 것을 감수하고서라도 신이 되었을 거다. 그러지 않고 케탈코아틀의 제안을 거절한 것은 타 차원의 침공을 인류가 한 단계 더 발전할 수 있는 계기로 삼으려는 것이었다.

"일단 정보가 얼추 모였으니 이젠 움직여야지. 너희들의 도움이 간절했어."

-오자마자 부려 먹으려는 거냐?

수르트가 어이없다는 듯 말하자 스콜과 아그니 역시 동의한다는 듯 고개를 끄덕였다.

"시간이 없잖아. 자 자! 말은 그만하고, 일단 나랑 같이 과거의 잔재들이나 설득하러 가자고."

카리엘이 그렇게 말하면서 타리온이 알아 온 정보를 바탕으로 누구누구를 설득할 것인지 우선순위를 정하기 시작했다.

그러자 수르트가 고개를 갸웃거리면서 말했다.

-굳이 어렵게 갈 필요가 있나?

"뭐?"

–이 녀석들 말이야. 쉽게 설득할 방법이 있는데?

수르트의 말에 카리엘이 고개를 갸웃거렸다.

마치 '그런 방법이 있다고?'라고 묻는 듯한 표정에 수르트가 아그니와 스콜을 바라보았다.

그러자 그들도 서로를 보며 '이걸 모른다고?'라고 묻는 듯한 표정을 지었다.

–일단 가자.

"그래."

수르트의 말에 바로 제국 외곽 지역으로 갈 채비를 한 카리엘.

돌아오자마자 또 나간다는 남편을 보러 직접 찾아온 아일라를 설득하느라 장장 1시간을 소모한 이후, 힘겹게 비공선에 오른 카리엘은 곧바로 동부로 향했다.

서대륙에서 가장 유명한 과거의 잔재.

자이언트 산맥에 묻힌 고대의 초거대 골렘과 융합한 산악거인은 과거의 잔재도, 변이 몬스터도 아닌 애매한 존재로 각성했다.

그런데 근처에 타 차원 게이트까지 열리면서 무지막지하게 성장하는 중이었다.

크기만 거의 웬만한 산은 저리가라 할 만큼 거대하며, 지진을 일으키고 용암을 터뜨리는 등의 기예까지 부릴 수 있는 막강함을 가졌다.

거기다 번식력까지 갖췄는지 산맥 부근에 산악 거인이 부쩍 늘어나 토벌도 어려운 상황.

"정말 설득할 수 있겠어?"

카리엘이 걱정스레 아그니를 바라보았다.

그러자 아그니가 걱정 말라는 듯 주먹으로 가슴을 퉁퉁 치더니 산악 거인이 있는 곳으로 쪼르르 날아갔다.

그렇게 아그니가 날아간 지 몇 시간이나 지났을까?

갑자기 거대한 산이 울리면서 산악 거인이 몸을 일으켰다.

높기로 유명한 거인의 산 중 하나가 거인으로 변하는 모습을 실시간으로 감상할 때, 거대한 거인의 눈이 카리엘을 빤히 바라보았다.

-……계……약하겠……다.

갑자기 자신과 계약하겠다는 산악 거인.

"뭘…… 한 거냐?"

카리엘의 물음에 수르트가 미소를 지으며 말했다.

-간단해. 저들도 이곳보다는 우리처럼 그들만의 세상을 구축하고 싶어 하는 거지.

이제는 거의 절멸해 버린 수많은 종족들.

과거의 잔재가 되어 부활하긴 했지만 여전히 불안정한 존재에 불과했다.

그런데 현재의 시대는 신들의 시대도 이종족의 시대도 아닌 인간들의 시대였다.

그들 입장에서는 불안할 수밖에 없는 것이다.

거기다 사실 이쪽 세계는 불편한 것이 한두 개가 아니었다.

다른 대륙이야 좀 더 낫겠지만, 이그니트 같은 경우는 촘촘한 감시망을 갖고 있었고, 특히 위험한 존재들 같은 경우 수시로 확인하기 때문에 굉장히 거슬렸다.

산악 거인 같은 경우 잠을 자거나 느릿하게 움직이며 여유를 즐기는 것을 좋아하는데, 인간들이 매번 하늘을 날아다니면서 탐색 마법을 쏘아 대니 짜증이 나는 것이다.

성질 같아선 죽여 버리고 싶지만 그럼 귀신같이 그랜드 마스터가 나타나서 자신을 박살 낼 테니 그럴 수도 없었다.

–과거의 잔재들 사이에서 너랑 그랜드 마스터들이 굉장히 유명해.

수르트의 말에 스콜이 공감한다는 듯 고개를 주억거렸다.

건들면 × 된다고 잔재들과 신수들 사이에서 쫙 퍼진 지 오래라 웬만하면 인간들을 건드리려 하지 않았다.

그렇기에 카리엘의 제안이 반가웠다.

–우리……는 저자를 따라……가고자 한……다.

"아그니를?"

산악 거인의 말에 카리엘이 가만히 아그니를 바라보았다.

같은 거인종이라 수르트를 따라가리라 생각했지만 아니었

다.

이들은 거인종보다는 정령으로 살아가는 것을 택했다. 그들의 선택을 존중한 카리엘이 가만히 아그니를 바라보자 녀석도 고개를 끄덕였다.

아직은 불안정한 곳이기에 많은 전력이 와 주면 고마운 일이다.

반면에 수르트의 입장에선 달랐다.

-아쉽네.

아쉬워하는 수르트를 보며 산안 거인에게서 태어난 몇몇 바위 거인들이 수르트에게로 다가왔다.

산악 거인과 대부분의 부하들은 아그니를 따라갔지만, 수르트를 따라가고자 하는 이들 역시 있었고, 결국 두 패로 나뉘어 가고자 하는 곳으로 가게끔 해 주었다.

그렇게 거인의 산맥에서의 일이 순조롭게 풀리자, 카리엘이 본격적으로 움직이기 시작했다.

"지금부터 투 트랙으로 움직인다."

"예! 폐하."

카리엘의 명령에 군부와 마법사들이 일제히 고개를 숙이며 대답했다.

마스터급 이상으로 평가되는 존재들은 카리엘이, 그 이하의 자잘한 존재들은 군부와 마법사가 계약하는 것으로 큰 틀을 잡고 움직였다.

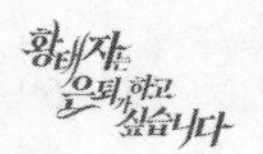

결정을 내리자마자 대륙 전역으로 흩어지기 시작하는 군부와 마법사들.

본격적으로 타 차원의 공세가 시작되기 전까지 적어도 서대륙만큼은 과거의 잔재들과 모두 협약을 끝내 놔야 했다.

사실 세리엘이나 군부대신은 계약 자체는 큰 어려움을 겪지 않으리라 생각했다.

문제는 카리엘이 담당한 것이었다.

이들은 이그니트가 정한 특급 위험종을 넘어서는 존재들.

시간만 주어진다면 신대륙의 거대한 뱀처럼 초월종이 될 가능성이 높은 녀석들이다.

그만큼 영성도, 자존심도 센 녀석들이라 쉽게 인간들과 손잡으려 하지 않을 거라 판단했다.

하지만 그런 예상과 달리 카리엘은 빠르게 계약해 나가면서 군부보다 더 빠르게 주어진 목표들을 완수하고 있었다.

"후…… 이로써 중요한 놈들은 전부 계약한 건가?"

사방이 눈으로 덮인 대지에서 평온한 표정으로 얼음 거인을 바라보던 카리엘이 혀를 차며 말했다.

"그나저나 가름 이 녀석은 답도 없네."

목표를 완수하는 데 가장 큰 역할을 했던게 다름 아닌 가름의 능력이다.

자신을 도와준 대가로 능력을 공유해 준 가름의 힘.

그것을 통해서 서대륙의 과거의 잔재들과 변이 몬스터들

과 계약을 마칠 수 있었다.

하지만 그건 그거고, 애들 다 왔는데 혼자만 오지 않는 건 괘씸했다.

"지만 바쁜가?"

―그러게.

카리엘의 말에 수르트가 동조했고, 스콜과 아그니 역시 고개를 끄덕이면서 동의했다.

그러자 갑자기 허공에 나타나는 초록 불덩이.

―실컷 능력을 가져가서 쓸 때는 언제고, 바빠서 조금 늦은 것 가지고 뭐라 하나?

가름이 한껏 인상을 찌푸리면서 등장하자 카리엘이 미소를 지으며 말했다.

"진즉에 왔으면 좋았잖아."

―바쁜데 어떡하나?

"지옥도 타 차원 게이트가 나타났어?"

카리엘의 물음에 가름이 고개를 끄덕였다.

사실 가름의 입장에서 이렇게 많은 능력을 공유하는 건 힘든 일이었다.

지옥의 일을 처리하는 것만으로도 힘에 부치는 상황인데, 카리엘과 다른 소환체들마저 힘을 빌려 가 버리니 힘들 수밖에 없는 것이다.

그럼에도 불구하고 뇌뒀던 것은 타 차원의 침공이 그만큼 심각했기 때문이다.

세계를 중심으로 곁가지처럼 뻗어 나가 있는 마계와 지옥은 타 차원 게이트에 더 취약했다.

거기다 만약 이 세계가 타 차원에 잠식되기 시작하면 지옥이나 마계는 더 큰 영향을 받아 자칫 세계 자체가 무너질 수도 있다.

중심이 되는 세계가 버텨 줘야만이 지옥도 안정을 되찾을 수 있는 것이다.

-후…… 급한 불 껐으면 이제 그만 써.

"그 말 하려고 나타난 거냐?"

카리엘의 물음에 가름이 작게 고개를 끄덕였다.

"바로 돌아갈 거냐?"

-아니.

단호하게 고개를 젓는 가름.

그동안 지옥에서 열심히 굴렀기에 휴식이 필요했다.

앞으로 타 차원의 침공이 시작되면 다시금 굴러야 할 몸이었기에 이참에 잠깐이라도 휴식기를 가질 생각이었다.

-지겨운 지옥에서 벗어나 이곳에서 휴양 좀 즐길 생각이다.

"아……."

카리엘이 황궁을 지긋지긋해하는 것처럼 가름은 지옥이 그러했다.

근무지나 다름없는 가름은 카리엘처럼 잠도 자지 않기에

24시간 내내 지옥에서 굴러 왔던 것.

그렇기에 넘어온 김에 휴식을 취하고자 했다.

-너도 얼추 할 일이 끝난 거 같은데?

"그……렇지?"

-그럼 우리와 놀아 줘야겠어.

어느새 작은 개로 변한 가름이 꼬리를 맹렬히 흔들면서 말하자 스콜과 아그니 역시 동물로 변신했다.

늑대와 여우 모양으로 변한 두 소환체가 꼬리를 살랑살랑 흔들면서 카리엘의 주변에 드러누웠다.

그러자 수르트가 그 모습을 보며 혀를 찼다.

-신수라는 놈들이…….

수르트가 옆에서 체통을 지키라고 꾸짖었지만 듣는 둥 마는 둥 하면서 카리엘의 근처에 자리 잡은 이들.

동물을 키워 본 적은 없지만 지금 보이는 모습이 놀아 달라는 것임을 눈치챈 카리엘은 황당해하다가 한숨을 쉬면서 이들을 데리고 황궁으로 돌아갔다.

그런데 나름 바쁘게 돌아다닌 카리엘이 침을 꿀꺽 삼키면서 황궁에 진입하자 자신의 복귀 소식을 들은 아일라가 기다리고 있었다.

'됐졌다.'

신혼임에도 불구하고 밖으로만 나도는 남편.

어떤 여인이 이러한 남편을 좋아할까.

자신도 모르게 침을 꿀꺽 삼키면서 잔소리를 들을 각오를 한 카리엘.

그러나 그의 그런 각오가 무색하게 아일라의 표정은 환해졌다.

"어머~!"

아일라에게 애교를 부리는 소환체들.

그 중심에는 가름이 있었다.

끼잉~.

멍멍!

왈! 왈!

세 소환체들의 애교에 싸늘했던 아일라의 눈빛이 사르르 녹아내리는 것을 본 카리엘이 멍하니 그 모습을 지켜보았다.

'살았나?'

10시간짜리 잔소리를 들을 각오를 했던 카리엘이 살았다는 표정과 함께 수르트를 바라보았다.

수르트는 그런 카리엘의 표정을 보고 재밌다는 듯 웃었다.

그러나 그렇게 황후의 분노를 잠재워 기뻐한 것도 잠시뿐이었다. 다음 날 아침이 되자마자 타리온이 급보를 들고 황제의 궁을 찾았기 때문이다.

외전 7. 타 차원의 침공?

소환체들에 의해 황후의 분노를 잠재운 후, 그날 저녁 내내 황후의 곁에 있으면서 화를 풀어 주었다.

그날 밤 속으로 한 달이나 두 달 정도는 신혼 생활을 즐기게 해 달라고, 이제는 사라져 버린 신에게 처음으로 빌어 봤다. 하지만 신은 사라졌다는 것이 바로 다음 날 증명되고 말았다.

"꼭 오늘 보고했어야 했어?"

카리엘의 물음에 타리온이 슬쩍 옆으로 눈을 돌리면서 식은땀을 흘렸다.

다음 날 아침 황제의 궁으로 황후와 같이 온 카리엘이 정원을 거닐고 있었으나, 다급한 일이라며 찾아온 타리온에 의해 간신히 풀린 아일라의 기분은 다시금 바닥까지 가라앉기 시작했다.

"……송구합니다."

황후의 표정을 본 타리온이 쥐구멍을 들어가는 목소리로 간신히 말했다.

멀리서 카리엘을 바라보는 황후의 표정은 '내가 왜 이 남자랑 왜 결혼했을까?' 같은 속마음이 들리는 것 같은 착각이 들 정도로 식어 있었다.

남편이란 놈이 신혼여행 도중에 튀지를 않나, 돌아와서는 신혼 생활을 즐겨 보려고 하면 허구한 날 황궁 밖으로 나가 버리는 게 일상이 되었기 때문이다.

'빨리 보고하고 꺼져.'

카리엘의 입 모양을 본 타리온이 다급히 보고서를 건네면서 말했다.

"남쪽 지방에서 초대형 게이트가 생성되었습니다."

타리온의 보고에 카리엘의 표정이 굳어졌다.

"얼마나 크지?"

"마왕이 강림했을 때만큼 큽니다."

그의 말에 카리엘이 입술을 깨물었다.

고작 한 달.

그 정도만 쉬어 보겠다는데, 이놈의 운명이란 놈이 그걸 못 기다려 주고 기어이 일을 저질러 버렸다.

"……대신들 소집해."

"예."

카리엘의 명령을 들은 타리온이 다급히 사라졌다. 그가 사라지기까지 기다려 주었던 아일라가 조용히 카리엘의 옆으로 다가왔다.

"심각한 일이에요?"

"어쩌면?"

그렇게 말한 카리엘이 아일라의 양쪽 어깨를 붙잡으며 말했다.

"최악의 상황을 가정해야 될 수도 있어."

"……그 정도예요?"

아일라의 물음에 카리엘이 고개를 끄덕였다.

"마왕급 게이트가 나타났어."

"아……."

대전쟁 시절 카리엘이 마왕과 얼마나 치열한 사투를 벌였는지 잘 알기에 아일라의 눈가가 떨리기 시작했다.

"만약을 대비해야 할지도 몰라."

심각한 표정으로 말하는 카리엘을 보면서 아일라가 무겁게 고개를 끄덕였다.

밖으로 나도는 남편에 대한 작은 미움 따위는 어느새 사라져 있었다.

"만약 최악의 상황이 온다면 안전한 곳으로 피신해야 할지도 몰라. 마음의 준비는 하고 있어.”
카리엘의 말에 아일라는 눈동자가 떨렸으나 작게 고개를 끄덕일 수밖에 없었다.
다른 이들과 달리 아일라는 약했다.
그렇기에 짐이 되지 않으려면 먼저 피신하는 게 맞았다.
“저녁에라도 들를게.”
“……네.”
작게 고개를 끄덕인 아일라를 뒤로하고 대전으로 향하는 카리엘.
그러자 침묵하고 있던 수르트가 나타나 나직이 말했다.
-거짓말 잘한다?
“거짓은 아니지.”
수르트의 말에 반박하는 카리엘.
실제로 마왕급 게이트라면 언제라도 수도를 공격할 수 있음을 염두에 두어야 했다.
분명 신에 가까웠던 마왕은 두려운 존재인 건 맞았다.
하지만 대전생 시절만큼 어려울까?
-쯧쯧! 지금의 이그니트라면 굳이 네가 가지 않아도 알아서 잘 막을걸.
수르트의 말에 반박하지 않은 채 미소만 짓는 카리엘.
어쩌면 글렌이나 시카리오 후작이 투입되지 않아도 막을 수 있을지 모른다.

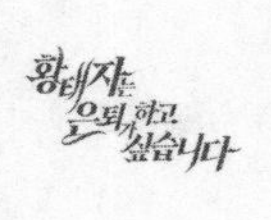

바로 오늘 같은 날을 위해 과거의 잔재들과 계약을 했으니, 이들과 이그니트의 주력군이라면 막고도 남을 것이다.

"뭐…… 그러긴 하겠지만 혹시나라는 게 있잖아."

결국 인정한 카리엘은 웃으면서 대전으로 향했다.

잠시 후 대전에 도착한 카리엘은 가장 높은 의자에 앉았다.

"모두 들었다시피 결국 예상했던 일이 발생했다."

카리엘의 말에 모두가 심각한 표정으로 고개를 끄덕였다.

"세리엘, 대비는 어떻게 하고 있지?"

"일단 남부군 대부분을 게이트에 집중시켜 놓았습니다."

"계약한 잔재들은?"

"남부 지방에 한해서 집결 중입니다."

세리엘의 조치에 만족한 표정으로 고개를 끄덕인 카리엘이 루피엘을 보며 말했다.

"루피엘."

"예! 폐하."

"넌 지금부터 나를 대신해 모든 집무를 대신한다."

"예? 하오나 폐하……."

루피엘이 놀란 표정으로 카리엘을 보았다.

그러나 장난기라고는 한 점 없는 표정을 짓고 있는 카리엘을 보면서 입을 더 열지 못했다.

"이건 시작에 불과해. 얼마나 더 많은 게이트가 나올지 알 수 없어."

"……."

"나와 글렌, 시카리오 후작은 지금부터 만약의 상황을 대비해 대기할 거다. 그러니 세리엘."

"예! 폐하."

"타리온과 함께 최대한 정보를 모아서 상황에 맞게 우리를 사용해라."

자신을 사용하라고 말하는 카리엘을 보면서 세리엘의 눈이 커졌다.

그리고 그건 루피엘을 비롯한 모든 대신들 역시 마찬가지였다.

"지금부터 날 황제가 아닌 일개 마스터급 존재라고 생각해."

"하오나……."

"이것저것 따질 때가 아니야."

카리엘의 말에도 세리엘은 쉽사리 대답하지 못했다.

제국의 황제, 그것도 신으로 추앙받는 존재를 함부로 움직였다간 제국민들한테 몰매 맞을 각이었기 때문이다.

"최대한 빨리 서대륙을 안정화해야 해."

그의 말에 다른 이들이 작게 고개를 끄덕였다.

동대륙에서도 이그니트처럼 다수의 잔재들과 계약을 시도하면서 타 차원의 침공을 대비하고 있으나, 전력이 너무 달렸다.

최근 들어 이그니트로부터 최신 무기를 사들이고 있다고는 하지만 지금처럼 거대한 게이트가 열린다면 속절없이 밀릴 가능성도 배제할 수 없었다.

"본진을 안정화한 이후 대륙 전역의 게이트를 우리의 통제하에 둔다."

카리엘이 최종 목표를 말하자 대신들이 침을 꿀꺽 삼키면서 고개를 숙였다.

본진인 이그니트부터 안정화한 이후 대륙 전체를 통제하에 두면서 남부 섬과 신대륙까지 영향력을 뻗칠 생각이었다.

"내가 전에 말했었지, 타 차원의 침공을 전쟁이 아닌 인류가 한 단계 발전하는 밑거름으로 사용하자고."

그렇게 말한 카리엘이 루피엘과 세리엘을 바라보았다.

"해 보자. 어떤 차원이라도 감히 넘볼 수 없는 강력한 세계. 그것을 만드는 거다."

이미 대륙 최강을 넘어 세계 최강의 국가가 된 이그니트.

모든 것을 이뤄 냈다고 생각했지만 타 차원의 침공으로 인해 반강제적으로 다음 목표가 만들어졌다.

세계를 지키고, 누구도 넘볼 수 없는 차원이 되는 것.

신이 없어도 세계를 지킬 수 있다는 것을 보여 주는 것.

"할 수 있겠어?"

"예!"

"네!"

두 동생들의 대답에 빙그레 미소를 지은 카리엘이 고개를 끄덕였다.

"다들 짐이 없어도 잘할 수 있을 거라 믿는다."

그렇게 말한 카리엘이 황좌에서 일어나 아래로 내려왔다. 스스로 전쟁 기간 동안만큼은 황제가 아닌 일개 무인으로 지내겠다는 것을 몸으로 보인 것이다.

그것을 본 루피엘과 세리엘이 작게 고개를 숙인 이후 황좌 양옆에 섰다.

대전쟁 때 그러했던 것처럼 내실은 루피엘, 전쟁은 세리엘이 주관하면서 타 차원의 침공을 본격적으로 막아 낼 준비를 했다.

대신들을 이끌면서 타 차원 침공에 관한 세부 사항들을 의논하는 루피엘과 세리엘.

그렇게 가장 시급한 것들을 정리한 후, 루피엘이 마지막 의제를 말했다.

"특급 게이트로 판별되는 것을 막기 위한 전담 팀을 만들 생각이오."

말을 멈춘 루피엘이 앞에 선 카리엘과 두 명의 그랜드 마스터들을 바라보았다.

"앞에 있는 이 세 분을 중심으로 팀을 만들 것이며, 이들은 가장 위험한 전장에 투입될 것이오."

가장 드높은 경지에 오른 자가 가장 위험한 전장에 들어가는 것.

다른 나라였으면 마지막까지 아꼈을 전력을 최선전에 투입해 조기에 적들의 예봉을 꺾어 버릴 생각인 것이다.

암흑기 시절 마스터들을 아끼기 위해 적국과 마적 떼가 국경선을 더럽히는 것조차 묵인했던 이그니트.

다시는 그러한 시절을 겪지 않기 위해서 이그니트는 변했다.

가장 높은 자가 헌신하게 하기 위해서 제국의 마스터급 이상의 전력은 언제나 선봉에 서서 활약했다.

그리고 그러한 분위기를 만든 것이 바로 카리엘이다.

황제의 신분으로 언제나 위험한 전장을 가리지 않고 움직였던 그.

그런 그가 이번에도 제국민을 위해 가장 위험한 전장으로 가고자 했다.

"특급 게이트 전담반은 그랜드 마스터급 이상으로 구성될 것이며, 이는 제국의 가장 명예로운 단체가 될 것이오."

대신들은 물론이고, 제국의 어떠한 단체보다 명예로운 곳.

과거 초대 황제 시절 건국을 도왔던 영웅들이 모였던 조직.

바로 그 조직을 부활시키고자 함임을 대전에 모인 모든 이들이 깨달았다.

"소신은 이를 '원탁'이라 부르고자 합니다."

카리엘에게 허락을 구하는 루피엘.

그런 그의 표정을 본 카리엘이 피식 웃으면서 고개를 끄덕였다.

초대 황제 때 만들어지고 대를 거듭하며 썩어 버린 조직이기에 자연스레 사라진 원탁.

그것이 더 명예로운 조직으로 부활하는 순간이었다.

"짐의 직권으로 원탁의 부활을 허하겠다."

공식적으로 원탁의 부활을 선언한 순간, 대전 안에 모인 모든 이들이 박수를 보냈다.

또한 대전에 모인 마스터들이 카리엘을 비롯한 그랜드 마스터들을 바라보며 부러움의 눈빛을 보았다.

조건은 간단했다.

"원탁의 조건은 오직 무력. 들어오고자 한다면 벽을 넘어라."

단순한 조건을 만든 카리엘이 내무대신을 바라보며 말했다.

"원탁의 궁을 다시 개방한다. 준비하도록."

"명을 받듭니다."

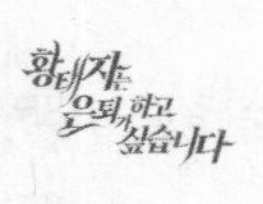

내무대신이 고개를 숙이면서 대전 밖으로 나서자 시종들이 뒤따라 나섰다.

오랜 시간 폐쇄되면서 더러워지고 낡은 건물을 다시 부활시켜야 했기 때문이다.

그렇게 제국에서 가장 명예로운 기관의 부활과 함께 본격적으로 타 차원의 침공을 막기 위한 전쟁이 시작되었다.

※

-타 차원의 침공! 예견되었던 일이 발생하다!

이제는 일반 제국민들마저 볼 정도로 많은 게이트가 만들어지기 시작하자 제국은 숨기지 않고 솔직하게 모든 것을 발표했다.

-타 차원의 침공이 시작되었다.

어쩌면 대전쟁보다 끔찍할 수도 있는 전쟁이 발발하고야 말았다.

"대전쟁이 끝난 지 얼마나 되었다고……."

"이번엔 버틸 수 있을까?"

멸망의 위기에서 벗어난 지 얼마 되지 않은 많은 사람들이 걱정 어린 표정으로 신문을 읽었다.

대전쟁 때 희생된 사람이 몇 명이던가.

또한 전쟁 기간 동안 그들이 겪은 고통이 얼마던가.

그 고통이 완전히 가시기도 전에 타 차원 침공이라는 세계 규모의 위기가 발생해 버렸다.

그러나 신기하게도 이그니트는 타 차원의 침공에 큰 위기를 겪지 않았다.

-남부에 나타난 거대한 게이트!

-제국 서부 해안에 만들어진 게이트. 물류에 차질을 빚어!

-동부 철도 인근에 게이트 발생!

분명 신문으로는 여기저기서 위험 등급의 게이트들이 마구잡이로 만들어지고 있었다.

그러나 제국민들은 크게 체감하지 못했다.

"서부 23개 게이트 봉쇄 완료했습니다."

"좋아."

서부에 나타난 수십 개의 게이트를 봉쇄한 세리엘이 눈을 빛냈다.

아슬아슬하긴 하지만 제국은 서대륙에 나타난 게이트들을 전부 파악해 완벽에 가깝게 봉쇄하고 있었다.

그렇기에 제국민들은 전쟁하고 있는 건지 아닌지 쉬이 가늠할 수가 없었다.

그래서 개중에는 어쩌면 게이트란 게 별로 위험하지 않을지도 모른다는 생각까지 하는 이들도 있었다.

그러나 이 생각이 바뀌기까지는 그리 오랜 시간이 필요하지 않았다.

-동대륙 2개 군단! 특급 게이트에 의해 패전!

동대륙의 연합군이 패퇴했다는 소식이 전 세계에 퍼지면서 얼마 뒤 신대륙과 남쪽 섬에서도 패퇴 소식이 들려오기 시작했다.

이그니트가 완벽하게 막는다는 소식에 방심했던 이들이 연이어 패전하면서 타 차원 침공의 위험성을 그들 스스로 증명해 버리고 말았다.

-우리는 이그니트가 아니다!

-연이은 패전으로 인해 알게된 이그니트의 위엄!

-세계 최강국은 다르다!

타 차원의 침공이 얼마나 위험한지 체감하지 못했던 제국민들.

그들은 타국에서 보낸 영상들을 보면서 알 수 있었다.

"이그니트가 강한 것이었구나."

"허…… 미쳤군."

타국에서 보내온 영상들은 제각기 달랐다.

동대륙만 하더라도 게이트마다 나타나는 개체들은 전부 달랐다.

어떤 게이트는 산만큼 거대한 개체들만 튀어나오는 곳도 있었고, 어떤 이들은 이그니트조차 넘어서는 과학기술을 통한 강력한 군대가 몰려오기도 했다.

어떤 곳은 정령처럼 영체들로 이루어진 군단이 나왔다.

뚜렷한 특징이 없이 제각기 다른 군대가 몰려오니 동대륙이나 다른 대륙 입장에서도 대응하기 어려운 게 당연했다.

하지만 이그니트는 달랐다.

쿠우웅!

-남은 이들은 맡기지.

-예! 폐하.

강력한 화염으로 특급 게이트에서 몰려오는 수많은 군대들을 모조리 쓸어 버린 카리엘이 지휘관에게 남은 걸 맡기고 곧장 다른 곳으로 향하는 모습.

"압도적이네."

"그러게."

동대륙을 비롯한 타 국가의 영상들을 보면 마스터급이

있다고 하더라고 군대를 이용해 겨우겨우 막아 내는 모습이었다.

하지만 카리엘은 달랐다.

홀로 앞장선 채 화염의 폭풍을 만들어면서 적들을 재로 만들어 버렸다.

특급 게이트의 경우는 어떨까.

그랜드 마스터급에 가까운 괴물들이 하나둘 나타나자 제국민들은 혹시나 카리엘이 위험하지는 않을까 걱정했다.

동대륙을 3개 군단을 패퇴시킨 거대한 용이나, 모든 것을 녹이는 거대한 파리, 하늘에서 수천개의 거대한 다리를 뻗어 모든 것을 먹어 치우는 탐식의 괴물등 특급이라 칭해지는 괴물들을 타 국가는 감당하지 못하고 그들이 자리 잡는 것을 지켜볼 수밖에 없었다.

-슬슬 나설 때가 되었군.

카리엘이 그렇게 중얼거리는 순간, 모든 것을 녹이는 산성액을 뿜어내는 벌레의 위로 거대한 불의 거인이 떨어졌다.

그리고 그것이 끝이었다.

대전쟁 시절을 함께했던 다른 소환체를 소환하지 않고 오직 수르트 하나만으로 특급 게이트의 위험종을 처리할 정도로 막강한 힘.

그리고 그건 글렌과 시카리오 후작 역시 마찬가지였다.

특수한 힘을 사용하며 제국군을 농락하던 뿔달린 악마같

은 놈을 공간을 갈라 버리며 두 조각을 낸 글렌.

하늘까지 닿은 괴생명체를 주변을 까맣게 물들일 정도로 수많은 분신을 만들어 내며 가루로 만들어 버리는 시카리오 후작.

"저분들은 신인가?"

가히 신이라 불릴 정도로 강력한 힘에 모두가 경악했다.

카리엘과 두 그랜드 마스터의 활약을 본 제국민들은 그제야 알 수 있었다.

어째서 사라진 원탁이 부활할 수 있었는지.

신의 반열에 오른 것 같은 압도적인 힘을 가진 이들은 초대황제의 영웅들 그 이상의 힘을 갖고 있었다.

원탁을 중심으로 막아 내는 이그니트.

하지만 제국의 힘은 이게 전부가 아니었다.

-신수를 중심으로 만들어진 촘촘한 게이트 방어선!

공영 신문에 실린 서대륙의 전도.

곳곳에 찍힌 검은점과 붉은 점은 현재 서대륙에 있는 게이트와 신수들이 머무는 곳을 표시하고 있었다.

신대륙보다 훨씬 강한 개체들이 많았던 서대륙의 거의 대부분의 존재들과 계약을 맺은 터라, 곳곳에서 해당 지역을 담당하는 잔재들이 등장해 게이트를 막아 주었다.

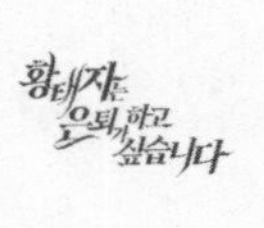

특급 게이트 이상 - 원탁.

위험 게이트 - 신수 및 과거의 잔재.

그 이하 - 이그니트의 특별군.

위험도에 따라 세분화한 제국군은 서대륙 곳곳을 누비면서 게이트들의 위험도를 파악했다.

그러다 보니 수많은 게이트를 막아 낼 수 있었고 여유가 생기다 보니 게이트를 연구도 할 수 있게 되었다.

이미 사전에 신수들과 과거의 잔재들의 도움을 받아 연구를 진행하고 있던 제국은 좀 더 확실하게 게이트에 대해 파악할 수 있었다.

그리고 마침내 월크셔 공작을 중심으로 한 연구진이 게이트를 반영구적으로 봉쇄할 수 있는 방법을 찾아냈다.

"한번 게이트가 나타난 지역은 반영구적으로 봉쇄할 수 있습니다."

월크셔 공작의 발표에 대신들은 환호했다.

그동안 산발적으로 일어난 게이트 때문에 야근을 밥 먹듯이 했었기에 대신들과 관료들이 눈물을 흘리면서 연신 '살았다!'라고 외쳤다.

그런데 연구 결과는 이것뿐만이 아니었다.

-제국 게이트 전담 연구진! 마침내 게이트 발생 조건을 갖춘 지역

을 사전에 발견할 수 있는 방법을 찾았다!

이것은 산발적으로 나타나는 게이트들을 좀 더 확실히 정리할 수 있는 계기가 되었다.

그리고 게이트들의 생성 조건이 갖춰진 지역도 찾아낼 수 있었다.

게이트에 대한 연구가 진행될수록 제국은 좀 더 안정적으로 방어망을 구축할 수 있었고, 그것은 곧 제국에 '여유'라는 것을 가져다주게 되었다.

제국의 여유를 보여 주는 단적인 예가 있었다.

-3급 이하 게이트, 용병 및 민간단체에 판매한다!

게이트를 민간단체한테 판매하는 것.

막는 것을 넘어서 넘어오는 적들을 죽여 그 부산물을 판매할 수 있도록 허용하는 법안이 만들어진 것이다.

이 법안을 제안한 게 바로 카리엘이었다.

이제까지는 그저 죽여야 할 대상으로 보았던 게이트.

하지만 타 차원에서 넘어오는 존재들 중에 쓸 만한 부산물을 가진 존재들이 많았다.

강철보다 강한 뿔, 마석보다 강한 힘을 품고 있는 심장이나 내단, 탄력성을 지닌 가죽 등 가공해서 사용하면 쓸 만한

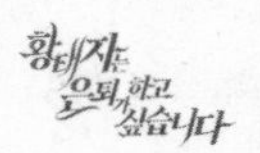

자원들이 많았다.

그렇기에 카리엘은 게이트를 완전히 닫지 않고, 쓸 만한 곳은 민간단체에 판매하는 것을 허용한 것이다.

-세계 최초로 게이트를 판매한 제국!

-게이트마저 완전히 컨트롤할 수 있다는 제국의 자신감.

게이트를 상업적으로 이용하기까지 하는 제국을 보면서 부러워하는 타국민들.

그들은 대전쟁 시절처럼 방어선을 구축하고 게이트를 방어하는 게 전부였기에 부러울 수밖에 없었던 것이다.

"폐하, 이제 서대륙은 안정기에 접어든 것 같습니다. 비상 경계 태세 정도는 푸는 것도 나쁘지 않을 것 같습니다."

"아직 완전하지는 않은 것 같은데?"

세리엘의 보고에 카리엘이 갸우뚱하면서 지도를 바라보았다.

서대륙 전도에 꽂혀 있는 보라색 깃발들.

그곳은 특급 게이트를 넘어선 곳들이었다.

처음 마왕급 게이트라고 판명된 곳과 비슷한 게이트들.

이 게이트들에선 아직 그 어떠한 개체도 나오지 않고 있었다.

그렇기에 더 위험했다.

"어쩌면 신적인 존재가 나올지도 모르니 경계를 늦추지 말라고 해."

"예! 폐하."

카리엘의 명령에 고개를 숙인 세리엘.

"하지만 병력을 놀릴 수도 없겠지."

"하오시면……."

"남는 병력은 용돈벌이 좀 할 수 있도록 해 줘."

용돈 벌이라는 말에 고개를 갸웃거리는 세리엘.

"타국에 가서 용병으로 뛰어 주는 거지."

"아!"

"겸사겸사 우리 용병들이 처리한 게이트의 권리권도 가져오면 좋고."

"대신들과 의논해 보겠습니다."

세리엘의 말에 고개를 끄덕인 카리엘은 그를 보내고 나서 한숨을 쉬었다.

제국은 예상했던 것보다 훨씬 잘해 주고 있었다.

완벽에 가깝게 게이트를 막아 내고 빠른 시일 내에 제국의 상황을 안정시켰다.

그럼에도 불구하고 고민스러운 것은 바로 고위험 등급 게이트 때문이었다.

보라색 깃발도 위험하지만 그건 약과였다.

북쪽 설원에 꽂힌 회색 깃발.

"마왕급보다 위험할 거라 추정한다라……."

아직 제국의 게이트에 대한 연구가 완벽하진 않아서 확신할 수는 없었다.

그렇기에 월크셔 공작이 직접 설원까지 찾아가 분석했고, 그 결과 보라색 깃발의 게이트보다 위험할 가능성이 높다는 결론에 도달했다.

"후…… 짜증 나는군."

차라리 빨리 나오는 게 낫지. 이렇게 사람을 기다리게 만들면 더 초조해지는 법이다.

보라색 깃발의 게이트도, 회색 깃발의 게이트도 아직 그 어떠한 존재도 나오질 않으니 초조할 수밖에 없었다.

기존의 게이트들이 늦어도 한 달 이내에는 군대가 나왔던 것을 생각해 볼 때, 이 게이트들도 그러할 거라 생각했지만 몇 달이 지나도록 주변만 오염시킬 뿐, 잠잠했다.

그러다 보니 자연스레 원탁 역시 수도에 묶인 채 언제든 나갈 수 있도록 대기하는 시간이 길어졌다.

-측정 불가의 게이트. 과연 언제쯤 터질까.

세계에서 가장 위험한 게이트가 존재하는 서대륙.

하지만 1년이 지나도록 측정 불가의 게이트에선 어떠한 움직임도 없었다.

"오늘도 노시는군요."

원탁을 찾은 루피엘이 부럽다는 듯 카리엘을 바라보았다.

"노는 거라니. 얼마 전에 위험 등급의 게이트 처리해 줬잖아."

"차라리 저도 그러고 싶습니다."

다크서클로 가득한 루피엘이 초췌한 표정으로 한숨을 쉬었다.

"조금이라도 도와주십쇼!"

"야! 황후가 임신했는데 어떻게?"

측정 불가 게이트 때문에 대기하는 시간이 길어진 원탁.

남들 바쁜 시간에 마냥 쉬기만 한 것이 눈치가 보여선지 고위험 등급이 있으면 나가서 해결해 주고는 했으나, 그럼에도 불구하고 여유가 있었다.

그러다 보니 카리엘도 아일라와 같이 있는 시간이 많아졌고 마침내! 그 결실이 맺어졌다.

-마침내 임신하신 황후마마! 차기 황제의 탄생이 머지않았다!

불과 얼마 전에 발표된 아일라의 임신 소식!

그러다 보니 카리엘은 원탁의 임무마저 내려놓고 오로지 황후를 살피는 데만 모든 것을 집중하고 있었다.

"아니 시녀들한테 맡기면 되지 않습니까."

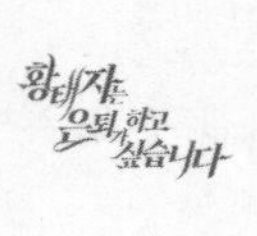

"내가 직접 하는 게 몸에 좋다잖아."

몸을 따뜻하게 매번 아일라의 몸에 화기를 주입해 주고 하루에 세 번 축복을 내려주는 등, 지극정성으로 아일라를 돕고 있었다.

"임신 초기는 중요하댔어!"

"하……."

"한 달만 버텨. 그 이후엔 도와줄게."

대놓고 한 달간 쉬겠다고 말하는 카리엘을 보며 루피엘은 한숨을 쉬었다.

그다음은 세리엘이었다.

군부의 모든 일을 처리하다 보니 그 역시 죽을 맛이었다.

"형님, 정말 너무한 거 아닙니까?"

"그 말, 아일라한테 가서 해 봐. 허락하면 도와줄게."

카리엘의 말에 세리엘이 입을 꾹 다문 채 한숨만 푹푹 쉬었다.

"일이라도 벌리지 말지."

"뭐, 인마?"

혼잣말로 중얼거리면서 나가는 세리엘을 보면서 뒤늦게 분노하는 카리엘.

하지만 이미 세리엘은 떠나고 없었다.

-지독한 놈. 동생들이 불쌍하지도 않냐?

"그동안 개고생은 내가 다 했어!"

—쯧쯧! 언젠가 큰코다칠 거다.

아일라의 임신과 원탁을 핑계로 몇 달간 놀고 있는 카리엘.

세리엘의 말처럼 일이라도 벌리지 않았으면 모르겠으나, 그것도 아니었다.

카리엘이 초창기에 구상했던 것처럼 서대륙이 안정화되면서 이그니트의 전력을 타 대륙에도 파견하기 시작했기 때문이다.

그로 인해 밀려가던 전선들이 복구되면서 동시에 게이트들도 빠르게 클리어되기 시작했다.

무엇보다 고무적인 것은 각종 게이트들을 클리어하면서 세계의 기술 수준이 빠르게 상승하고 있다는 점이다.

그런데 왜 아직도 이렇게 힘들어하느냐?

인류의 수준이 높아질수록 게이트의 수준 역시 높아지고 있었기 때문이다.

-게이트는 더 이상 위험하기만 한 존재가 아니다!

-인류를 발전시킬 존재! 게이트!

-이제는 타 차원 존재들과의 거래를 생각해 볼 때도 되었다!

이그니트의 안전으로 인해 만들어진 게이트의 상업적 이용.

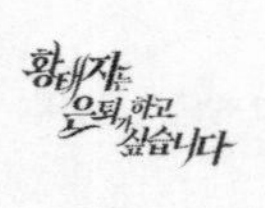

하지만 아직까지는 갈 길이 멀었다.

오랫동안 클리어하지 못한 게이트들은 점차 넓어지면서 더 많은 군대, 더 높은 수준의 괴물들이 몰려들었고, 그로인해 이그니트를 제외한 세계는 아직도 혼란에 빠져 있었다.

세계에서 유일하게 안전한 대륙이라 불리는 서대륙.

그러나 그 안전이 서서히 흔들리기 시작했다.

“폐하.”

“무슨 일이야!”

갑작스레 찾아온 타리온을 보며 묻는 카리엘.

“측정 불가 게이트가 움직이기 시작했습니다.”

타리온의 말에 놀란 표정을 지은 카리엘.

동시에 옆에 있던 수르트가 말했다.

-꿀 빠는 시간은 다 끝났군.

측정 불가 게이트가 요동치기 시작한 여파는 굉장히 컸다.

“폐하! 게이트들이 연쇄적으로 이상 반응을 보이고 있사옵니다!”

“크…… 큰일 났사옵니다! 보랏빛 게이트들이 힘을 내뿜고 있사옵니다. 이대로 놔뒀다간 주변 지역을 죄다 오염시켜 버릴 것 같습니다!”

회색빛 게이트의 움직임이 시작된 순간 보랏빛 게이트 역시 반응을 보이기 시작했다.

문제는 그게 시작이라는 것이다.

게이트 예상 지점으로 보이는 곳에 한꺼번에 게이트가 생성되기 시작한 것이다.

동시에 봉쇄되어 가던 게이트 역시 다시금 타 차원의 존재들이 넘어오기 시작했다.

“전쟁은 지금부터라는 건가?”

카리엘이 그렇게 중얼거리면서 한숨을 쉬었다.

이대로 안정적으로 타 차원의 자원들만 빼먹을 수 있다면 좋으련만.

신들이 그걸 가만히 놔둘 리가 없었다.

-신이 없는 세계.

카리엘이 개인적으로 구상하고 있는 목표를 담은 책.

신에 의해 운명이 종속되는 세계가 아닌, 오직 자신들의 의지만으로 모든 것을 개척할 수 있는 세계.

그것이 카리엘이 꿈꾸는 세계였다.

케찰코아틀의 제안을 거절할 것도 바로 이 때문이었다.

‘인류는 이겨 낼 수 있다.’

버텨 내는 것이 아닌 이겨 내는 것.

생존을 넘어서 타 차원마저 압도하는 힘을 구축하는 것.

어쩌면 발드르는 이런 카리엘의 마음을 읽었기에 안심하고 소멸을 택한 것일 수도 있었다.

"지금부터 비상 체제로 전환한다. 제국민들에게 지금 즉시 모든 사실을 알리도록."

"예! 폐하."

카리엘의 명령에 모든 이들이 고개를 숙여 대답했다.

어차피 내정은 루피엘, 군권은 세리엘에게 맡겨 두었으니 동생 놈들이 알아서 할 터.

자신은 원탁의 구성원답게 측정 불가의 게이트만 신경 쓰면 되었다.

"회색빛이라……."

-떨리냐?

수르트의 물음에 카리엘이 쓴웃음을 지었다.

떨리냐고 묻는다면 당연하다고 답할 수밖에 없었다.

어쩌면 진짜로 신급 존재가 나타날 수도 있고, 그게 누구든 홀로 상대해야 하는 상황.

본래의 계획대로라면 글렌과 시카리오 후작이 같이 상대했겠지만, 보랏빛 게이트들까지 폭주할 위험이 있는 관계로 그 둘에게는 보랏빛 게이트들을 맡겨야 했다.

"글렌 공과 시카리오 공은 보랏빛 게이트들을 맡아 주시오."

"폐하."

"아니 되옵니다."

카리엘의 명령에 글렌과 시카리오 후작이 곧바로 반대의

사를 표명했다.

그리고 그건 세리엘 역시 마찬가지였다.

"아니 됩니다! 형님 홀로 게이트를 막겠다니요! 절대 안 됩니다!"

세리엘의 강력한 반대에 시카리오 후작도 말을 얹었다.

"홀로 회색빛 게이트를 막는 건 너무 위험하옵니다. 보랏빛 게이트들은 이그니트 군대가 막아 보겠사오니 회색빛 게이트에 힘을 모으시는 것이……."

"신대륙의 거대한 뱀처럼 강대한 존재가 나타난다면…… 이그니트의 군대로 막을 수 있다 보시오?"

카리엘의 물음에 시카리오 후작이 다물렸다.

그건 글렌 역시 마찬가지였다.

셋이 힘을 합친다면 모를까, 단독으로는 장담은커녕 버티기도 어려운 괴물.

보랏빛 게이트에서 그러한 괴물이 나타난다면 이그니트의 군대로는 절대 막을 수 없을 것이다.

무엇보다 보랏빛 게이트에서 그런 존재 딱 하나만 나온다는 보장도 없었다. 다수의 존재들과 함께 나타난다면 그랜드 마스터과 군대가 힘을 합쳐 막아야만 했다.

"하오나 폐하."

"안전한 전장만 돌아다니기 위해 원탁의 구성원이 된 것이 아니오."

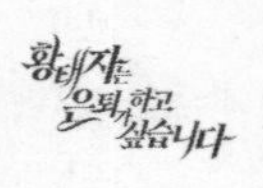

걱정 어린 글렌의 말을 자르면서 대답한 카리엘.

어느새 그의 곁에는 네 명의 소환체들이 작은 모습으로 나타났다.

동시에 묘한 힘을 발산하는 작은 소환체들.

분명 힘의 파장은 미약했으나, 글렌과 시카리오 후작의 표정은 단번에 굳어졌다.

갑자기 굳어진 그들의 표정에 세리엘이 고개를 갸웃거렸다.

차기 마스터 후보이자 마스터의 경지를 코앞에 두고 있는 세리엘조차 느끼지 못한 힘.

"……폐하."

"……."

두 그랜드 마스터가 놀란 표정으로 멍하니 서 있자 그런 그들을 보며 카리엘이 미소와 함께 말했다.

"그동안 놀고만 있던 건 아니오."

"이건……."

"짐이 찾은 다음 단계의 해답이오."

카리엘의 말에 글렌과 시카리오 후작이 침을 꿀꺽 삼키면서 멍하니 자신들의 황제를 바라보았다.

"아직 이 길이 완벽하진 않다고 보오. 어쩌면 틀린 길일 수도 있겠지. 하지만……."

지지부진하던 카리엘의 성장이 다시금 성장세를 보이고

있다.

이것이 중요했다.

이것이 틀린 길이라 하더라도 지금 당장에는 성장이 필요한 법.

서대륙에 있는 주요 잔재들과 변이 몬스터들과 계약하면서 카리엘은 막혀 있던 길을 뚫어 냈다.

카리엘은 애초에 마왕처럼 스스로의 강함으로 성장을 이룬 것이 아니다.

발드르가 부여한 힘과 그것을 바탕으로 소환체들과 계약하면서 점점 성장해 왔다.

그리고 최근 다양한 존재들과 계약하면서 카리엘은 보다 다양한 힘을 중심이 되는 불안에 녹여 낼 수 있었다.

강력하고 다양한 힘을 불에 녹여 내며 멈춰 있던 성장이 다시금 움직이기 시작하면서 볼 수 있었다.

'이런 걸 신앙이라 부르는 건가?'

계약을 통해 다양한 존재들의 힘이 그들의 염원과 함께 흘러들어 왔다.

그렇게 한번 염원을 받아들이자, 이제는 아주 미약한 염원마저도 흘러들어 올 수 있었다.

카리엘을 믿고 그를 추종하는 인간들의 염원.

정식 계약이 아닌 상대방의 일방적인 염원과 미약한 힘에 불과했지만 그마저도 쌓이기 시작하니 무시 못 할 만큼 강대한 힘이 되었다.

그로 인해 더 정순하고 강력한 힘을 갖게 된 카리엘의 힘은 당연히 계약자들과 공유되면서 선순환이 되기 시작했다.

한번 돌아가기 시작한 엔진은 연료가 소모될 때까지 멈추지 않는 법.

'시간이 좀 더 있었다면 좋겠지만…….'

그걸 기다려 줄 신들이 아니었다.

"정 걱정되면 빠르게 게이트를 클리어하고 도우러 오시오."

카리엘의 말에 글렌과 시카리오 후작이 입술을 깨물었다.

자신들의 황제가 가장 위험한 전장으로 떠나는 것을 막지 못했다는 무력감.

하지만 어쩔 수 없는 선택이라는 것을 알기에 말없이 고개를 숙일 뿐이었다.

그렇게 원탁의 회의가 끝나고 세리엘을 중심으로 측정 불가급 게이트들을 막기 위한 군대가 편성되었다.

"다녀올게."

자신을 걱정스러운 얼굴로 바라보는 동생들과 황후.

모든 사실을 들었는지 황제의 궁 앞에서 기다리고 있는 이들을 보면서 쓴웃음을 짓는 카리엘.

이번만큼은 정말로 위험하다는 것을 직감했는지 모두들

하던 일마저 멈추고 카리엘을 따라왔다.

황궁을 벗어나 수도의 공군기지가 있는 곳으로 향하자 대신들을 비롯한 모든 이들이 뒤따라오는 것이 보였다.

그것을 본 제국민들 역시도…….

-측정 불가급 게이트 움직임 발생!

이미 공영 신문을 통해 지금 일어난 일을 전부 알렸기 때문에, 제국민들도 카리엘이 어디로 가는 것인지 알고 있는 상태였다.

모두가 걱정 어린 표정으로 마동차를 타고 공항으로 향하는 카리엘을 지켜보았다.

황궁부터 공군까지 길게 늘어선 제국민들이 꼭 막아 달라는 부탁을 하면서 카리엘이 무사히 돌아오기를 기원했다.

그리고 그건 뒤이어 오는 글렌과 시카리오 후작 역시 마찬가지였다.

"폐하, 아무래도 제가 회색 게이트를 가는 것이……."

글렌이 걱정스러운 표정으로 카리엘을 바라보았다.

가장 어려운 게이트가 될 것이라고 예상되는 회색 게이트.

상식적으로 생각하면 인류 최강이라 불리는 글렌이 가는 것이 맞았다.

모두들 그러길 바라는 듯, 고개를 끄덕이고 있었지만 카리엘은 단호하게 고개를 저었다.

"부디…… 무사히 돌아오시기를……."

아일라의 말에 모두가 고개를 숙이며 황제 전용 비공선에 탑승하는 카리엘에게 고개를 숙였다.

제국을 위해 가장 위험한 전장으로 떠나는 지존을 바라보는 제국민들은 엄숙한 표정으로 고개만 숙일 뿐이었다.

세리엘과 군부대신을 주축으로 편성된 특수전단 제1군.

회색 게이트를 막기 위한 특수군인 그레이 실드가 움직이기 시작했다.

동시에 글렌과 시카리오 후작을 주축으로 이루어진 2개의 특수군 역시 각자의 목표를 향해 움직였다.

"자! 움직입시다."

카리엘이 떠나자마자 지체할 수 없다는 듯 대신들을 데리고 떠나는 루피엘.

"지금부터 군부대신은 나와 같이 서대륙 전역에 있는 게이트들을 컨트롤하는 데 집중합시다."

"예."

세리엘 역시 군부 인사들을 전부 데리고 서대륙의 게이트들을 컨트롤하기 위해 움직였다.

그렇게 각 지역에서 들어온 정보들을 취합할 때였다.

정보부를 통솔해 제국의 모든 정보를 긁어모아 온 타리온이 굳은 표정으로 멍하니 서 있었다.

"정보부장?"

"……이걸 보십시오."

세리엘이 고개를 갸웃거리면서 타리온이 건넨 보고서를 읽어 보았다.

지도가 표시된 보고서.

그곳에는 갑작스럽게 나타난 게이트들이 표시된 게 보였다.

신기한 건 거인의 산맥을 중심으로 오직 '서대륙'만이 이상 현상을 보이고 있다는 점이었다.

"……잘못된 거 아니오?"

"그럴 줄 알고 거인의 요새에도 확인해 보았습니다."

타리온의 대답에 세리엘의 표정이 굳어졌다.

마치 이그니트만을 노리는 것처럼 서대륙에만 요동을 치는 게이트들.

이그니트의 전력이 회색빛 게이트에만 집중할 수 없게끔 하려는 것처럼 서대륙을 중심으로 열리는 게이트들.

이런 의심은 타국의 정보들을 취합하면서 더 두드러지게 나타났다.

"……마치 모든 게이트들이 서대륙에 집중되는 것 같은 느낌이군."

세리엘의 말에 그 자리에 있던 모든 이들이 고개를 끄덕였다.

케찰코아틀을 비롯한 최상위 개체들을 중심으로 만들어졌던 게이트들마저 잠들어 버리면서 오직 서대륙에만 모든 게이트들이 집중되고 있었다.

"지금이라도 군을 움직여 폐하를 도와야 합니다!"

군부대신의 말에 다른 이들도 자리에서 벌떡 일어나 제창했다.

"이미…… 늦었소."

세리엘이 한숨을 쉬면서 말했다.

그 역시 지금 당장이라도 형님을 도우러 가고 싶었지만 그러기엔 이미 늦었다.

회색빛 게이트를 막기 위해 최대한 빠르게 이동한 탓에 그레이 실드가 벌써 목적지에 도착해 버린 것이다.

-널 부르는 것 같은 느낌이 드는데?

회색빛 게이트에서 나오는 묘한 파장들.

비공선에서 내려 회색빛 게이트의 영역 앞에 선 카리엘이 인상을 찌푸렸다.

마치 자신이 오기만을 기다렸다는 듯, 거센 파장을 내뿜는 게이트를 보면서 조용히 힘을 끌어 올렸다.

"폐하!"

카리엘이 힘에 저항하는 바로 그 순간, 회색빛 힘이 뒤따라오던 다른 이들을 밀어내기 시작했다.

마치 자격이 되는 건 카리엘 혼자뿐이라는 듯, 다른 이들을 밀어내 버리는 것이다.

그러자 뒤에서 데이비어 공작이 힘을 끌어 올리며 어떻게든 들어오려 했다.

카리엘을 걱정한 세리엘이 그랜드 마스터를 제외하고 가장 강하다 평가받는 데이비어 공작을 동행시킨 것이다.

하지만 벽을 넘지 못한 데이비어 공작은 회색빛 힘을 뚫어내지 못했다.

"아무래도 나 혼자만 오라는 것 같네."

어느새 소환체들마저 역소환되는 것을 본 카리엘은 인상을 찌푸렸다.

"다른 곳을 도와라, 이곳은 짐 혼자 해결해야 할 것 같으니."

멀리까지 선명하게 들리는 카리엘의 목소리.

그러자 그레이 실드의 모든 병력이 안 된다고 고개를 저으려 했다.

"짐의 명이니라. 짐이 이곳을 막는 동안 서대륙의 모든 게이트를 처리하라."

거부할 수 없는 황제의 명령이 떨어졌지만 마지막까지 망설이는 이들.

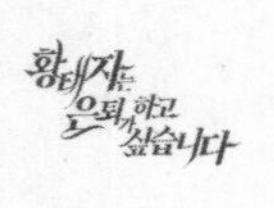

하지만 그들 역시 알고 있었다.

회색빛 힘에 가로막힌 이상 이곳에서 카리엘을 도울 수 있는 방법 따위는 없음을.

그렇기에 결국 그들은 어쩌면 마지막 명령이 될 수 있는 황제의 명을 받들며 고개를 숙였다.

데이비어 공작을 포함한 모든 이들이 눈물을 흘리며 자신의 명을 수행하는 모습을 보고 미소를 지은 카리엘은 거대한 회색빛 게이트를 바라보았다.

"어떤 존재이길래 이렇게 과격하게 나를 부르는 건지 궁금하네."

그렇게 중얼거리면서 게이트를 향해 발걸음을 내디디는 순간, 카리엘의 의식은 어디론가 빨려 들어갔다.

"이곳은……."

겨우 정신을 차린 카리엘이 주변을 바라보았다.

어딘가 익숙한 공간.

새하얀 빛으로 이루어진 공간에 도착한 카리엘이 미간을 찌푸렸다.

"발드르?"

-그럴 리가.

발드르처럼 아이의 모습으로 나타난 '신'을 본 카리엘이 굳은 표정으로 물었다.

"그럼 당신은 누구지?"

-지구의 신.

아이의 대답을 듣는 순간 카리엘의 눈동자가 커다랗게 떠졌다.

-그대의 '옛 신'과 맺었던 맹약을 지키러 왔다. 정확히는…… 너로 인해 진 내기의 보상을 주기 위함이랄까?

외전 8. 헛소리는 집에 가서 해라!

지구의 신이 하는 말에 카리엘의 표정이 어두워졌다.

"아직도 남은 건가?"

발드르가 소멸된 지 꽤나 시간이 흘렀음에도 아직까지 그의 흔적이 남아 있었다.

"……그래서 그와의 계약은 뭐지?"

-마지막 시험.

마지막 시험이라 말하는 지구의 신은 가만히 카리엘을 바라보았다.

-그가 부탁한 것은 너에게 마지막으로 선택지를 주라는 것이었다.

"선택지라……."

들어는 보겠다는 듯 팔짱을 긴 채 가만히 지구의 신을 바라보는 카리엘.

오만한 자세를 본 지구의 신이 표정을 구겼지만 상관없었다.

처음 이 공간에 들어왔을 때만 하더라도 긴장을 했던 카리엘이지만 이제는 확실히 알 수 있었다.

'신도 날 건드리진 못해.'

백색의 공간은 일종의 중립지대.

그리고 지구의 신이 저렇게 작은 모습으로 나타난 것 역시 본인이 의도한 바가 아니라는 것까지 알 수 있었다.

그걸 증명하는 것이 현재 지구의 신에서 느껴지는 힘은 발드르처럼 미약했다.

그렇다는 건 지구의 신이 차원을 넘어 이곳에서 힘을 발휘하는 데에 제약이 따른다는 말이었다.

'그러니 저렇게 혓바닥이 길겠지.'

한 가지 걱정되는 건 회색빛 게이트의 힘이었다.

자신마저 저항하는 게 전부였을 정도의 강력한 힘이 문제가 되었으나 그 역시 지금의 지구의 신이 한 것이 아니란 것쯤은 알 수 있었다.

-내가 이곳의 신이 되겠다.

"그래서?"

-지구처럼 안전한 곳으로 만들어 주마. 그러니 나의 사도가

되어라.

지구의 신이 손을 내밀면서 제안하자 카리엘이 가만히 그를 바라보았다.

"그게 끝?"

-어차피 너도 귀찮은 일을 떠맡기는 싫을 거 아닌가?

카리엘의 생각을 알고 있다는 듯 말하는 지구의 신.

-그 귀찮은 일을 모두 내가 맡아 주겠다는 소리다. 또한 원한다면 지구로 돌려보내 주도록 하지.

지구의 신이 말을 마치는 순간, 백색의 공간에 지구의 풍경이 떠오르기 시작했다.

"이게…… 지구라고?"

카리엘이 어이없다는 표정으로 지구의 신을 바라보았다.

-그래.

지구의 신이 씁쓸한 표정을 지었다.

-타 차원의 침공을 우리만 피해 갈 수는 없으니까.

지구의 신이 하는 말에 카리엘의 표정이 어두워졌다.

분면 의도적으로 보여 주는 것이 분명했다.

자신이 이곳에서 구르는 대가로 행복한 환경과 안전을 보장했던 가족들.

그들은 지금 변해 버린 지구의 환경에 최선을 다해 적응 중이었다.

그나마 지구의 신의 배려로 풍족하게 살고는 있었지만 이곳처럼 게이트를 통해 나오는 몬스터들은 생존에 큰 위협이 되었다.

—발드르와의 약속대로 너희 가족에겐 내 직권으로 능력을 부여했다. 하지만 완전히 안전을 보장할 수는 없다.

타 차원의 침공이 시작된 이상 지구의 신은 재능 있는 인간들을 중심으로 키워야만 했다.

—그러니 네가 직접 지구로 가서 너희 가족들을 지켜라.

지구의 신의 말에 카리엘은 굳은 표정으로 멍하니 자신의 옛 가족들을 바라보았다.

부유한 가족들이었지만 매번 게이트에서 넘어오는 몬스터들 때문에 매번 생명의 위협을 느끼고 있었다.

결혼을 했는지 귀여운 조카들의 모습도 보였다.

—나와 계약하겠나?

다 넘어왔다고 생각했는지 지구의 신이 미소를 지으며 손을 내밀었다.

그리고 그것을 빤히 바라보던 카리엘이 피식 웃으면서 그가 내민 손을 향해 팔을 뻗었다.

천천히 뻗히는 카리엘의 팔을 보며 지구의 신이 얼굴에 미소를 가득 담을 때였다.

"꺼져."

지구의 신이 내민 손을 툭 쳐 내면서 한쪽 입꼬리를 말아 올리는 카리엘.

"어디서 약을 팔아?"

—칫!

카리엘의 표정을 본 지구의 신이 혀를 차면서 허공에 의자를 만들어 내곤 오만하게 다리를 꼬고 앉았다.

—가족들을 버릴 거냐?

"이미 죽은 내가 뭘 해 줄 수 있지?"

—돌아가면 될 텐데?

이미 죽은 아들이 돌아와서 자신이 아들이라고 주장해 봤자 믿지도 않을뿐더러 이제는 과거의 가족일 뿐이다.

지구에서의 삶은 끝이 났으니 이제는 이쪽 세계에 집중해야 하는 것이다.

—원한다면 가족들이 널 믿게끔 만들어 줄 수도 있어.

"회귀라도 시켜 주게?"

카리엘의 물음에 지구의 신의 표정이 굳어졌다.

단순히 가족들에게 카리엘이 자신들의 가족임을 믿게 하는 건 세뇌나 다름없다.

그렇기에 카리엘은 만약 지구로 돌아간다면 '회귀'를 원했다.

'해 줄 리가 없지.'

자신을 회귀시키면서 발드르가 얼마나 무리했는지를 아는 카리엘이다.

타 차원의 침공이 시작되기 전에도 그러할진대, 차원 간의 방벽이 무너진 상황에서 회귀를 시켜 준다?

지구의 신이 얼마나 많은 힘을 소모해야 그게 가능할까?

–지구의 삶에는 미련이 없어 보이는군.

"이젠 이곳이 내 집이니까."

카리엘의 대답에 지구의 신은 완전히 포기한 표정으로 진지하게 말했다.

–동맹을 맺자.

살살 꼬드겨 이 세계를 날름 먹어 보려던 지구의 신이 태세 전환을 하며 카리엘과 협상을 제안했다.

–너와 내가 손잡는 거지. 정확히는 %@$^&에 소속되는 것이지만.

아직 신의 반열에 오르지 못한 카리엘에겐 알 수 없는 정보였는지 지구의 신이 말한 음성이 들리진 않았다.

하지만 대충이나마 알 수 있었다.

대륙에도 여러 국가가 있는 것처럼 차원 역시 그러하다는 것을.

그리고 지금 차원은 한창 땅따먹기가 진행되고 있었다.

"난 신이 아니야."

지구의 신이 한 제안을 거절하는 카리엘.

아직 신의 반열에 오르지 못했다는 이유를 들어 거절하자 지구의 신이 눈을 가늘게 뜨며 말했다.

–너만 원한다면 신이 되는 것을 돕겠어. 그러니 %@$^&에

들어와.

"그 역시 거절하지."

연이은 카리엘의 거절에 지구의 신의 표정이 굳어졌다.

-이미 다른 제안을 받았나?

"아니."

-……그럼 왜?

지구의 신이 고개를 갸웃거리며 물었다.

순수하게 돕겠다는 마음으로 제안을 한 것임을 카리엘도 알았지만 단호하게 거절할 수밖에 없었다.

상대방의 호의에서 비롯된 것이지만 후에 이것이 어떤 제약으로 다가올지 알 수 없기 때문이다.

지금 당장은 괜찮을지언정 이것이 나중에 족쇄가 되어 끌려다닐 수도 있는 것이다. 무엇보다 현 시점에서 섣부르게 누군가와 손잡는 건 위험했다.

지구의 신이 속한 소속이 무엇인지, 이곳이 차원 간의 전쟁에서 어느 위치에 존재하는지도 모르는데 덥썩 손잡을 수는 없었다.

"나중에 다시 제안해 온다면 그땐 고민해 보지. 하지만 아직은 아니야."

단칼에 거절하는 카리엘을 보며 지구의 신은 다시 한번 혀를 찼다. 카리엘의 성장 폭을 생각해 보면, 신이 될 가능성이 높았다.

그런 그를 중심으로 성장해 나가는 인류 역시 빠르게 강해질 테니, 그렇다면 이쪽 차원의 가치는 덩달아 수직 상승할 것이다.

지구의 신은 바로 그것을 눈치채고 선점하려 했던 것이다.

하지만 카리엘은 다급하지 않았다.

—앞으로는 지금처럼 여유롭게 막진 못할 거다.

"알아."

—어느 곳에 소속되지 않는 한, 모든 곳에서 이곳을 노릴 수도 있어.

지구의 신이 진심으로 하는 충고에 카리엘이 고개를 끄덕였다. 분명 이 결정은 위험을 자초하는 선택이 될 가능성도 있었다. 하지만 그럼에도 불구하고 카리엘은 자신 있었다.

"반대로 우리의 가치가 올라가면 너처럼 우리와 손잡고자 하는 이들도 늘어나겠지."

—…….

"제대로 된 성장을 하지 못한 상태에서 섣불리 어느 파벌에 소속되어 버리면 이용만 당하고 내쳐질 가능성이 높지."

차원 간의 전쟁, 신들의 전쟁이 불리지만 사실 그 근본은 일반적인 정쟁과 다르지 않았다.

자신이 힘이 없으면 어떤 거대한 파벌에 속해 있어도 이용만 당하다 끝날 가능성이 높았다.

분명 지금 지구의 신과 손잡으면 잠시간의 안정은 확보될

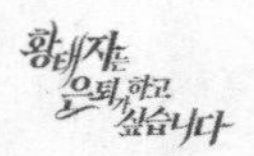

수 있을지도 모른다. 하지만 신이 없는 세계, 타 차원의 먹잇감이 된 이곳을 언제까지 지켜 줄까. 분명 이곳을 대가로 딜을 하자는 자들이 나올지도 모를 일.

"무엇보다 지금은 정보가 너무 없다."

어떠한 정보도 없는 상황에서 덜컥 손잡을 수는 없는 일이었다. 그렇기에 카리엘은 리스크를 감수하면서도 줄타기라는 것을 해 볼 생각이었다.

—줄타기는 위험하다는 걸 잘 알 텐데?

"알지. 그러나 위험 없이 성장을 할 수 없다는 것도 잘 알아."

안정만 추구해서는 성장을 할 수 없다.

현재 이쪽 세계가 급격하게 성장하는 이유가 무엇인가?

바로 전쟁과 혼란이 반복되면서다.

특히 신이 없기에 침공하는 수많은 타 차원들로 인해 많은 자원 수급이 이뤄지면서 더 가파르게 성장하는 것이다.

위기는 곧 기회.

'중립의 위치를 지키면서 빠르게 성장한다. 동시에 높은 위치에서 우리가 스스로 결정한다.'

그렇게 마음먹은 카리엘을 보며 지구의 신이 포기하지 않고 꼬드겼다.

슬며시 가지고 있는 정보들을 풀어내면서 협박도 하고, 차원 간의 비밀 그리고 신의 반열에 오를 수 있는 단서도 제공하겠다며 회유도 해 보았다.

하지만 카리엘의 마음은 확고했다.

—에휴…… 또 져 버렸군.

"졌다고?"

—그래.

지구의 신이 한숨을 푹푹 쉬는 순간, 시간이 다 되었는지 백색의 공간이 무너지기 시작했다.

—영악한 놈. 아니, 아니야. 전부 이 녀석 때문이군.

자신의 세계에 있던 일반인.

하지만 발드르는 카리엘을 선택해서 데려왔고, 그 결과는 지구 신의 연패로 이어졌다.

—끝까지 세계를 지킨다라…….

멸망해 가는 세계를 끝까지 버리지 않았던 신.

일반적인 신과는 다르게 소멸마저 각오한 바보 같은 신은 또다시 지구의 신에게 승리를 거뒀다. 멋모르는 카리엘을 속여 세계를 꿀꺽 삼켜 보려던 대가는 가혹했다.

—한동안 자숙해야겠어.

연이은 패배로 상당히 많은 힘을 빼앗긴 지구의 신이 한숨과 함께 팔을 휘저었다.

그 순간 지구의 신의 몸에서 기묘한 문양이 만들어지기 시작했다.

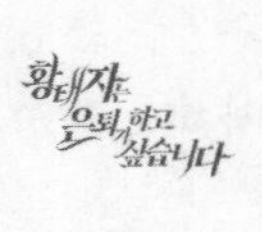

신의 내기에서 이겼습니다. 내기를 한 당사자가 없으므로 당사자가 내정한 대리인이 보상을 대신해서 받습니다!

발드르가 사라진 이후 본 적 없었던 무미건조한 음성.

동시에 지구의 신의 모습이 서서히 안개 속으로 사라지며 동시에 카리엘 역시 의식을 잃고 어디론가 빨려 들어갔다.

"이곳은……."

자신을 빨아들였던 회색빛 게이트.

하지만 이제는 회색빛을 내뿜지 않았다.

"회색은 중립 혹은 거래를 뜻하는 것이었나?"

이제는 보랏빛으로 변해 있는 게이트를 보면서 중얼거린 카리엘이 한숨을 쉬었다.

지구 신의 제안을 거절했으니 남은 건 전쟁뿐이었다.

"폐하!"

"데이비어 공작, 내 분명 명령을……."

"임무는 완수했사옵니다!"

자신에게 달려오는 데이비어 공작이 고개를 숙이며 답하자 카리엘이 고개를 갸웃거렸다.

"벌써?"

"벌써라니요. 폐하께서 게이트에 들어가신 지 두 달이나 지났사옵니다!"

"아……."

발드르를 만났을 때처럼 또다시 많은 시간이 흘러간 것임을 깨달은 카리엘이 쓴웃음을 지으며 데이비어 공작과 함께 저 멀리서 자신을 기다리고 있는 그레이 실드를 향해 걸어갔다.

"또 뭐가 많이 변하고 그런 건 아니겠지?"

"……많이 변하긴 했사옵니다."

카리엘의 말에 데이비어 공작이 머뭇거리면서 답했다.

"변……했다니, 그게 무슨 말이지?"

데이비어 공작의 말에 카리엘은 고개를 갸웃거렸다.

그리고 얼마 후, 영상구에 담긴 내용을 본 카리엘은 경악했다.

"직접 확인해야겠어."

카리엘의 명령에 특수군의 비공선들이 일제히 날아들었다. 황제가 돌아왔다는 소식을 들은 황궁에서 자신을 애타게 기다린다는 것을 알고 있음에도 불구하고 동부로 향한 카리엘.

그리고 그곳에서 카리엘은 경악 어린 표정으로 한참 동안이나 멍하니 서 있어야만 했다.

외전 9. 꿈같은 평화

신을 보고 온 카리엘조차 멍하니 바라보게 만든 존재.

옛날 신화시대를 지탱하던 거대한 나무가 만들어졌다.

과거의 잔재들이 만들었던 아스가르드가 있던 자리에 자라난 거대한 나무는 보기만 해도 자연력이 느껴지는 강대한 힘을 품고 있었다.

내기에 대한 보상을 확인하셨습니다.
보상 : 세계수의 부활
주신 발드르가 심어 두었던 옛 세계수(위그드라실)가 신력으로 인해 부활했습니다.
세계수가 성장함에 따라 옛 신화시대의 세계들이 세계수를 중심으로 다시금 연결될 것입니다.

"여기서 더 성장한다고?"

멍하니 중얼거린 카리엘이 세계수를 바라보았다.

그리고 확신했다.

인류가 이 나무만 지켜 낼 수 있다면, 세계의 발전은 더 가속화될 것임을.

그리고 신화시대처럼 여러 세계들이 연결되면서 감히 넘볼 수 없는 강력한 차원이 될 것임을 느꼈다.

"……가자."

확인은 끝났으니 이젠 대책을 논의할 차례였다.

이제부터 이그니트의 모든 전력은 세계수를 중심으로 이뤄질 것이다.

그걸 위해 황궁으로 복귀하려 할 때였다.

> 옛 주신이 대리인에게 남긴 말이 세계수에 있습니다. 확인하시겠습니까?

발드르가 자신에게 남겼다는 말이 있다는 것에 걸음을 멈춘 카리엘이 멍하니 세계수 쪽을 바라보았다.

"……폐하?"

"잠시 저곳에 다녀오겠다."

"폐하, 아직 안전이 확보되지 않은 지역입니다."

자신을 걱정하는 데이비어 공작의 말에 카리엘은 괜찮다

는 말과 함께 공중으로 날아올랐다.

그렇게 거인의 산맥조차 작아 보일 정도로 거대한 나무에 다가가자 익숙한 존재들이 보였다.

"다들 여기 있었어?"

세계수 앞에 자신의 소환체들이 있는 것을 본 카리엘이 어이없다는 듯 바라보았다.

게이트에 나오자마자 반겨 줄줄 알았던 소환체들이 세계수 앞에 있자 서운한 감정이 들었다.

카리엘의 표정을 본 수르트가 오해하지 말라는 듯 입을 열었다.

-괜한 오해하지 마. 우린 각 세계의 대표로 온 거니까.

"대표?"

카리엘의 물음에 수르트가 고개를 끄덕였다.

거인들의 세계 대표, 수르트.

신수의 세계 대표, 스콜.

제2 정령계와 환계 대표, 아그니.

지옥의 대리인, 가름.

카리엘의 소환체 전원이 각 세계를 대표하는 자가 되어 버린 이 상황을 본 카리엘이 어이없는 표정을 지었다.

그러나 이들은 약과였다.

세계수 주위에 모인 수많은 존재가 저마다 한 세계의 대표의 자격으로 온 것이다.

라그나로크 이후 붕괴된 세계의 많은 파편들 중 하나를 선택해 자리 잡은 각 종족들.

대륙 각 지역에 숨어 살던 존재들이 인간들의 세계가 된 이곳을 떠나 자신들의 세계를 만든 것이다. 물론 전부 파편에 불과한 세계들이라 크기는 굉장히 작았다.

하지만 숨어 살던 종족들에겐 그것만으로도 행복한 일.

세계수가 나타난 지 고작 두 달밖에 안 되었음에도 세계는 변혁을 이뤄 내고 있었다.

그러나 더 놀라운 건 그다음이었다.

"저들도 온 건가?"

케찰코아틀을 비롯해 세계에서 발드르와 계약해 결계를 만들어 냈던 주축들이 모두 모습을 드러냈다.

세계수의 힘으로 하늘에 떠 있는 거대한 생명체들.

하지만 이들이 전부가 아니었다.

곧이어 이들보다 더 놀라운 자가 나타났기 때문이다.

-내가 가장 늦었군.

세계수에 의해 초청된 마계의 대표자.

"안 죽었군."

카리엘의 말에 피식 웃은 마왕이 자신의 몸을 내려다보았다.

강대했던 힘은 사라졌고, 여기저기 상처 입은 몸이 그 자리를 대신하고 있었다.

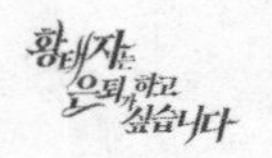

치명상을 입고 사경을 헤매는 사이 충성파 마족들에 의해 간신히 목숨을 건진 마왕은 약해진 충성파를 대신해 직접 몸을 움직여 반대파를 숙청했다.

상처 입은 몸으로 무리하게 움직였으니 그 대가는 참혹할 수밖에 없었다.

신의 경지에 다다랐던 힘이 과거와 비교하기 힘들 정도로 약해진 것이다.

그러자 그가 가진 경험은 사라지지 않는 법.

빠른 속도로 힘을 회복한 덕분에 다시금 마계의 절대자로 올라설 수 있었다.

-차이가 벌어져 버렸군.

오랜만에 만난 카리엘을 보면서 마왕이 쓴웃음을 지었다.

자신이 과거의 경지를 회복하는 동안 카리엘은 더욱 성장해 버렸다.

이제는 자신의 전성기 시절에 거의 근접해 버린 카리엘의 힘. 만약 이대로 카리엘이 계속 성장해 나간다면 마왕은 결코 카리엘을 따라잡을 수 없을 것이다.

그리고 평소 감이 좋기로 유명한 마왕은 자신의 이 생각이 틀리지 않았음을 직감했다.

-강자라…….

나약했던 시절, 고위 마족을 목표로 삼으며 끝내는 그들을 밟고 올라선 마왕.

그렇기에 언젠가는 이 간극을 메꾸고 다시금 최강자가 되겠다는 다짐을 하며 투기를 내뿜자 카리엘이 싸늘한 표정으로 마왕을 바라보았다.

바로 그때, 세계수의 강대한 힘이 마왕의 힘을 짓눌러 버렸다.

"이건……."

세계수의 힘에 자연스레 반응하는 자신의 힘을 보면서 카리엘이 당황했다.

어느새 이마에서 빛이 뿜어지면서 화염이 솟구치기 시작했다. 하늘로 솟구치면서 세계수의 나뭇가지들에 닿았음에도 조금도 태우지 않는 기이한 현상 속에서 세계수의 초록빛이 카리엘을 향해 날아들었다.

세계수가 당신을 세계의 관리자로 인정했습니다.
세계수가 자신을 태어나게 해 준 당신에게 감사한 마음을 표하고자 합니다.

음성이 끝나는 순간 몸 안에 스며들었던 초록빛 이마로 집중되며 문양이 변하기 시작했다.

발드르로 인해 만들어졌던 문양에 세계수의 문양이 겹쳐지면서 기이한 빛을 내뿜는 화려한 문양으로 바뀌었다.

신화시대에 극히 소수만 받았다는 세계수의 축복을 받는

광경을 목격한 이들이 놀라워할 때였다.

세계수가 직접 카리엘이 세계의 중심이라고 인정한 바로 그때, 거대한 나무 일부가 벌어지면서 카리엘을 그 안으로 들였다.

오직 카리엘만 안으로 들인 세계수.

-반가워요.

"세계수인가?"

귓가를 간질거리듯 들려오는 음성에 위를 바라보며 물은 카리엘.

그러자 말없이 초록빛을 살랑거리는 세계수.

"……날 이곳으로 부른 이유가 뭐지?"

-감사의 인사와 광명의 신이 남긴 말을 전하기 위함이에요.

그렇게 말하는 순간, 초록빛을 내뿜으며 나타난 작은 요정.

작은 요정으로 현신한 세계수가 카리엘의 앞으로 다가와 작게 고개를 숙였다.

-저를 깨워 주셔서 감사합니다.

"발드르가 남긴 내기를 이겼을 뿐이야."

-그래도 제 생명의 은인이라는 점은 변함이 없습니다.

발드르가 소멸한 후, 서서히 힘을 잃어 가던 세계수의 씨앗. 그런 세계수가 부활할 수 있었던 것은 지구의 신이 보내준 신력 때문이었다.

비록 의도치는 않았다고는 하지만 카리엘은 세계수의 은인인 것은 분명했다.

그렇기에 카리엘 주변을 돌아다니며 어떻게든 은혜를 갚고자 하는 세계수.

카리엘은 그런 그녀를 부담스러워하며 불퉁하게 말했다.

"그보다 발드르가 남긴 말이나 알려 줘."

카리엘의 말에 초록빛 요정이 아쉬운 표정으로 카리엘에게 다가와 이마에 작은 손을 가져다 댔다.

–이 말이 들릴 때쯤이면 내가 소멸했다는 거겠지. 그렇다는 건 내 계획이 성공했다는 것이겠군?

작은 소년의 모습으로 반투명하게 나타난 발드르.

–이 말이 전해졌다는 건 지구의 신을 다시 한번 이겼다는 거겠지? 하하하! 역시 내가 선택한 놈이라니까?

한참을 웃으면서 잘난 체를 하던 발드르가 카리엘을 향해 바라보며 말했다.

–지금쯤이면 내가 없어지면서 나타난 온갖 부작용들이 세계에 나타났을 거야. 그리고 이렇게 내가 남긴 말을 듣고 있다는 건 내가 만든 안배들을 전부 거절했다는 뜻이겠지.

발드르의 말에 카리엘의 표정이 굳어졌다.

–스스로 세계를 지켜보겠다는 너에게 조금이라도 도움을 주고 싶지만 사실 난 이제 퇴물이라 별로 줄 수 있는 게 없어.

그렇게 말하면서 씁쓸한 표정을 짓는 발드르.

오랜 세월 세계를 홀로 지켜 오면서 바닥이 나 버린 신력.

-그래도 조금이라도 도움이 되라는 의미에서 이걸 남긴다. 부디…… 내가 사랑했던 세계를 끝까지 지켜 주길 바랄게.

그 말이 끝나는 순간, 반투명했던 발드르의 모습에 완전히 사라지고 푸르스름한 빛이 카리엘의 이마에 스며들기 시작했다.

그 순간, 카리엘의 눈동자가 크게 떠지기 시작했다.

"이런…… 힘이었나?"

광명의 신이자 빛의 신이었던 발드르.

또한 시작의 신이라고도 불렸던 그의 힘의 근원이 카리엘에게 스며들면서 내면에 있던 불의 힘이 달라지기 시작했다.

길을 개척했으나, 어디로 가야 할지 방향을 잡지 못했던 카리엘의 힘에 광명 그리고 새로운 시작이라는 목적지가 정해지기 시작한 것이다.

그러나 발드르의 힘은 카리엘의 힘을 이끌지는 않았다.

"선택은 내가 하라는 건가?"

자신이 선택할 길은 스스로 정하라는 듯, 이러한 목적지가 있다는 것만 잠깐 보여 주고 불길 속으로 사라진 발드르의 의지.

카리엘의 길을 자신이 정해 한계를 만들지 않겠다는 발드르의 배려였다.

"지켜 줄게."

모든 것을 바쳐서 세계를 사랑했던 신.

그런 그의 의지를 존중하며 카리엘 역시 이 세계를 지키고자 다짐했다.

그 순간, 세계수를 상징하는 초록빛이 사방으로 퍼져 나가면서 새로운 세계의 수호자가 탄생했음을 알리려 했다.

그러나 그런 세계수를 카리엘이 막았다.

"주신이 되진 않을 거야."

-그러신가요?

아쉬운 표정을 짓는 세계수.

"누구라도 신에 도전할 수 있는 세계. 그것이 내가 꿈꾸는 세계다."

-전쟁이 벌어질 거예요.

언젠가 다수가 신의 반열에 오르게 된다면 주신의 자리를 욕심낼지 모른다.

"감수해야지. 하지만 그들도 이 세계는 지키고자 하지 않겠어?"

카리엘의 물음에 세계수가 주변에 있는 수많은 존재들을 바라보았다.

"안에서 싸워 봐야 아무 의미도 없어. 우리의 목표는 누구도 넘보지 못할 차원을 만드는 것."

감히 이곳을 침범할 생각조차 못하는 강력한 세계를 만드는 것. 그런 카리엘의 목표에 세계수가 환하게 웃으며 고개를 끄덕였다. 동시에 속으로 생각했다.

혁명의 불꽃이자 세계의 개혁을 이끄는 자
2대 광명의 신

발드르가 새로운 시작을 알렸다면, 카리엘은 기존의 세계를 뒤바꾸며 한 차원 더 높은 경지로 이끄는 개혁자.

모두의 앞에서 빛을 밝히는 광명의 신.

하지만 본인이 주신이 되기를 거부했으니, 지금은 속으로만 생각해야 할 때였다.

-언젠가는 광명의 신으로 부를 수 있기를…….

어느새 세계수의 몸 밖으로 나간 카리엘을 향해 조용히 읊조린 세계수.

그렇게 발드르가 남긴 모든 안배가 끝나고, 마침내 정식으로 세계수의 힘으로 부서졌던 세계들이 이어지기 시작했다.

세계수의 부활 이후, 세계는 또 한 번 격동의 시기를 보내기 시작했다.

반쯤 끊어졌던 정령계가 다시금 완전히 이어지면서 수많은 정령사들이 탄생하고, 세계수를 중심으로 엮인 수많은 세계들과 교류하면서 세계는 점차 견고해져 갔다.

마계조차 카리엘과 마왕이 정식으로 화해하면서 교류가 시작되었으니 말 다 한 것이다.

그렇게 견고해진 세계를 향해 타 차원의 침공은 더더욱 거세지기 시작했다.

-짐의 밑으로 들어오거라. 그럼 너희에게 무한한 영광을…….

"아침부터 개소리를 시전하네."

카리엘이 귀찮다는 표정으로 반쯤 죽어 간 용의 목숨을 완전히 끊어 버렸다.

용들의 세계에서 보낸 사자를 죽이면서 또다시 적을 늘린 카리엘.

지난 몇 년간 수없이 많은 차원의 사도들이 카리엘을 꼬시려 했다. 지구의 신처럼 회색빛 게이트를 열어 온갖 유혹을 해 오는 신도 있었다.

하지만 카리엘은 그 모든 제안을 거절했다.

그러자 그들은 적이 되었으며, 더 맹렬히 세계를 침공해 왔다.

그럼에도 불구하고 카리엘은 세계수를 지켜 냈고, 세계를 지켜 냈다. 그로 인해 그가 목표로 했던 바를 어느 정도 이뤄 낼 수 있었다.

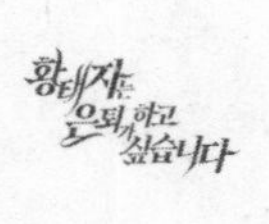

차원 회의에서 과반수로 중립지대로 설정되셨음을 알립니다.

카리엘을 비롯한 신의 반열에 다가선 이들에게 전부 보내진 메세지.

그가 그토록 바라고, 세계수를 비롯한 세계의 존재들이 그토록 갈망하던 일이 마침내 이루어진 것이다.

"마침내…… 이루어졌군."

수없이 많은 유혹을 떨쳐 내고 이뤄 낸 값진 결과에 웃으며 이 사실을 알리러 뛰어간 카리엘.

그의 발표에 세계의 모든 인간들이 환호했다.

"폐하, 그럼 이제부터는 직접 제국의 중요 사안들을 결재하실 수 있겠군요."

초췌한 몰골을 한 루피엘의 말에 카리엘이 뜨끔한 표정을 지었다.

"아니…… 아직 애도 덜 컸고, 내 보살핌을……."

"황후 마마께 이미 허락을 맡았습니다."

"뭐? 아니 나한테 말도 없이……."

버럭 화를 내려던 카리엘이 루피엘의 이글거리는 눈빛을 보면서 말을 멈췄다.

"폐하! 저도 이제 연애도 하고 결혼도 해야 하지 않겠습니까?"

"그…… 그렇지."

차마 안 된다고 말을 하지 못한 카리엘이 한숨을 쉬며 고개를 끄덕이자 언제 화를 냈냐는 듯, 함박웃음을 지으며 물러나는 루피엘.

그 모습을 본 카리엘이 조용히 중얼거렸다.

"이러면 나가린데……."

이제 겨우 편해졌다 싶었는데 다시금 일 더미 지옥으로 끌려온 카리엘은 일을 떠넘길 다른 이들을 물색했다.

"폐하, 세리엘 총사령관은 이미 사직서를 내고 사라지셨습니다."

"루터 재상이 사직계를 내고 휴가를 떠났사옵니다."

"글렌 공과 시카리오 공, 데이비어 공이 보라색 게이트를 처리하신다고 떠났사옵니다."

"선황녀께서 동대륙으로 유학을 가신다 하옵니다."

자신이 돌아오기를 기다렸다는 듯, 떠나 버리는 동생들과 원탁의 맴버들.

그리고 마지막으로 쇄기를 박는 시종장의 말.

"황후 마마께옵서 한동안 자신을 찾지 않으셔도 되오니 일에만 집중하라 하옵니다."

황후마저 자신을 배신하자 부들부들 떨던 것도 잠시, 결국 카리엘은 자신의 책상에 놓인 서류 더미를 보며 운명을 받아들일 수밖에 없었다.

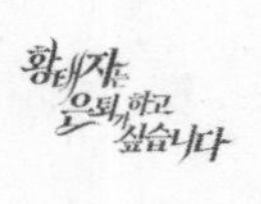

"결국 서류 지옥에 돌아와 버렸네."

그렇게 중얼거리면서 카리엘은 상황으로 물러날 방법을 고심했다.

세계를 지킨 영웅이자 신의 반열에 올랐건만, 대체 이놈의 서류 더미는 왜 사라지지 않고 자신 앞에 있는 것인지 궁금했다.

"후…… 그래, 동생들아. 2차전을 시작해 보자꾸나."

자신에게 산더미 같은 일을 떠맡기로 튀어 버린 동생들.

이번엔 미리엘 역시 봐줄 생각이 없었다.

자신을 배신한 자들에겐 더 많은 일 더미를 안겨다 줄 거라고 다짐하며 카리엘은 일하는 내내 틈틈이 계획서를 작성했다.

-은퇴 계획 2.

만들다 만 2차 은퇴 계획.

어느새 두꺼워진 노트를, 카리엘은 자신의 비밀 서랍에 넣었다.

"아, 이것도 해야지. 쯧! 일이 밀리다 보니 자꾸 미뤄지네."

서랍을 열다 떨어진 한 권의 책.

-광명의 신 발드르의 비밀.

세계를 사랑했던 한 신에 관해 자신이 알고 있던 비밀들을 서술한 책을 보면서 미소를 지은 카리엘은 소중히 갈무리해 비밀 서랍에 넣었다.

그리고 다시금 책상 위로 시선을 되돌린 카리엘이 나직이 한숨을 쉬었다.

오늘도 산더미처럼 쌓인 서류들이 그를 기다리고 있었기 때문이다.

"언젠가는……."

이 서류 더미에서 완전히 은퇴할 날을 꿈꾸며 오늘도 열심히 갈려 나가는 카리엘.

그가 완전히 은퇴할 날은 과연 언제가 될까?

그건 신의 반열에 오른 카리엘조차도 모를 일이다.

《황태자는 은퇴가 하고 싶습니다 외전》 마칩니다

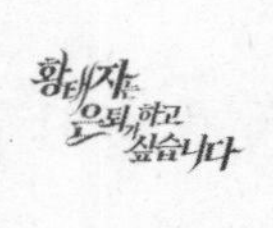

맺음말 (2)

이번에야말로 진짜 완결입니다!

외전이 이렇게 길어질 줄은 몰랐는데 그래도 끝맺을 수 있어서 다행입니다.

사실 본편을 끝내면서 회수되지 않았던 떡밥이 있었는데 어느 정도는 회수할 수 있게 되었네요.

완결을 넘어 외전까지 따라와 주신 독자님들, 정말 감사드립니다.

맺음말은 했으니 요번엔 짧게 끝내겠습니다.

존경하는 독자님들! 정말정말 너무너무 감사드립니다!!!!

ROK
MEDIA
로크미디어

ROK
MEDIA
로크미디어